O que sabe o coração

JESSI KIRBY

O que sabe o coração

Tradução
Ryta Vinagre

Título original
THINGS WE KNOW BY HEART

Copyright © 2015 by Jessi Kirby

Todos os direitos reservados.

Nenhuma parte deste livro pode ser
reproduzida no todo ou em parte sob qualquer forma
sem autorização, por escrito, do editor.

Edição brasileira publicada mediante acordo com
HarperCollins Children's Books, uma divisão da HarperCollins Publishers.

Direitos para a língua portuguesa reservados
com exclusividade para o Brasil à
EDITORA ROCCO LTDA.
Av. Presidente Wilson, 231 – 8º andar
20030-021 – Rio de Janeiro, RJ
Tel.: (21) 3525-2000 – Fax: (21) 3525-2001
rocco@rocco.com.br | www.rocco.com.br

Printed in Brazil/Impresso no Brasil

Preparação de originais
NINA LOPES

CIP-Brasil. Catalogação na fonte.
Sindicato Nacional dos Editores de Livros, RJ.

K65q

Kirby, Jessi
  O que sabe o coração / Jessi Kirby; tradução de Ryta Vinagre.
- Primeira edição - Rio de Janeiro: Rocco Jovens Leitores, 2018.

Tradução de: Things we know by heart
ISBN 978-85-7980-412-0
ISBN 978-85-7980-413-7 (e-book)

1. Romance americano. I. Vinagre, Ryta. II. Título.

18-47741

CDD–813
CDU–821.111(73)-3

Antonio Rocha Freire Milhomens – Bibliotecário – CRB-7/5917

O texto deste livro obedece às normas do
Acordo Ortográfico da Língua Portuguesa.

Para minhas irmãs, com seus corações valentes e lindos.

coração (s):
órgão muscular oco que bombeia o sangue pelo sistema circulatório por meio de contrações e dilatações rítmicas; o centro da personalidade total, especialmente no que se refere à intuição, ao sentimento ou à emoção; a parte central, mais íntima ou vital de alguma coisa.
— definição da palavra coração

NÃO SEI COMO EU SOUBE que eram para ele, quando as sirenes me acordaram pouco antes de amanhecer.

Não me lembro de pular da cama, de amarrar os cadarços dos sapatos. Não me lembro das minhas pernas me carregando para a entrada, para o trecho sinuoso da rua entre nossas casas. Não me lembro de sentir meus pés tocarem o chão, nem dos meus pulmões puxarem ar, nem do meu corpo disparar para alcançar o que, no fundo, eu já sabia ser verdade.

Mas me lembro de cada detalhe depois disso.

Vejo as luzes azuis e vermelhas girando de forma espalhafatosa em contraste com o céu claro do nascer do sol. Ouço as vozes entrecortadas dos socorristas. As palavras *trauma encefálico* repetidas mais alto que a miscelânea de rádios ao fundo.

Eu me lembro do choro profundo e sufocado de uma mulher que eu não conhecia e continuo sem conhecer. Do ângulo estranho do SUV branco dela, o capô escondido pelos caules quebrados e pelos botões espalhados dos girassóis que cresciam perto da rua. Da cerca lascada e quebrada.

Eu me lembro do vidro, que mais parecia cascalho, cobrindo todo o asfalto.

Sangue. Demais.

E do tênis dele, jogado de lado no meio de tudo isso. O coração que eu tinha desenhado com caneta Pilot preta na sola.

Ainda sinto o vazio do seu calçado quando o peguei, e como a ausência de peso fez com que eu me ajoelhasse. Sinto o aperto forte das mãos enluvadas que me levantaram e depois me seguraram quando tentei correr até ele.

Não deixaram. Não queriam que eu o visse. Sendo assim, do que mais me lembro naquela manhã é de ter ficado de pé perto da rua, sozinha, a escuridão se fechando à minha volta conforme o dia se desdobrava. O sol da manhã batendo nas pétalas douradas e vibrantes espalhadas onde ele jazia, morrendo.

> "*Comunicar-se com os receptores de transplantes pode ajudar a família do doador a lidar com o sofrimento. (...) De modo geral, famílias de doadores e receptores, assim como seus parentes e amigos, podem se beneficiar com a troca de pensamentos e emoções sobre suas experiências com a doação... o dom da vida. (...) Pode levar meses, ou talvez anos, até que alguém esteja preparado para mandar e/ou receber correspondência, ou talvez você nunca receba notícia deles.*"
>
> — *Programa de Serviços à Família do Doador da Life Alliance*

CAPÍTULO UM

QUATROCENTOS DIAS.

Repito mentalmente o número. Deixo que ele preencha a sensação de vazio enquanto seguro o volante. Não consigo seguir em frente, como em nenhum outro dia, sem esse ritual. Quatrocentos merecem alguma coisa, algum reconhecimento. Como 365, quando comprei flores para a mãe dele, não para seu túmulo, porque eu sabia que ele gostaria que a mãe ficasse com elas. Ou como em seu aniversário, quando passou. Que foram quatro meses, três semanas e um dia depois. No dia 142.

E eu passei sozinha, porque não suportei ver os pais dele naquele dia e porque uma parte mínima e secreta de mim acreditava de verdade que, se eu ficasse sozinha, talvez de algum modo ainda houvesse a chance de ele voltar, fazer dezoito anos e continuar de onde tínhamos parado. Cursar o último ano comigo, candidatar-se às mesmas universidades, ir ao nosso último baile da escola, jogar os barretes para o alto na formatura e se beijar sob o sol antes de eles caírem no chão.

Como ele não voltou, me enrolei no moletom que ainda guardava a mais discreta sugestão do cheiro dele, ou talvez fosse minha imaginação. Eu o apertei ao redor do meu corpo e fiz um pedido. Pedi intensamente que não tivesse de fazer nenhuma dessas coisas sem ele. E meu pedido se realizou. O último ano se tornou uma névoa. Não mandei pelo correio minha candidatura às universidades. Não fui comprar roupas. Esqueci que havia um céu ou um sol sob o qual se beijar.

Os dias se passaram, um depois do outro, calculados em um ritmo ininterrupto e interminável. Era aparentemente infinito, mas passou num piscar de olhos, feito ondas se quebrando na praia, ou as estações chegando ao fim.

Ou como a batida de um coração.

Trent tinha o coração de um atleta: forte, estável, dez batimentos mais lento do que o meu. Antes, nos deitávamos ali, o peito de um encostado no do outro, e eu desacelerava a respiração para alcançar o ritmo da dele, tentando enganar minha pulsação a fazer o mesmo, mas nunca dava certo.

Mesmo depois de três anos, minha pulsação acelerava só de ficar perto dele. Mas encontramos nossa sincronia juntos, o coração dele numa batida mais lenta e estável e o meu preenchendo os espaços.

Quatrocentos dias e muitas batidas do coração para contar.

Quatrocentos dias e muitos lugares e momentos onde Trent não existe mais. E ainda nenhuma resposta de um dos únicos lugares em que ele existe.

Alguém buzina atrás de mim, me arrancando dos meus pensamentos e do enjoo de nervoso que surge no meu estômago. Pelo retrovisor, vejo o motorista xingando ao dar uma guinada para contornar meu carro – a mão furiosa erguida, os lábios cuspindo uma pergunta pelo para-brisa: *Que merda você está fazendo?*

Eu me fiz a mesma pergunta quando entrei no carro. Não sei *o que* estou fazendo, mas sei que preciso fazer, porque tenho que vê-lo com meus próprios olhos. Por causa de como foi ver os outros.

Norah Walker foi a primeira receptora a fazer contato com a família de Trent, embora eles só tenham descoberto seu nome um tempo depois. Os receptores podem falar com as famílias dos doadores a qualquer momento por meio do coordenador de transplantes e vice-versa, mas ainda assim a carta surpreendeu a todos nós. A mãe de Trent me ligou um dia depois de recebê-la e me pediu para ir até sua casa;

e ficamos sentadas ali, na sala de estar iluminada, na casa que guardava tantas lembranças, começando pelo dia em que passei correndo por ela pela quinta vez, na esperança de ele me ver.

O som dos passos dele tentando alcançar os meus reduziu meu ritmo a ponto de ele conseguir. Sua voz, na época desconhecida para mim, esforçou-se para encaixar as palavras entre uma respiração e outra.

— *Ei!*
Respira.
— *Espere!*
Respira.

Tínhamos catorze anos. Éramos estranhos até aquele momento. Até aquelas duas palavras.

Enquanto eu estava sentada na casa de Trent com a mãe dele, no sofá onde ele e eu costumávamos ver filmes e comer pipoca da mesma tigela, foram as palavras de uma estranha, e a gratidão que continham, que me sacudiram e me retiraram do lugar escuro e solitário em que estive por tanto tempo.

A carta dela, escrita com a mão trêmula em um lindo papel, me tocou naquele dia. Era humilde. Lamentava profundamente a morte de Trent. E estava imensamente agradecida pela vida que ele lhe dera.

Fui para casa naquela noite e lhe escrevi uma resposta, meu próprio agradecimento pelo momento de leveza que ela me concedeu com suas palavras. E na noite seguinte escrevi a outro receptor, e depois a outro – no total, cinco. Cartas anônimas para pessoas anônimas que eu queria conhecer. E quando as enviei ao coordenador de transplantes para que ele passasse adiante, foi com a esperança tênue de que essas pessoas me respondessem. Que elas me notassem como ele me notou.

Olho por cima do ombro e ele está ali, sorrindo, segurando um girassol mais alto do que eu, arrastando o caule atrás dele, com raiz e tudo.

– Meu nome é Trent – diz ele. – Eu me mudei aqui para a rua há pouco tempo. Você deve morar perto, não é? Vi você correndo todo dia de manhã esta semana. Você é rápida.

Mordo o lábio inferior enquanto andamos. Estou sorrindo por dentro. Tento não confessar que eu reduzia a velocidade no trecho da rua na frente da casa dele todo dia desde que o caminhão de mudança parou na entrada e ele saiu.

– Meu nome é Quinn – digo.

Respira.

Escrever as cartas me deu a sensação de poder respirar novamente. Escrevi sobre Trent e todas as coisas que ele me deu enquanto estava vivo. A impressão de que podia fazer qualquer coisa. Felicidade. Amor. As cartas foram um jeito de homenageá-lo e uma esperança de algo mais. A mão anônima se estendendo para o vazio, procurando uma conexão. Uma resposta.

Eu rio, porque ele ainda está sem fôlego e não parece se lembrar do girassol gigantesco que segura na mão.

– Ah – diz ele, acompanhando meu olhar –, isso devia ser para você. Eu... – Ele passa a mão, nervoso, no cabelo. – Eu, hum, peguei ali, perto daquela cerca.

Ele estende a flor para mim e ri. É um som que quero ouvir para sempre.

– Obrigada – respondo.

E estendo a mão para pegar o girassol. A primeira coisa que ele me deu na vida.

Recebo quatro respostas das pessoas a quem ele doou. Depois de 282 dias, e várias cartas de ida e volta, formulários de autorização e aconselhamento pré-reunião, a mãe dele e eu vamos de carro até o escritório do Serviço à Família do Doador e ficamos sentadas lado a lado, esperando a chegada deles. Para conhecê-los pessoalmente.

Como foi a primeira a se aproximar pelas palavras, Norah também foi a primeira a estender a mão e, apesar de todas as vezes que imaginei conhecê-la, nada podia ter me preparado para como me senti ao apertar sua mão, olhar nos seus olhos e saber que havia uma parte de Trent ali. Uma parte que salvou a vida daquela mulher e lhe deu a chance de ser mãe de uma garotinha de cabelo cacheado, que espiava por trás de suas pernas, e uma chance de ser a esposa de um homem que chorava, de pé, ao lado dela.

Quando ela respirou fundo com os pulmões de Trent e levou minha mão ao seu peito para que eu os sentisse se encher e se expandir, meu coração se encheu junto.

Aconteceu o mesmo com os outros que conheci: Luke Palmer, sete anos mais velho do que eu, tocou uma música para nós no violão, porque agora podia fazer isso graças ao rim que Trent havia lhe doado. Teve John Williamson, um homem calado, mas caloroso, de cinquenta e poucos anos, que escreveu lindas cartas poéticas contando como sua vida mudou desde que recebeu o transplante de fígado, mas que se atrapalhou ao procurar as palavras certas para nos dizer naquela salinha de recepção. E ainda teve Ingrid Stone, uma mulher de olhos azul-claros, muito diferentes dos castanhos de Trent, mas que podia enxergar o mundo outra vez e pintar suas telas em cores vibrantes também graças a ele.

Dizem que o tempo cura todas as feridas, mas conhecer essas pessoas naquela tarde – uma família improvisada de estranhos reunida por causa de Trent – me curou mais do que todo esse tempo sem ele.

Por isso, quando dia após dia se passou sem nenhuma resposta do último receptor, comecei a procurá-lo. Fui atrás – combinando dados com matérias de jornais e hospitais –, até encontrá-lo com tanta facilidade que quase não acreditei.

É também por esse motivo que, perto de qualquer outro, eu finjo entender a razão dele para não ter respondido. E, como a mulher do Serviço à Família do Doador nos disse, algumas pessoas nunca respondem, e é uma opção delas.

Eu agi como se não tivesse pensado nele todo dia e questionado sua opção. Como se eu tivesse feito as pazes com isso. Mas, sozinha, naquelas horas intermináveis que se estendiam até a eternidade antes de amanhecer, eu sempre voltava à verdade: não fiz as pazes coisa nenhuma. E nem tenho ideia se consigo, se não fizer isso.

Não sei o que Trent pensaria se soubesse. O que ele diria se de algum modo pudesse ver. Mas já se passaram quatrocentos dias. Eu queria que ele entendesse. Por muito tempo, *eu* era a única que tinha seu coração. Só precisava ver onde estava agora.

> "O coração tem razões que a própria razão desconhece: disto sabemos de incontáveis maneiras."
>
> — Blaise Pascal

CAPÍTULO DOIS

NÃO TEM ONDE manobrar nesta rua, mesmo que eu queira. Só há uma descida íngreme por uma encosta de morro de carvalhos cobertos de musgo que sobem da relva alta e dourada do verão. A rua segue assim por quilômetros, sinuosa, acompanhando o litoral, onde ele passou todos os seus dezenove anos de vida. Cinquenta e oito quilômetros de extensão.

Quando as árvores finalmente dão lugar à imensidão azul do mar e do céu na margem da cidade dele, minhas mãos estão tremendo tanto que preciso parar no mirante do acostamento da estrada. Uma faixa fina de neblina se agarra à beira do penhasco, derretendo sob o sol matinal que se espalha pela água abaixo. Desligo o carro, mas não saio de dentro dele. Apenas abro as janelas e respiro lenta e profundamente, numa tentativa de acalmar minha consciência.

Já estive ali, em Shelter Cove, muitas vezes. Eu passava de carro por esse local e ia à cidadezinha litorânea nos incontáveis dias de primavera e verão, mas hoje é diferente. Não há nenhum sinal da expectativa eufórica que borbulhava entre mim e minha irmã, Ryan, no banco de trás, ao seguirmos com mamãe e papai, o porta-malas lotado de toalhas de praia e pranchas de bodyboarding, o cooler explodindo de todas as porcarias que nunca podíamos comer em casa. Não há a emoção da liberdade que veio quando Trent tirou a carteira de habilitação e viajamos em sua picape para passar o dia, nos sentindo adultos e românticos. Hoje há uma determinação penosa e a tensão que a acompanha.

Observo a água e tenho um pensamento alarmante. Será que, em alguma das ocasiões em que estive aqui, já vi Colton Thomas? Será que Trent e eu já passamos por ele na rua, nos encarando por meio segundo antes de seguirmos adiante sem pensar nisso, como fazem os desconhecidos? Sem fazer nenhuma ideia de que um dia haveria esta ligação entre nós? Antes de tudo. Antes do acidente de Trent, de escrever cartas e de conhecer os outros, e antes de eu ter passado tantas noites com esperança de receber uma resposta de Colton Thomas, imaginando por que nunca recebi.

É uma cidade pequena. Pequena o bastante para que o tivéssemos visto em algum momento durante uma de minhas viagens. Mas, pensando bem, talvez não. Provavelmente ele não passava os verões como o restante de nós. Examinei a cuidadosa cronologia que a irmã dele publicou no blog, o que finalmente me levou a ele. Mas ela só começou quando ele foi inserido na lista de transplantes, e sei que ele tinha catorze anos quando o coração começou o lento e torturante processo de deixá-lo na mão. Ele entrou na lista de transplantes aos dezessete. E teria morrido se não houvesse recebido o telefonema no último instante do seu décimo oitavo ano de vida. No último dia do décimo sétimo ano de Trent.

Afasto o pensamento e o peso que vem junto. Respiro fundo novamente e lembro a mim mesma do cuidado que preciso ter com isso. Já infringi regras demais, escritas e tácitas, protocolos que têm o intuito de proteger do conhecimento excessivo as famílias de doadores e receptores. Ou de expectativas excessivas.

Mas quando encontrei Colton, e toda sua história ali, para todo mundo ver, substituí essas regras em minha mente por outras. Regras e promessas que repeti sem parar, e que me levaram tão longe hoje e que me fortaleceram o bastante para me segurar na estrada enquanto as repetia: vou respeitar o desejo de Colton Thomas de não ter contato nenhum, por mais que eu ache que nunca vou entender isso. Eu só quero *vê-lo*. Ver quem ele é na realidade. Talvez, então, eu consiga entender. Ou pelo menos fazer as pazes com isso.

Não vou interferir na sua vida. Não vou falar com ele, nem mesmo ouvir sua voz. Ele nem vai saber que eu existo.

Estaciono do outro lado da rua da Good Clean Fun e desligo o carro, mas não saio de dentro dele. Em vez disso, levo algum tempo para absorver os detalhes da loja, como se de algum modo eu fosse ver algo que me diga mais sobre Colton do que contaram todos os posts da irmã dele. É idêntica às fotos que eu vi: pranchas de paddleboard e caiaques perfeitamente empilhados enchem as prateleiras de cada lado da loja, respingos de amarelo e vermelho contrastando com a manhã cinzenta. Atrás deles, vejo pela vitrine que há diversas roupas de mergulho e coletes salva-vidas pendurados em fileiras arrumadas, prontos para os clientes em busca da aventura do dia. Nada além do que eu já esperava. Mesmo assim, é estranho vê-la agora, uma loja em que devo ter entrado várias vezes e nunca me chamou a atenção. Hoje é um lugar que tenho a impressão de conhecer, com uma história feita de muito mais do que o equipamento nas prateleiras.

A loja ainda não abriu e a rua está quase vazia; mais à frente, onde o píer se projeta no mar cinzento e agitado, os moradores saem, começando o dia. Surfistas pontilham a água de ambos os lados dos pilares cobertos de mexilhões. Um pescador coloca a isca no anzol e o joga por cima da grade. Duas idosas de moletom caminham em ritmo animado perto da água, conversando e balançando os braços com entusiasmo. E no estacionamento ao lado do píer, três caras de bermuda e chinelos se apoiam na grade, observando as ondas enquanto o vapor sai de forma indolente dos copos de café que eles têm nas mãos.

Decido que um café pode ser uma boa ideia. No mínimo, posso usar o copo para ocupar as mãos. Talvez seja o suficiente para firmá-las. E encontrar o que fazer, além de ficar sentada do outro lado da rua da loja, esperando, menos confiante a cada segundo que passa.

A algumas portas do meu lado da rua, há uma placa que me parece promissora: O PONTO SECRETO. Dou mais uma olhada rápida na locadora fechada, depois saio do carro e ando pela calçada, tentando parecer à vontade e relaxada, como se eu pertencesse àquele lugar.

O ar está denso por causa da neblina matinal e do cheiro de sal do mar, e o dia, embora vá esquentar, ainda está frio o suficiente para me causar arrepios nos braços enquanto ando. Quando abro a porta da cafeteria, o cheiro de café me envolve, junto com as notas suaves do violão tocando no pequeno alto-falante acima da porta. Meus ombros relaxam um pouquinho. Quase me sinto capaz de comprar um café, talvez dar uma volta na praia e ir embora sem ultrapassar nenhum limite, se eu quisesse. Mas sei que não é verdade. Há muita coisa envolvida nisso, e nele, para que eu consiga agir assim.

Levo um susto com a voz que vem de trás do balcão.

– Bom dia! Já atendo você. – A voz é calorosa. Tranquila, como um sorriso.

– Tudo bem – respondo, sabendo que pareço tensa em comparação aos outros.

Como se eu tivesse perdido a prática de interagir com as pessoas. Por um instante, tento pensar em algo mais para acrescentar, mas não me vem nada à cabeça. Em vez disso, recuo um passo e observo a cafeteria. É um lugar aconchegante, com paredes turquesa-escura que destacam as fotos de surfe em preto e branco. Acima de mim, antigas pranchas de surfe coloridas estão penduradas lado a lado, suspensas do teto por alças de corda gasta. Ao lado do balcão há outra prancha – esta com uma falha irregular – encostada na parede, servindo de suporte para o cardápio pintado à mão.

Não estou com nenhuma fome, mas dou uma olhada mesmo assim, procurando, por hábito, um café da manhã de burrito. O favorito de Trent, ainda mais depois do treino de natação pela manhã. Se ele saísse cedo e tínhamos tempo antes da escola, íamos ao centro da cidade e comprávamos um para dividir no nosso lugarzinho secreto: um banco escondido atrás do restaurante, com vista para o riacho. Às vezes conversávamos sobre a próxima competição dele ou minha, ou sobre nossos planos para o fim de semana. Mas meus momentos preferidos eram os que só ficávamos sentados ali, ouvindo o barulho suave da água passando pelas pedras e o silêncio confortável que paira com quem se conhece a fundo.

Um cara louro e de olhos azuis brilhantes passa pela porta da cozinha, enxugando as mãos em uma toalha.

– Desculpe-me pela demora – diz ele, me dando um sorriso branco que brilha em contraste com seu bronzeado. – O ajudante ainda não apareceu. Não sei por quê. – Ele aponta com a cabeça para o quadro-negro, que relata as condições do dia para o surfe: *ondas de 2 metros ao sul, ventos para o mar... Saia daqui!*

Quando ele olha para a praia pela vitrine e dá de ombros, entendo que não se importa.

Não digo nada. Finjo examinar o cardápio. O silêncio é meio constrangedor.

– Mas, então – diz ele, batendo palmas –, o que posso fazer por você esta manhã?

Na realidade, não quero nada, mas estou aqui e é tarde demais para sair. Além disso, ele parece legal.

– Vou tomar um mocha – digo, mas não pareço muito segura.

– Só isso? – pergunta ele.

Faço que sim com a cabeça.

– Só.

– Tem certeza de que não quer mais nada?

– Tenho. Quer dizer, não, obrigada... Tenho certeza.

Meus olhos se fixam no chão, mas sinto seu olhar fixo em mim.

– Tudo bem – diz ele depois de bastante tempo. Sua voz está mais gentil. – Vou trazer seu pedido em um minuto. – Ele gesticula para as cinco ou seis mesas vazias. – Tem lugar de sobra... Pode escolher.

E eu escolho uma mesa lá no fundo, com vista para a vitrine. Lá fora, o sol derrete o cinza da manhã, infundindo o mar de luz e cor.

— Aqui está.

O cara do café traz uma caneca fumegante do tamanho de uma tigela e um prato com um muffin gigantesco.

— Banana com chips de chocolate — diz ele quando levanto a cabeça. — Tem gosto de felicidade. Acho que você precisa de um pouco hoje, então é por conta da casa. O café também.

Ele sorri e reconheço o jeito cauteloso com que faz isso. Não é só esta manhã. É o mesmo sorriso que as pessoas me dão já há algum tempo, um misto do que parece compaixão e pena, e fico na dúvida do que ele viu em mim para achar que preciso disso. Minha postura? Minha expressão? O tom de voz? É difícil adivinhar depois de tanto tempo.

— Obrigada — digo.

E então tento retribuir com um sorriso de verdade, para garantir a nós dois que estou bem.

— Viu só? Já está funcionando. — Ele sorri. — A propósito, meu nome é Chris. Me avise se precisar de mais alguma coisa, está bem?

Concordo com a cabeça.

— Obrigada.

Ele volta à cozinha e me recosto na cadeira, com a caneca quente aninhada nas mãos, já me sentindo um pouco mais calma. Embora eu ainda veja a loja de caiaques do outro lado da rua, pareço estar a uma distância segura e adequada. Como se eu não houvesse feito nada de errado ao ter vindo até aqui. Um surfista passa pela calçada e vislumbro os olhos verdes e a pele bronzeada que fazem meus olhos se desviarem rapidamente, baixando para a espuma do mocha. Ele é impressionante. É extraordinário, se faz notar, e isso me traz uma onda de culpa.

Um instante depois, a porta se abre e ele vai diretamente ao balcão sem olhar para mim no canto, e toca a sineta depressa cinco vezes.

– Ei! Tem alguém trabalhando aqui hoje ou estão todos na água?

Chris volta da cozinha, com um sorriso de familiaridade.

– Ora essa, olha quem decidiu nos presentear com sua presença esta manhã. – Eles dão um *high-five* e se aproximam por cima do balcão naquele meio abraço masculino. – Bom te ver, cara. Já surfou?

– Vi o sol nascer da água – diz o cara daqueles olhos. – Só entrei. Estava bom... Por que não vi você lá?

Ele pega uma caneca e se serve.

– Alguém precisa cuidar daqui – responde Chris, tomando um gole da própria caneca.

– As prioridades de alguém estão erradas – brinca o outro.

Chris suspira.

– Acontece.

– Eu sei. Quando você não está olhando – diz o amigo simplesmente. Ele sopra de leve por cima da caneca. – Por isso você precisa estar aqui, para não perder essas coisas.

— Que profundo, cara. — Chris sorri. — Mais algum conselho sábio que você queira esfregar na minha cara hoje?

— Não. Mas esse *swell* deve durar. Amanhã, ao nascer do sol?

Chris inclina a cabeça para o lado, reorganizando as prioridades.

— Sem essa. — O amigo sorri. — A vida é curta demais. Por que você *não* iria?

— Tudo bem — diz Chris. — Tem razão. Cinco e meia. Quer comer?

Quando uma parte mínima de mim torce para que ele responda sim e fique aqui, percebo que estive acompanhando atentamente a conversa dos dois. E ele também. Constrangida, levo a caneca aos lábios, mais para ter onde me esconder do que para tomar um gole. Obrigo meus olhos a se voltarem para a rua, do lado de fora da vitrine.

— Não, preciso abrir a loja. Vou receber uma família de oito para alugar caiaques, e prometi à minha irmã que estaria lá para preparar o pessoal.

As palavras dele, ditas de forma despreocupada, me atingem rapidamente, como uma saraivada de flechas: *caiaques, loja, irmã*. Meu estômago dá uma cambalhota com a possibilidade real demais de que esse cara seja *ele*. Parado bem ali, a uma curta distância. Inspiro bruscamente ao pensar nisso e engasgo com o café. Os dois olham para mim enquanto tusso e tento pegar o copo de água na mesa. Em vez disso, derrubo a caneca, que cai no chão com estrondo. E o café espirra para todo lado.

O surfista dá um passo na minha direção quando me levanto de um salto da cadeira. Chris joga um pano para ele pelo balcão.

– Pega, Colt.

Meu coração despenca do peito, levando junto todo o ar do salão, e não consigo mais respirar.

Colt.

De Colton Thomas.

> "Cientistas identificaram neurônios individuais que se ativam quando determinada pessoa é reconhecida. Assim, [é possível que] quando o cérebro de um receptor analisa as feições de uma pessoa que impressionaram significativamente o doador, o órgão doado possa transmitir mensagens muito emocionais, que sinalizam o reconhecimento do indivíduo. Essas mensagens de feedback ocorrem em milissegundos e o receptor [talvez até acredite] que conhece a pessoa."
> – "Cellular Memory in Organ Transplants"

CAPÍTULO TRÊS

COLTON THOMAS SE APROXIMA de mim, sobrancelhas escuras franzindo a testa com preocupação, um pano em uma das mãos, a outra se estendendo sobre a poça de café derramado.

– Você está bem?

Faço que sim, ainda tossindo, mas estou longe disso.

– Venha, passe por aqui. Vou cuidar disso.

Ele segura de leve meu cotovelo e fico tensa com seu toque.

– Desculpe – diz ele, baixando a mão rapidamente. – Eu... Tem certeza de que está bem?

Ele fica ali parado, bem na minha frente, com um pano de prato na mão. Pergunta se estou bem. Isso não podia estar acontecendo. Não é o que devia acontecer, esse...

Desvio o olhar. Tusso mais uma vez, pigarreio e solto a respiração trêmula. *Calma, calma.*

– Desculpe – consigo dizer. – Sinto muito. Eu só...

– Está tudo bem – diz ele, como se estivesse com vontade de rir.

Por cima do ombro, ele olha para Chris, que pelo visto já está preparando uma xícara nova para mim.

– Saindo um fresquinho! – exclama Chris.

– Viu só? – diz Colton Thomas. – Sem problemas. – Ele gesticula na direção da cadeira mais próxima. – Eu cuido disso. Pode se sentar.

Não me mexo e não digo nada.

Ele se agacha para limpar o café com o pano, mas depois volta a olhar para mim e sorri. Fico chocada porque esse sorriso é muito diferente daquele fraco que aparece em tantas fotos da irmã. Porque *ele* não se parece em nada com aquele das fotos. Acho que eu não teria adivinhado que era a mesma pessoa. Talvez nem se ele tivesse entrado primeiro na loja dos pais.

O Colton das fotos estava doente. Pálido, com olheiras, rosto inchado, braços finos. Um sorriso que parecia exigir esforço. Esta pessoa ajoelhada na minha frente é vibrante, saudável e é aquele que...

Quero desviar o olhar, mas não consigo. Não com o jeito com que ele está olhando *para mim*.

Sua mão fica imóvel e paira acima do chão pegajoso como se ele tivesse esquecido o que estava fazendo. Depois, sem tirar os olhos de mim, ele se levanta devagar, até ficarmos frente a frente, e vejo o verde-escuro dos seus olhos investigando os meus.

Sua voz sai mais suave, quase hesitante, quando ele enfim fala:

— Você é...? Você tem...? Será que eu...?

Suas perguntas flutuam, sem resposta, no espaço entre nós, e por um momento me prendem ali. Depois o pânico aparece de forma precipitada.

A realidade do que fiz — ou cheguei perigosamente perto de fazer — me atinge, me faz passar por ele esbarrando em seu ombro e sair pela porta antes que ele possa dizer mais alguma coisa. Antes que a gente possa nos entreolhar por mais tempo.

Não olho para trás. Ando pela calçada até o meu carro o mais rápido que consigo, movida pela certeza de que eu não devia ter vindo e que preciso ir embora *agora*. Porque, misturada com a noção de que fiz algo terrivelmente errado, há a sensação dominadora de que quero conhecer melhor essa pessoa. Colton Thomas, de olhos verdes, pele bronzeada e um sorriso de quem me conhece. Muito diferente da pessoa que achei que fosse encontrar.

O barulho da porta atrás de mim, depois passos, me dá vontade de correr.

– Ei – chama uma voz. – Espere! – É a voz dele.

Aquelas duas palavras.

Elas me fazem querer... parar e esperar, me virar e olhar para ele de novo. Mas não faço isso. Ando ainda mais rápido. Para longe. *Isso foi um erro, um erro, um erro.* Enfio a mão no bolso e aperto o botão da chave de destrancar o carro sem parar de andar, quase frenética. A um passo na calçada de alcançar a porta do meu carro, os passos dele surgem logo atrás de mim, bem perto.

– Ei – repete ele –, você esqueceu isso.

Fico paralisada, agarrando a maçaneta com os dedos fechados.

Meu coração acelera quando me viro lentamente para olhá-lo de novo.

Ele engole em seco. Estende minha bolsa para mim.

– Toma.

Eu a pego.

– Obrigada.

Ficamos ali parados, recuperando o fôlego. Procurando por outras palavras. Ele encontra as dele primeiro.

– Eu... Você está bem? Parece meio... Talvez não esteja bem.

As lágrimas surgem instantaneamente e eu nego com a cabeça.

— Desculpe. — Ele dá um passo para trás. — Isso foi... Não é da minha conta. Eu só...

Os olhos dele percorrem meu rosto, procurando mais uma vez.

Isso é mais do que um erro. Puxo a maçaneta e abro a porta, entro no carro e a fecho com a mão trêmula. Preciso ir embora daqui agora mesmo. Eu me atrapalho com as chaves, procurando a certa, mas todas parecem iguais e sinto os olhos dele fixos em mim, e só preciso ir embora, e nunca devia ter vindo, e... encontro a chave certa, enfio na ignição e giro. Quando faço isso, ergo a cabeça a tempo de vê-lo dar um passo assustado para trás, voltando à calçada. Engreno o carro, giro o volante e piso no acelerador. Com força.

O impacto é repentino e alto. Um insulto que vem de lugar nenhum. Metal e vidro moído. Meu queixo bate no volante. A buzina toca, e na imobilidade do momento me dou conta do que acabei de fazer. De tudo o que acabei de fazer. Fecho os olhos, na esperança boba de que nada tenha acontecido. Que eu tenha apenas sonhado, como sonho com Trent, sonhos onde tudo é tão nítido e real, até que acordo e percebo que estou sozinha e ele se foi.

Abro lentamente os olhos. Tenho medo de fazer qualquer outra coisa, mas minha mão se mexe no automático e puxa a alavanca do carro para estacionar. Então minha porta se abre.

Colton Thomas não foi embora. Está bem ali, me olhando com preocupação e algo mais que não sei definir.

Ele se debruça e estende a mão para desligar o motor por mim.

— Está tudo bem com você? — Há preocupação na voz dele.

Minha boca lateja, mas faço que sim com a cabeça, evito seus olhos e engulo o choro. Sinto gosto de sangue.

— Você se machucou — diz ele.

Ele ergue só um pouco a mão, como se quisesse afastar o cabelo do meu rosto ou limpar o sangue do meu lábio, mas não faz isso. Apenas continua me olhando.

— Por favor — diz ele depois de muito tempo —, deixe eu te ajudar.

> "O coração [os cientistas descobriram] não é só uma bomba, mas também um órgão de grande inteligência, com o próprio sistema nervoso, capacidade de tomar decisões e fazer ligações com o cérebro. Descobriram que o coração na verdade 'fala' com o cérebro, se comunicando de formas que afetam como percebemos o mundo e reagimos a ele."
>
> – Dra. Mimi Guarneri, The Heart Speaks: A Cardiologist Reveals the Secret Language of Healing

CAPÍTULO QUATRO

COLTON FICA ENTRE o para-choque do meu carro e o furgão Volkswagen azul em que bati, avaliando os danos.

– Não foi tão ruim assim – diz ele, se agachando entre os dois para-choques. – Quer dizer, quem levou a pior foi *você*. – Ele olha para o bolo de lenços de papel que seguro com força no lábio inferior. – Vai precisar de pontos. Temos que ir ao médico.

Tento ignorar o plural na frase. Preciso sair daqui com ainda mais urgência do que antes, mas acabo de complicar as coisas de forma exponencial.

– Não posso simplesmente ir embora – digo. – Bati no carro de alguém. Tenho que fazer um boletim de ocorrência ou coisa assim. Ou, pelo menos, ligar para o seguro. E meus pais. Ai, meu Deus.

Eles já tinham ido embora quando saí esta manhã e provavelmente supõem que eu esteja em casa quando chegarem para o almoço, porque eu fiquei lá todos os dias nas últimas semanas, desde a formatura.

Colton se levanta.

– Você pode fazer tudo isso depois... Primeiro, precisa se cuidar. Escreva um bilhete. Deixe o número do seu telefone. As pessoas por aqui são calmas. E você quase não amassou. É sério, não foi grande coisa.

Quero discutir com ele, mas meu lábio está latejando e fico enjoada com o caráter pegajoso e quente dos lenços que pressiono nele.

– Sério?

– Sério. – Ele olha por cima do ombro. – Aguente aí. Já volto.

Ele se vira e corre com tranquilidade, atravessa a rua até a loja de aluguel de caiaques, onde uma pequena multidão – presumivelmente a família de que ele falou na cafeteria – anda por ali. Os adultos olham alternadamente para os relógios e ao redor, enquanto dois adolescentes se apoiam na vitrine, absortos nos telefones, e as duas crianças mais novas se perseguem entre as prateleiras de caiaques. Eu devia ir embora naquele momento. Deixar um bilhete rápido no furgão e sair agora mesmo, antes que isso vá ainda mais longe.

Volto depressa para o carro e me enfio no banco do motorista para pegar a bolsa. O movimento repentino provoca uma nova onda de dor e viscosidade em minha boca, e preciso respirar fundo antes de procurar dentro da bolsa por uma caneta e algo em que escrever.

Olho para o outro lado da rua, observando Colton se aproximar da família de clientes. Ele parece pedir desculpas e gesticula na minha direção, provavelmente explicando o que aconteceu há pouco. Eles assentem e ele pega o celular, dá um breve telefonema, depois aperta a mão de todos outra vez e volta correndo. Finjo estar tão absorta escrevendo o bilhete que não levanto a cabeça quando seus pés param bem na minha frente.

– Posso levar você para o hospital – diz ele.

Escrevo meu nome e telefone na borda do bilhete.

– Obrigada de verdade, mas está tudo bem. Eu posso dirigir.

– Não sei não – retruca ele. – Tem certeza de que é uma boa ideia?

– Não foi tão ruim assim. Eu estou bem, eu...

– Espera. – Ele pega a folha de papel de mim. Olha para ela. – Por que eu não coloco isto no carro, você troca de lugar e eu dirijo para você?

Não me mexo. Em parte porque sei que é uma má ideia e em outra porque estou um pouco tonta. Colton se agacha na minha frente, de forma que não consigo evitar seus olhos.

— Escute aqui. Você precisa levar pontos e eu tirei o dia de folga, então não posso deixar você dirigir desse jeito.

Ele não espera por uma resposta minha, vai até o para-brisa do furgão, levanta o limpador e coloca o bilhete embaixo. Antes que eu consiga pensar numa desculpa para ele não me levar, Colton está de volta ao lado do motorista do meu carro, onde ainda estou sentada.

Olho para ele por mais tempo, o suficiente para pensar em todos os motivos que tornam um erro deixar que isso siga em frente.

— Posso? — pergunta ele.

E quando me olha com aqueles olhos, algo bem no fundo me faz dizer sim.

Não falamos nada, pelo menos não no começo, enquanto ele dirige pela rua principal. A cidadezinha costeira e sonolenta ganhou vida e os frequentadores da praia se reúnem nas calçadas, indo para a areia de chinelos e saída de praia, as bolsas de praia estufadas e penduradas nos ombros. Sinto que ele me olha de soslaio de vez em quando e preciso de todo o meu foco para não encará-lo nos olhos. Por fim, quando parece que ele está perdido nos próprios pensamentos, eu o examino pelo canto do olho, tentando apreender os detalhes. Bermuda azul, camiseta branca, chinelos. Nenhum bracelete de alerta médico. Tudo isso me surpreende, como se devesse ter algum sinal externo.

Ele parece à vontade dirigindo meu carro e tento ficar bem com isso, mas não estou. Acho que nenhuma outra pessoa o dirigiu desde que Trent morreu e parece que se eu fechar os olhos agora vou vê-lo ali, sentado naquele banco, com uma das mãos no volante, a outra no meu joelho, cantando alto junto com o rádio, errando de propósito a letra para me fazer rir. Colocando meu nome em todas as músicas.

Mas não tem música nenhuma tocando e é Colton Thomas quem está dirigindo meu carro. Um rio fundo de culpa corre por mim e tento pensar, enquanto seguimos, em novas regras para lidar com a situação que criei. Não vou fazer nenhuma pergunta e vou responder o mínimo possível. Não vou falar de onde vim, nem por que eu estava em Shelter Cove, nem quem eu sou. Talvez eu nem mesmo diga meu nome verdadeiro porque...

— E então, Quinn — diz ele, com os olhos fixos na estrada. — Vamos começar de novo.

Olho para ele, assustada com meu próprio nome. Então me lembro do bilhete que acabei de assinar.

— Meu nome é Colton — diz ele.

— Eu sei.

Deixo escapar a resposta antes que eu consiga conter.

– Sabe?

Há certa decepção em sua voz, e eu não entendo. Concordo com a cabeça e engulo em seco. Eu queria estar em qualquer lugar, menos aqui.

– É – digo, rápido demais. – Eu... Você... Seu amigo na cafeteria disse seu nome.

Olho para Colton para ver se acredita em mim, depois percebo que ele não tem motivos para não acreditar. Ele não faz ideia de quem eu seja. Uma onda de náusea – ou culpa, é difícil identificar – passa por mim. Eu devia contar a verdade agora. Talvez ele fique tão apavorado que faça a volta, retorne diretamente à sua loja, saia, e isso seja o fim. Posso ir embora e garantir que nossos caminhos nunca voltem a se cruzar. Posso fechar a porta que não deveria ter aberto. Abro a boca para dizer as palavras, mas elas empacam e se chocam no fundo da garganta.

– Então, você estava ouvindo? – pergunta Colton com um sorriso discreto. – O suficiente para gravar meu nome?

Com o olhar fixo à frente, pelo para-brisa, digo a verdade:

– Estava.

– E você não é daqui?

– Não.

– Está de férias?

Nego com a cabeça.

– Só vim passar o dia.

Não digo de onde sou.

— Sozinha? — Sua voz parece esperançosa.

— Sim.

Paramos no sinal vermelho. Ele fica em silêncio por um momento e eu reviro a palavra na minha cabeça. *Sozinha*. É assim que me sinto há muito tempo. Há quatrocentos dias. Desde que Trent morreu, estou sozinha *e* solitária. Mas agora, neste instante, percebo que não sou nenhuma das duas coisas.

Eu imaginava como seria ver Colton Thomas, me perguntava como seria olhar de longe a pessoa que recebeu uma parte tão vital de quem Trent era. Olhar o peito de um estranho e saber o que há no fundo. A mãe de Trent me disse que a avó dele estava ao lado dela quando soube que doaram o coração. Ela não criou caso com nenhum outro órgão, mas com o coração foi diferente. O coração era tudo que fazia de uma pessoa o que ela era, e a avó dele pensava que Trent devia ter sido enterrado com o coração. Era minha esperança, depois de conhecer os outros, que ver uma pessoa viva graças a Trent fosse algo com poder de cura. A cura *definitiva*. Mas em nenhuma daquelas vezes imaginei que, quando encontrasse, de algum modo me sentiria imediatamente menos só.

— Não foi um mau começo — diz Colton, como se lesse meus pensamentos.

— Não foi um mau começo para o quê?

— Para uma segunda chance — responde ele simplesmente.

"Os gregos acreditavam que o espírito residia no coração. Na medicina tradicional chinesa, acredita-se que o coração guarde o espírito, shen. A concepção do coração como um livro íntimo que contém registro de toda a vida da pessoa – as emoções, as ideias e as lembranças – aparece na teologia cristã primitiva, mas pode ter uma origem antiga, remontando à cultura egípcia.

"Nenhuma outra parte do corpo humano foi tão celebrada na poesia, tão comumente usada como símbolo do amor e da alma."

– Dra. Mimi Guarneri, The Heart Speaks: A Cardiologist Reveals the Secret Language of Healing

CAPÍTULO CINCO

NÓS DOIS estamos tensos quando as portas do pronto-socorro se abrem, e assim que passamos pela soleira, o lugar me traz de volta à realidade. A realidade de Colton que, de acordo com todos os posts da irmã, viveu entrando e saindo de hospitais, com remédios intermináveis em constante necessidade de ajuste, internações extensas e idas à emergência – sustos que impeliram Colton e a família a essas mesmas portas, temendo pelo pior. Só de pensar nisso, fico com vontade de segurar a mão dele enquanto nos aproximamos da recepção.

Atrás do balcão, uma mulher redonda de jaleco verde-menta está sentada diante de um computador, digitando no teclado. Ficamos ali parados por um instante, até ela erguer a cabeça e dar uma olhada em mim sem qualquer interesse. Seus olhos caem, por um breve segundo, nos lenços ensanguentados que tenho em um chumaço no lábio; depois ela pega uma prancheta em um organizador e desliza na minha direção, voltando-se para o computador.

– Sente-se e preencha isto – diz ela sem olhar para mim.
– Você vai ser atendida assim que for possível.

Sua voz é monótona, como se já tivesse dito essas palavras um milhão de vezes, e faz com que eu me pergunte o que teria de passar pela porta para que ela *não* usasse esse tom de voz. Mas minha dúvida não dura muito tempo.

– Obrigada – digo, e ela ergue os olhos de novo, mas dessa vez percebe a presença de Colton e fica mais atenta.

– *Colton*, querido! Desculpe, eu não tinha visto você aí! – Ela se levanta num pulo da cadeira, passa pela porta ao lado do balcão e põe a mão no braço dele logo em seguida.
– Está tudo bem? Precisa que eu mande uma mensagem para o Dr. Wide?

– Não, não, eu estou bem – responde ele. – Na verdade, estou ótimo. É minha amiga aqui que precisa ser atendida.

Está com um corte bem feio na boca. Acho que precisa levar alguns pontos.

A enfermeira coloca a mão no peito, visivelmente aliviada.

– Ah, que bom. – Ela me olha como se pedisse desculpas.

– Sinto muito... Não quis dizer que é bom que *você* tenha se machucado, é só que o Colton aqui...

– Costumava ser um frequentador assíduo do hospital. – Ele se intromete. – Desculpe, foi grosseiro da minha parte não fazer nenhuma apresentação. – Ele dá um sorriso rígido para mim e gesticula para a enfermeira. – Quinn, esta é Mary. Mary, minha amiga Quinn.

Mary o encara nos olhos por um instante antes de se virar para mim de novo. Tempo suficiente para alguma coisa ser transmitida entre eles – talvez uma pergunta, ou uma opinião. Eu endireito os ombros assim que ela volta a atenção para mim.

– Bom, Quinn, é um prazer conhecer qualquer amiga de Colton.

Ela estende a mão pequena, mas firme, para mim.

– É um prazer conhecê-la também – digo, apertando sua mão.

– Então, vocês dois se conhecem há muito tempo? – pergunta a enfermeira, ainda sacudindo minha mão.

Olho para Colton.

– Nós acabamos de nos conhecer – confessa ele com um breve sorriso.

Concordo com a cabeça, e o momento em que parece que ele ou eu devemos dar maiores explicações se estende de forma rígida entre nós três, parados ali, com Mary ainda segurando minha mão.

Colton pigarreia, depois gesticula para a prancheta em minha mão.

– Vamos nos sentar para você preencher isto?

– Sim, sim – diz Mary, finalmente soltando minha mão.

– Vocês dois vão se sentar e, assim que tiverem acabado, vamos levá-la a uma sala.

Ela sorri para mim com gentileza e parece uma aprovação que não sei se mereço.

– Obrigada – digo e nos viramos para procurar um lugar, mas a voz de Mary nos faz girar de volta.

– Colton, querido – diz ela, encarando-o com os olhos marejados. – Você parece muito bem, bem de verdade. – Ela balança a cabeça e seus olhos se enchem d'água. – Nem acredito que já faz um ano. É tão bom ver você assim...

Ela se aproxima e o abraça forte antes que ele possa fazer alguma coisa.

Ele leva um segundo para colocar os braços em volta dela em um abraço desajeitado e terno ao mesmo tempo.

– É bom ver você também – diz ele.

Assistir a esse momento parece uma invasão, porque obviamente ele tentava evitar o assunto. Eu me viro e dou uma olhada ao redor, procurando um lugar para me sentar. Há apenas outras três pessoas na sala de espera da emergência: um cara aninhando o braço no colo e arriado na cadeira de plástico azul, parecendo estar ali há muito tempo, e um casal de idosos sentado em silêncio, lado a lado, cada um lendo uma parte diferente do jornal. O homem apoia a mão no joelho da mulher, um gesto que é tão familiar e claramente uma segunda natureza para os dois que me deixa paralisada. Não consigo me lembrar da última vez que Trent apoiou a mão em minha perna desse jeito. Mas me lembro de que sempre que ele fazia isso, seus dedos tamborilavam como se ele achasse impossível ficar parado.

A voz de Colton me traz de volta ao presente.

– Ei. Desculpe por isso.

Desvio os olhos do casal enquanto ele se senta ao meu lado e suspira.

– Está tudo bem. Ela foi gentil... depois que viu você. – Ele me olha e tenta sorrir, mas sinto que está tenso. – De qualquer forma – acrescento, tentando aliviar –, parece que você é uma boa pessoa de se conhecer por aqui.

Não é uma pergunta, mas deixa espaço para uma resposta. Quer dizer, se ele quiser dar uma.

Mas não é o que ele faz. Apenas dá outro breve sorriso tenso, assente e se recosta na cadeira, de braços cruzados.

E assim ele fica a um milhão de quilômetros de distância mesmo ao meu lado, em sua cadeira azul, e estou sozinha novamente. Procuro algo para dizer, para mudar de assunto, talvez até fazê-lo rir, mas não sei o que dizer porque, bom, eu *não* o conheço.

Então, não digo nada. Pego a caneta na extremidade da correntinha e começo a preencher o formulário. Provavelmente essa distância é melhor. É bom que a gente não vá além disso. Preencho o formulário em silêncio, com Colton sentado ao meu lado, batendo distraidamente os pés no chão, tamborilando os dedos no braço da cadeira, e durante esses momentos existimos em universos separados, como era antes de eu vir para cá e os universos colidirem.

– Não precisa ficar aqui comigo – digo quando termino a última pergunta. – Quero dizer, se quiser ir embora, não tem problema. Vou ficar bem. Você já fez muito me trazendo aqui, é sério.

Isso o traz repentinamente de volta de onde quer que ele estivesse.

– O quê? Não. Por que eu iria embora? – Ele se remexe na cadeira para ficar de frente para mim e seu maxilar relaxa. – Desculpe. É que realmente não gosto de hospital, só isso. Já passei muito tempo neste lugar.

Ele faz uma pausa, como se percebesse que deixou uma brecha para eu perguntar por quê. Sinto como ele não quer que eu faça isso, e também é a última coisa que quero perguntar agora, então fico quieta. As perguntas são um território perigoso para nós e, de algum modo, parece que nós dois reconhecemos isso.

Ainda assim, ele dá uma explicação.

– Uma tendência a acidentes. Como você – diz ele com um sorriso.

Vejo toda a sequência de acontecimentos: eu derrubando o café, fugindo da cafeteria, batendo o carro. Rio ao ver com os olhos dele a situação toda.

– Eu fui bem ridícula lá, não fui?

– Não. – Colton tenta ficar sério e balança a cabeça. – De jeito nenhum. – Ele dá de ombros. E sorri. – Não foi nada. Ninguém viu.

– *Você* viu. E eu estava péssima.

Agora Colton ri também.

– Não, você só parecia...

– Louca. Eu parecia totalmente louca. Desculpa. Essa história toda é muito constrangedora.

– Louca, não – retruca ele. – Talvez meio perigosa. – Ele sorri de novo. – Mas está tudo bem. Já fiz coisa pior na frente dos outros.

Ele olha para o próprio colo e seu sorriso falha um pouquinho.

– Uma vez desmaiei na frente da minha turma toda, no oitavo ano. Traumatizei todos eles quando bati numa mesa durante a queda, e acabei levando doze pontos na cabeça.

Depois disso, passei um tempo parecendo um Frankenstein careca.

Ele ri de novo, mas o riso desaparece rapidamente. Ficamos em silêncio por um momento e isso me atinge em cheio no peito. Conheço essa história. A irmã escreveu sobre isso – que ninguém percebeu no início por que coisas tinham começado a acontecer assim com ele. E depois se agravaram, quase que da noite para o dia.

– Enfim – diz ele, virando-se para mim –, o que você fez foi muito mais impressionante.

– É uma forma de pensar. – Olho para baixo, tentando me concentrar no formulário em meu colo, em vez da proximidade com que estamos sentados, mas meus olhos dão um jeito de voltar aos dele. – Obrigada por ter me trazido aqui. Tenho certeza de que a maioria das pessoas ficaria assustada e fugiria disso.

– Não sou a maioria das pessoas – diz ele, dando de ombros. – E, como eu disse, fiquei impressionado. – Ele pigarreia e olha para o balcão. – Então, vai lá, entregue isso a Mary. Não vou sair daqui.

Assim que entrego a prancheta a Mary, outra enfermeira de jaleco verde-menta, com o cabelo cacheado e rebelde tingido de vermelho-vivo, me acompanha pelo corredor até uma sala de exames. Eu me sento no papel fino e barulhento que cobre a mesa e baixo a mão que ficou segurando os lenços de papel no lábio pelo que pareceu uma eternidade. Deve ser um bom sinal que eu não sinta nada quente nem pegajoso quando os retiro, mas de repente me sinto nervosa. Exposta.

De onde está, a enfermeira olha para o meu lábio, depois coloca as mãos de cada lado da minha cabeça e a vira cautelosamente para trás, na direção da luz, para ter uma visão melhor.

– Então, você é a nova amiga de Colton? – pergunta ela, quase objetiva.

Percebo o mesmo tom em sua voz que apareceu na de Mary. Interesse. Um vestígio de proteção.

– Hum... sim.

Não sei qual é a resposta certa, ou se existe uma resposta certa. Abro a boca para explicar, mas o movimento repuxa o corte em meu lábio e estremeço um pouco.

Ela vira minha cabeça para baixo de novo, e assim nos encaramos nos olhos.

– Ele é um doce de menino. Nós o adoramos por aqui.

– Ela fica de pé, vai à bancada e volta com um pequeno chumaço de gaze e um frasco de uma solução cor de ferrugem.

– Deite-se aí na mesa, querida.

Obedeço, ela borrifa parte do fluido na gaze e depois passa gentilmente na pele em volta do corte.

– Ele enfrentou muita coisa, mas é um guerreiro, aquele ali. Aguentou tudo com mais elegância e coragem que a maioria das pessoas, sabia?

Faço que sim com a cabeça como se soubesse, e ela desliza a banqueta pelo chão, usando um pé só e indo até a lixeira, depois pisa no pedal para abrir a tampa e joga a gaze suja ali. Em seguida, desliza de volta e coloca mais solução em uma gaze limpa, mais uma vez passando em meu lábio, só que agora mais perto do corte. Eu me retraio quando ela o toca diretamente.

— Desculpe. Está sensível, eu sei. — Ela volta a passar o fluido pelas bordas. — A boa notícia é que é pequeno. Dois ou três pontos devem resolver. Vamos dar um jeito em você e logo mais vai poder ir embora daqui.

— Tudo bem.

Concordo novamente com a cabeça, tentando ficar calma, embora um pânico silencioso comece a surgir em mim. Nunca levei pontos. Jamais quebrei um osso, nunca tive nada mais sério que levar uma injeção. De repente fico trêmula, fraca ao imaginar uma agulha costurando meu lábio, entrando e saindo.

Ela deve ter visto o medo em meu rosto, porque coloca a mão na minha e a aperta.

— Está tudo bem, querida. Você não vai sentir nada depois da anestesia. E é bem na beirada do lábio, então você mal vai ver a cicatriz, se é que vai ficar alguma. — Sinto meus olhos começarem a lacrimejar e ela também percebe. — Quer que eu vá buscá-lo para você? Colton? Às vezes ajuda ter alguém junto, e ele é muito experiente em... bom, em tudo.

Fico surpresa com a minha vontade de dizer sim, apesar de ele ser um estranho para mim, quase tanto quanto ela. Mas depois de ver como ele ficou desconfortável na sala de espera, nego com a cabeça e minto pelo que parece a centésima vez no dia:

— Não, obrigada, estou bem.

— Tem certeza?

Respiro fundo, assentindo ao soltar o ar.

— Então, tudo bem. — Ela se levanta e tira as luvas, dobrando-as uma na outra. — Alguém virá em breve para preparar você, depois vamos costurar e aí você vai ser liberada.

— Obrigada.

— De nada. — Ela sorri de novo para mim e acaricia minha mão. — Só tem que me prometer uma coisa.

Eu me sento, apoiada nos cotovelos.

— O quê?

Espero que ela diga que preciso ser corajosa, ou ter mais cuidado, mas não faz isso. Ela me encara com olhos gentis, mas firmes, e fala:

— Prometa para mim que como... amiga do Colton, você vai ter cuidado com o coração dele. É forte, mas também é frágil. — Ela aperta os lábios por um segundo. — Seja boazinha com ele, está bem?

Um nó sobe do fundo da minha garganta, e eu mordo a parte interna da bochecha.

— Vou ser. Prometo – consigo falar. Mais ou menos. Minha voz sai mínima, assustada, mas ela não percebe. Ou talvez ache que ainda é o nervosismo por causa dos pontos. Ela não faz ideia de como já fui despreocupada, ou que eu sei que o coração dele talvez seja ainda melhor do que ele pensa.

Ela assente como se tivéssemos fechado um acordo e puxa a cortina. Fico deitada ali, sozinha na mesa, encarando os buracos nos ladrilhos do teto, que ficam borrados rapidamente. Penso em Colton, em quanto tempo ele ficou doente. Esperando por um coração. Perguntando-se se um dia chegaria e sabendo o que aconteceria se não chegasse. Sabendo que ele morreria antes de realmente começar a viver.

Quando Trent morreu, pensei que a pior parte era eu nunca ter imaginado o que estava por vir. Era eu não ter como saber que já tínhamos dado nosso último beijo, ou dito nossas últimas palavras, ou nos tocado pela derradeira vez. Passei os primeiros meses sob todo o peso desses arrependimentos, pensando em mil coisas que eu teria feito de outra forma, se soubesse que seriam as últimas.

Mas agora penso em como Colton mudou quando entramos pelas portas do hospital. Como tudo deve ter voltado de uma vez a ele, e acho que entendo. Saber o que estava por vir teria sido muito pior.

Por um momento quase consigo entender que ele não queira nenhum contato com a família de Trent. Ou comigo, depois de eu escrever para ele. Talvez eu também não quisesse, se estivesse no lugar dele. Talvez eu quisesse deixar toda essa parte da minha vida para trás, assim eu poderia começar a nova vida que pensava que não teria.

De súbito parece muito egoísmo da minha parte ter vindo atrás dele. Uma pergunta mínima e desagradável, aquela que quase morro de medo de fazer a mim mesma, pressiona a margem dos meus pensamentos. E se eu não fui totalmente sincera *comigo mesma* a respeito dos motivos para querer encontrá-lo? Justifiquei a procura por ele com a ideia de que eu precisava disso para seguir em frente. Para encontrar um desfecho, dizer adeus, todas essas coisas. Mas e se tudo que eu realmente estivesse tentando encontrar fosse um jeito de me agarrar a uma parte de Trent? A parte a que dei mais significado, talvez porque algo mínimo em mim sentisse que uma parte essencial dele talvez ainda estivesse ali, em seu coração.

Por isso, uma hora depois, quando saio e encontro Colton ainda na sala de espera, me preparo para o calor do seu sorriso e ignoro a leve palpitação que ele provoca em meu peito. É por isso que quando ele se levanta, sem dizer nada, olha para o meu lábio e ergue a mão novamente como se fosse estender o braço e tocar, eu recuo depressa, abro a maior distância possível entre nós. E é por isso que, quando paramos na frente da loja dos seus pais, não desligo o carro e não me atrevo a olhar para ele. Foco apenas no volante diante de mim.

— Então, voltamos ao ponto de partida — diz ele.

Suas palavras pairam entre nós, um clarão da manhã e um início que não deveria ter sido. Só o que posso fazer agora é dar um fim.

— Desculpe por ter ocupado todo o seu dia com isso — digo. — Obrigada. Por tudo. — Pareço rígida, fria. Ele não diz nada, mas sinto seus olhos tentando encontrar os meus e preciso de toda a minha força para não permitir que consigam. — Preciso ir — digo o mais firme que consigo. — Já fiquei muito tempo fora, meus pais vão surtar, e eu sinceramente só...

Não olhe para ele, não olhe para ele, não...

— Não quer comer alguma coisa? — pergunta Colton. — Antes de ir?

Olho para ele. Queria não ter feito isso, porque seu sorriso está cheio de esperança e possibilidades.

— Eu... não. Obrigada, mas preciso ir.

— Ah. — Seu sorriso some. — Tudo bem.

— Tudo bem — repito.

Nenhum de nós dois se mexe. Nem diz nada. Até que falamos ao mesmo tempo:

— Então, quem sabe outra hora?

— Foi um prazer conhecer você.

Ele se recosta no banco.

— Vou considerar isso um não.

— Sim. Quer dizer, não. Eu não posso... Não devo.

Nem ao menos tento explicar, porque sei que se fizer isso vou criar uma confusão maior do que já criei. Detesto a expressão dele, como se eu tivesse acabado de partir seu coração. Mas estou tentando ser cautelosa, como a enfermeira pediu, e isso significa dar fim a um sentimento antes que surja a possibilidade de começar.

> "De todas as histórias do coração, as de tristeza são as mais profundamente gravadas na psique dos pacientes. Mas essas perdas em geral estão enterradas — feridas que os pacientes não estão dispostos a revelar [plenamente]."
>
> — Dra. Mimi Guarneri, *The Heart Speaks: A Cardiologist Reveals the Secret Language of Healing*

CAPÍTULO SEIS

ESTOU DESORIENTADA quando paro na entrada de casa, porque não me lembro de ter dirigido até lá. Procuro em minha mente por alguma prova concreta de que eu realmente dirigi de volta, mas as únicas coisas em que consigo pensar são o rosto de Colton quando ele se inclinou na janela do carona para se despedir pela última vez e o jeito como ele olhou para o retrovisor, parado no meio da rua vazia, observando meu carro se afastar, com a mão discretamente erguida. Devo ter repassado um ciclo interminável do dia durante todo o caminho para casa — ele entrando na cafeteria, seus olhos, o jeito como me olhava. A impressão que ele passou quando se despediu, como se não conseguisse acreditar.

Só a dor aguda em meu lábio me impede de sentir que o dia inteiro foi um sonho. E agora estou de volta. De volta ao meu lugar e onde sei que minha mãe estará me esperando, angustiada e preocupada com meu paradeiro. E furiosa quando descobrir o que aconteceu. Desligo o carro e fico sentada, ouvindo o motor se acomodar na noite tranquila, até me sentir preparada para enfrentá-la.

– Onde você *estava*? – pergunta minha mãe, contornando o canto da entrada assim que eu apareço. – Sabe quantas vezes liguei para você hoje?

Não sei. Perdi o hábito de verificar meu telefone, até mesmo de deixá-lo ligado.

Fecho a porta suavemente e coloco a bolsa na mesa da entrada.

– Eu sei, me desculpe.

Seus olhos se fixam no meu lábio inchado e nos pontos que levei e ela acaba com a distância entre nós em dois passos, e está bem ali, com as mãos nas minhas bochechas, inclinando minha cabeça para trás para ver melhor, como a enfermeira fez. Leva apenas um segundo para sua voz ir da fúria à preocupação.

– Meu Deus, Quinn, o que *aconteceu*?

Choro de imediato, em resposta à sua voz preocupada.

– Nada, eu... – Respiro fundo, tento manter a voz firme, mas sou obrigada a continuar pelo jeito como minha mãe me olha. Desmorono completamente, com lágrimas e tudo.

— Bati em um carro e minha cara atingiu o volante, e...

— Você sofreu um *acidente*? — Ela me puxa de volta pelos ombros, os olhos percorrendo o resto do meu corpo, procurando danos. — Por que diabo não me ligou? Mais alguém se machucou?

— Não, ninguém mais se machucou. Era um carro estacionado e não tinha ninguém dentro, então deixei um bilhete e...

— Onde foi que isso aconteceu?

Hesito por um instante, sem vontade de explicar por que eu estava em Shelter Cove. Mas não há jeito de contornar a verdade, não entre o furgão em que bati e a ida ao hospital.

— Shelter Cove — respondo.

Dou de ombros. Chorosa. Patética.

As sobrancelhas da minha mãe se unem, criando rugas em sua testa.

— O que estava fazendo lá? Por que você pelo menos não deixou um bilhete para mim? Ou atendeu quando liguei? Quinn, você não pode simplesmente sumir desse jeito.

Não tenho como responder a essas perguntas com sinceridade. Meus pais ficaram do meu lado desde o dia do acidente de Trent. Eles têm sido muito, mas muito pacientes comigo. Até me apoiaram quando eu quis conhecer os receptores, embora eu soubesse que isso os deixasse um pouco desconfortáveis. Acho que eles esperavam tanto quanto eu, ou talvez até mais, que tudo isso me ajudasse a encontrar algum desfecho. Eles não me deram nada além de amor e tempo. Aguentaram e esperaram para ver do que eu precisava. Entenderam quando eu precisava de espaço e quando queria conversar. Não pressionaram. Mas eu sei que, por trás de toda a paciência que eles tiveram comigo, havia também a esperança de que eu tocasse minha vida e a preocupação de que talvez eu não conseguisse. Dizer à minha mãe que estive em Shelter Cove atrás do receptor do coração de Trent não é algo que eu possa fazer, então não faço.

– Me desculpe – digo. – Eu devia ter avisado a você aonde ia. Eu só... precisava passar o dia fora, então saí de carro, e acabei lá, na praia.

Faço uma pausa e vejo que ela remói minha explicação, e me sinto péssima, porque eu sei o que significa o tom da minha voz: foi um "daqueles" dias em que fica dolorosamente óbvio que eu não superei, como aconteceu algumas semanas atrás, no 365º dia desde a morte de Trent, quando voltei da casa dos pais dele e passei três dias trancada no meu quarto.

– Eu peço mil desculpas – insisto, e as lágrimas escorrem novamente. Lágrimas sinceras, porque minhas desculpas são sinceras – por preocupar você e por usar a tristeza como uma desculpa desse jeito, e também pelo que fiz hoje, indo até lá. Eu sinto muito por tudo isso.

Os olhos dela analisam meu rosto. Por fim, ela respira fundo, soltando o ar em um suspiro.

— Você ligou para a seguradora? Ou para a polícia?

Nego com a cabeça e ela respira fundo outra vez, assentindo rigidamente, e sei que estou quase ultrapassando os limites da sua solidariedade.

— Suba e vá se limpar, depois desça para jantar e vamos resolver isso.

Eu a envolvo com os braços em um abraço agradecido.

— Desculpe, mamãe.

Ela retribui meu abraço sem hesitar.

— Está bem. Mas você precisa ser sincera comigo, Quinn. Se está tendo um dia difícil e precisa se afastar ou quer ficar sozinha, você tem que falar comigo. Conte para mim. Seja sincera comigo, é só o que peço.

— Tudo bem — digo, apoiada em seu ombro, e faço uma promessa silenciosa a mim mesma de que vou obedecer.

Depois do banho e de um jantar em que empurrei a comida pelo prato, em vez de comer, sou totalmente franca com ela quando digo que estou exausta por causa do dia que tive e só quero ir para a cama. O silêncio é absoluto no meu quarto e está abafado com o calor que fez durante o dia. Abro toda a janela e sinto o ar frio e o cheiro das colinas que vagam nele. Lá fora, os grilos rompem o silêncio e as primeiras estrelas cintilam no céu crepuscular.

Atravesso o quarto até a cômoda, quase com medo de ver meu reflexo. Evitei olhar meu rosto no espelho do banheiro, mas aqui, sozinha no quarto, não posso mais fazer isso. Paro diante do espelho da cômoda e meus olhos se fixam no lábio ainda inchado, onde os pontos pretos e mínimos se destacam num forte contraste com a minha pele clara. Prova de que o dia de hoje aconteceu. Que encontrei Colton Thomas e que, apesar de todas as regras que criei para mim mesma, eu o conheci. Falei com ele. Passei algum tempo com ele. Levo os dedos aos pontos e, por um segundo, me pergunto quantos foram necessários para fechar o coração de Trent no peito dele. Esse pensamento me sufoca por tantos motivos que é impossível identificá-los.

Meus olhos percorrem as fotos enfiadas por toda a borda do meu espelho, retratos de grupos bobos de bailes, fotos instantâneas de nós, das viagens que costumávamos fazer com os amigos. Todas as pessoas que deixei de lado, tentando me agarrar a ele. Não demorei muito tempo para perceber que, por mais que também o amassem, o mundo deles não parou como o meu quando ele morreu. Eles reduziram por um instante, por tempo suficiente para lamentar a perda do amigo, mas aos poucos recuperaram o ímpeto. Voltaram ao ritmo e à rotina da vida. Tiraram novas fotos. Planejaram o futuro.

Um nó se forma na minha garganta e meus olhos se fixam na minha foto preferida de nós dois. Foi tirada em um dos torneios de natação dele na primavera passada. O sol está forte, iluminando o trecho de água brilhante da piscina ao fundo. Trent está de pé atrás de mim, braços fortes e bronzeados envolvendo os meus ombros, o queixo apoiado na cavidade do meu pescoço, sorrindo para a câmera. Estou me recostando em seu peito, rindo. Não lembro por que – se foi algo que ele disse ou fez. E agora, por mais que eu me esforce para me agarrar a isso, já comecei a me esquecer da sensação de ser envolvida em seus braços daquele jeito e de como isso fazia todo o resto desaparecer.

Passo o dedo no vidro da moldura e roço no girassol seco pendurado ao lado dela. Foi a primeira coisa que ele me deu, no dia em que nos conhecemos. Cortei o caule e coloquei em um vaso quando cheguei em casa, e depois daquela primeira semana passando todas as tardes juntos, indo à casa um do outro para continuar conversando, as pétalas começaram a murchar. Então, pendurei a flor de cabeça para baixo, como vi minha mãe fazer, e deixei que secasse até ficar preservada, porque eu sabia que aquela flor era o começo de nós dois. E a guardei ali, como um lembrete de que eu tinha razão.

Agora as pétalas desbotaram, estão quase sem cor por causa do tempo e do sol, e são tão frágeis que começaram a esfarelar e a cair sozinhas. Quase não dá mais para ser reconhecida como uma flor. Mas não a retiro dali porque não posso – tenho medo do quanto vou esquecer, se fizer isso.

Eu me viro, vou em direção à minha cama e subo nela, mas sei que não vou dormir. Nem me dou ao trabalho de fechar os olhos. Fico ali deitada, olhando fixamente para um nó familiar na madeira do teto, desejando poder voltar ao tempo em que ele estava aqui e ficávamos juntos. Ou que ele pudesse estar aqui comigo, mesmo que só por um momento, para me lembrar da sensação, antes que isso me escape também.

"*A corrente eletromagnética do coração é de amplitude sessenta vezes maior do que o campo do cérebro. Também emite um campo de energia cinco mil vezes mais forte que o do cérebro, que pode ser medido a mais de três metros do corpo.*"

— Dra. Mimi Guarneri, The Heart Speaks: A Cardiologist Reveals the Secret Language of Healing

"*Os dados [de um estudo intitulado 'The Electricity of Touch'] mostraram que, 'quando as pessoas se tocam ou estão próximas, ocorre uma transferência da energia eletromagnética produzida pelo coração'.*"

— Institute of HeartMath

CAPÍTULO SETE

ACORDO MUITO LENTAMENTE, sinto as camadas do meu sonho escaparem de mim e me esforço para mantê-lo, porque sei que assim que abrir os olhos, Trent terá sumido e eu estarei sozinha. De novo.

Quatrocentos e um.

A casa está muito silenciosa, meus pais já devem ter saído, então lembro que é sábado e eles provavelmente foram para seu programa de fim de semana: ida a uma cafeteria no centro da cidade, seguida por uma visita ao mercado do produtor, antes de voltarem para um dia sem telefones nem e-mail, no qual quem manda é minha mãe, e as atividades são trabalhar no jardim, cozinhar ou ler juntos.

Faz parte da campanha que ela começou para mudar todo o estilo de vida deles, depois que meu pai entrou trôpego na cozinha numa tarde de domingo, confuso, com a fala enrolada. Ela o levou às pressas ao hospital, temendo o pior. Depois de horas de exames, os médicos afirmaram que ele não teve um AVC de verdade, mas algo chamado ataque isquêmico transiente, ou AIT. Disseram-nos que significava que houve um breve bloqueio do fluxo sanguíneo para o cérebro e era um importante sinal de alerta, embora não houvesse danos permanentes. Um precursor do AVC.

De uma cadeira no canto do quarto de hospital do meu pai, vi minha mãe ao lado do seu leito, segurando sua mão enquanto o médico listava todos os fatores de risco: a pressão sanguínea dele, o colesterol, os hábitos alimentares ruins, o nível de estresse e assim por diante. Não era nada que minha mãe já não tivesse tentado dizer a ele, mas acho que foi diferente ao ser dito pelo médico, depois de uma crise. Mudar todas essas coisas não era só uma recomendação inteligente, mas questão de vida ou morte.

Quando fomos para casa, meu pai ainda tremia, mas mamãe tinha um propósito e um plano. Junto com os remédios receitados pelos médicos, ela ia mudar cada fator de risco que pudesse ser alterado. À minha volta, no entanto, ela tentou se concentrar menos nos benefícios à saúde desta "mudança no estilo de vida", mas eu sabia o que ela estava fazendo. Ela estava lutando pela vida do meu pai. Meus dois avôs morreram antes dos sessenta anos – um de um ataque cardíaco, o outro de AVC –, e não ia deixar que a história se repetisse e que ela ficasse viúva como a própria mãe. Ou a filha.

Primeiro, contratou um assistente para o escritório de contabilidade deles e assumiu sozinha a maior parte da carga de trabalho do meu pai. Em seguida, insistiu que ele ficasse em casa toda noite na hora do jantar – uma refeição saudável que ela preparava, em vez de ele ficar até tarde no trabalho e comer alguma coisa no caminho para casa, como sempre fazia. Eu imaginava que ele fosse resistir e dizer que havia trabalho demais a ser feito para aceitar essa mudança, mas não foi assim; e com isso entendi que ele também devia estar com medo. Todos nós estávamos. Aconteceu nove meses depois da morte de Trent, e acho que até meus pais ainda estavam tontos com a percepção de que a vida pode acabar em um instante, sem qualquer aviso. Numa batida do coração.

Por sorte, meu pai entendeu o alerta, em alto e bom som. Durante toda a minha infância ele não esteve à mesa de jantar, mas de repente marcou presença toda noite, obedientemente comendo peixe grelhado com legumes e grãos de que nunca ouvimos falar. Em seguida, minha mãe tratou dos fins de semana que, nos últimos anos, em geral ele passava no escritório de casa, diante do computador, respondendo a e-mails de trabalho, repassando relatórios e planilhas e resmungando que ninguém mais fazia seu trabalho direito. Nem sempre foi assim. Era ele que costumava pegar minha irmã e eu ao amanhecer e nos levar para uma corrida pelas estradas rurais sinuosas em volta da nossa casa.

Agora é minha mãe que o acorda cedo e o coloca para fora de casa nas manhãs do fim de semana. Eles fazem a longa caminhada até o centro, conversando e rindo juntos, só os dois. Se reconectando, acho que se poderia dizer assim, depois de tantos anos dedicados a fazer os negócios decolarem, levar Ryan e eu à escola, aos treinos e reuniões. É bom para os dois recuperar essa ligação, e fico feliz que eles possam se concentrar nisso, porque alivia um pouco meu peso. Até certo ponto.

Na cozinha, no térreo, minha mãe deixou um bilhete me lembrando de que vovó vai passar aqui depois do *brunch* com as amigas da Red Hat, porque ela quer ficar algum tempo comigo (ou porque minha mãe pediu a ela para ser minha babá depois do meu acidente) e vovó precisa de ajuda com um "projeto". E que também tem uma jarra de não sei o que matinal com gérmen de trigo e couve na geladeira para mim. Os sucos passaram a fazer parte do regime.

Em vez disso, me aproximo da cafeteira, coloco uma cápsula plástica e uma caneca embaixo do bico. Meu telefone toca na bancada e, quando o pego, não reconheço o número. Hesito por um instante, penso em deixar cair na caixa postal e retornar depois, em um momento em que eu não tiver acabado de sair da cama, mas resolvo atender:

– Alô?

– Oi, posso falar com Quinn Sullivan, por favor? – A voz é formal, de um homem.

– Sou eu... É ela. – Reviro os olhos para mim mesma.

– Aqui é Quinn.

– Ah. – Ele pigarreia. – Oi. Você, hum... Acho que você bateu no meu furgão ontem? Deixou um bilhete com esse número?

– Deixei – respondo, levando o café para a ilha da cozinha. – Eu sinto muito. Sei que devia ter ficado esperando você voltar, mas cortei o lábio, acabei precisando levar pontos e... – A campainha toca. – Desculpe, alguém está batendo na porta. Posso ligar para você depois?

– Claro – diz o cara, e desligo sem me despedir.

Deixo o telefone na bancada e sigo pelo hall até a porta da frente, me arrependendo de não ter me vestido, porque a primeira reação da vovó ao me encontrar ainda de pijama, quando eu devia estar arrumada, será dizer algo sobre a importância de "seguir em frente", como ela diz, que é o que vem fazendo todo dia nos últimos dezesseis anos desde a morte do meu avô. Paro na entrada, ajeito o cabelo da melhor forma que posso e me preparo para o estardalhaço que ela vai fazer por causa do meu lábio e do acidente, sobre o qual minha mãe sem dúvida já lhe contou. Depois respiro fundo e abro a porta.

E todo o ar escapa rapidamente de mim.

Colton Thomas está parado diante da minha porta com o telefone em uma das mãos e a outra nas costas.

— Oi — diz ele. Ele se remexe em seus pés e dá um sorriso inseguro. — Entããão, como eu estava dizendo, você me deixou um bilhete com seu número e...

Coisas demais passam pela minha cabeça de uma só vez, e é demais para formar uma frase; mas olho por cima do ombro dele e lá está o furgão VW azul em que bati, com o amassado no para-choque e tudo.

Ele acompanha meu olhar e também observa o furgão por cima do ombro.

— Não se preocupe com isso. — Volta a olhar para mim. — E, por favor, não se assuste. Eu só... — Ele se interrompe e, por um momento, olha para os próprios pés, depois para mim, para o meu lábio. — Eu só queria... saber se você estava bem. E dizer para você não se preocupar com o furgão. Encontrei uma desculpa para dar um jeito nele.

Finalmente encontro minha voz, mas sai áspera:

— Por que não me disse que o carro era seu?

Você não devia estar aqui é só no que consigo pensar.

— Você ficou nervosa demais e eu não queria que se sentisse ainda pior, e... me desculpe. Eu devia ter dito alguma coisa.

— Mas como você sabia onde eu...

Você não devia estar aqui.

Ele abre a boca para responder, mas hesita. Depois pigarreia.

— Conheço algumas pessoas.

— No hospital? Aquela enfermeira? Ela contou onde eu *moro*? Eu... Você...

Não devia estar aqui.

Eu me interrompo, percebendo que Colton não tem mais culpa do que eu, afinal fui atrás *dele*. Não sei o que fazer com o jeito como, mais uma vez, ele faz meu rosto corar e minhas pernas ficarem bambas. Cruzo os braços, me dando conta de repente de que ainda estou de pijama. Olho para baixo, para longe dele, para as unhas dos pés que não me dou ao trabalho de pintar há uma eternidade.

— Desculpe — diz ele, curvando-se um pouco para me encarar nos olhos. — Peço desculpas por aparecer desse jeito. Não é... não é algo que eu faria normalmente. Eu só...

Ele me olha como fez na cafeteria e isso desperta uma palpitação que começa bem no fundo do meu peito e em um instante se espalha pelo resto do meu corpo.

— Ontem foi... Você estava... — Ele franze a testa, pigarreia e observa o chão, minha casa, o céu. Por fim, olha para mim.

— Me desculpe, não sei o que eu estava tentando dizer. É só que eu... — Ele respira fundo e solta o ar lentamente. — Eu queria ver você de novo.

Antes que eu consiga responder, ele tira a mão das costas e a estende para mim. Eu me desfaço em mil pedaços invisíveis.

Ele olha de mim para o girassol na mão, e depois de volta para mim.

— Hum...

Não consigo responder. Nem mesmo respirar. Meus olhos ardem e o chão parece instável. Olho para ele parado ali, diante da minha porta, com um único girassol na mão, e só consigo ver um lampejo de Trent. É demais. Tudo isso é demais. Balanço a cabeça como se pudesse fazer com que tudo desaparecesse.

— Eu... *não*. Não posso. Desculpe.

Dou um passo para trás, começo a fechar a porta, mas a voz dele me interrompe:

— Espere. — Ele parece confuso. — Desculpe. Isso foi... Eu não pensei direito, só... realmente gostei de conhecer você ontem e achei que talvez...

Seus ombros murcham e ele parece perdido de um jeito que me dá vontade de completar sua frase.

— O quê? — sussurro. Abro mais uma fração da porta. — O que você achou?

Ele não responde de imediato e eu não saio da soleira da porta.

— Não sei o que achei – diz ele, por fim. – Eu só queria te conhecer melhor, só isso. – A mão que segura o girassol cai ao lado do seu corpo. – Preciso ir. – Ele se abaixa e coloca a flor no degrau da porta, aos meus pés. – Foi bom te conhecer, Quinn. Fico feliz em ver que está bem.

Não digo nada.

Ele assente como eu fiz, depois se vira e desce lentamente a escada, afastando-se. Olho para o girassol caído ali na entrada. Colton segue até o furgão e sei que se ele for embora agora, não vai voltar e será o fim de tudo. Tem que ser o fim de tudo. Mas neste momento não quero que seja.

Meu coração bate mais alto nos meus ouvidos a cada passo que ele dá; porém, quando chega à porta do furgão, o único som que ouço é o da minha própria voz:

— Espere!

A palavra surpreende a nós dois.

Colton fica paralisado e um segundo se passa antes de ele se virar, no instante em que sinto medo de ter cometido um erro terrível. De ter ultrapassado uma barreira não só com ele, mas com Trent. Só quando ele se vira e me olha com aqueles olhos gentis, percebo que já estou do outro lado da barreira.

— Espere – repito, dessa vez num tom mais baixo.

Não preciso dizer mais nada, o que é bom, porque ainda estou chocada comigo mesma a ponto de não conseguir falar. Colton atravessa o jardim e rapidamente volta à escada da varanda, com cautela dessa vez, como se não quisesse me assustar de novo. Para diante de mim, um degrau abaixo, e ficamos olho no olho. Ele espera que eu diga mais alguma coisa.

Minha mente está a mil. *O que estou fazendo, o que estou fazendo, o que estou fazendo?*

– E o... E o seu furgão? – balbucio. – Como eu vou... Preciso resolver isso, pagar, ou... alguma coisa?

Ele balança a cabeça e sorri.

– Não, não precisa. Não foi nada.

– Não é verdade, foi... – Eu me atrapalho, procurando as palavras certas, na verdade qualquer palavra. – Preciso compensar você de algum jeito... pelo furgão.

O que estou fazendo?

Ele se vira devagar, até ficar de frente para mim.

– Você não precisa compensar nada comigo – afirma ele.

– Não foi por isso que vim até aqui. – Ele dá de ombros e dá um sorriso discreto. – Eu gostaria de sair com você. Então, basta só dizer oi da próxima vez que for a Shelter Cove. Que tal isso? Um dia desses?

É um convite, mas ele parece saber que está me oferecendo uma saída elegante, se é o que estou procurando, e fico comovida ao notar este pequeno gesto. Sinto meus olhos vagarem até o peito dele, e meu próprio peito se aperta.

– Tudo bem – digo, por fim. – Eu vou... um dia desses.

Um sorriso lento surge em seu rosto.

– Um dia desses, então. Sabe onde me encontrar, não é?

Concordo com a cabeça e ficamos ali parados, com o sol batendo e o calor do dia já se elevando a nossa volta. Depois de um instante, ele se vira para ir embora, e dessa vez não o impeço. Eu o observo caminhar até o furgão e entrar. Ele acena, depois dá a ré, enquanto fico parada na varanda. Uma brisa sopra suavemente em minha pele, trazendo o cheiro do jasmim e uma onda delicada de algo mais. Talvez esperança. Ou possibilidade. Espero ele pegar a rua e desaparecer para olhar novamente o girassol no chão. Dessa vez está diferente, de algum modo – parece menos um lembrete doloroso e mais um sinal, talvez um sinal de que Trent entenderia.

É o que digo a mim mesma ao me abaixar para pegá-lo.

E é quando penso: *Sim, eu sei onde encontrá-lo.*

"*Cerca de três mil pessoas nos Estados Unidos estão na lista de espera para um transplante cardíaco em qualquer dia do ano. Cerca de dois mil corações de doadores estão disponíveis todo ano. Os pacientes qualificados para um transplante cardíaco entram em uma lista de espera para receber o coração de um doador. Essa lista de espera faz parte de um sistema de alocação nacional para órgãos de doadores. A Rede de Transplante e Obtenção de Órgãos (OPTN) administra esse programa. A OPTN tem uma política em vigor para garantir que os corações de doadores sejam distribuídos de forma justa. Essa política é baseada na urgência da necessidade, nos órgãos disponíveis e na localização do paciente que vai receber o coração (o receptor).*"

– National Heart, Lung, and Blood Institute

CAPÍTULO OITO

AS PALAVRAS DE COLTON flutuam em volta de mim no quarto, enquanto estou sentada diante do computador, com os olhos fixos no primeiríssimo post do blog que li sobre ele. Elas ecoam, assim como já aconteceu com outra série de palavras, antes que eu soubesse onde encontrá-lo: *homem, dezenove anos, Califórnia.*

A família de Trent recebera apenas as informações mais básicas sobre os receptores dos órgãos, e aquelas três coisas foram tudo o que eles souberam sobre o receptor do seu coração. Era só o que eu sabia quando escrevi para ele. E, mais tarde, foi a isso que me agarrei quando ele não me respondeu, quando eu quis saber onde encontrá-lo, porque *precisava* saber mais sobre ele.

Uma série de palavras, separadas por vírgulas, digitadas em uma caixa de busca: *homem, dezenove anos, Califórnia*. Acrescentei *transplante cardíaco* e obtive 4,7 milhões de resultados em 0,88 segundos. Resultados que eu podia classificar por data e relevância, estreitar ainda mais por localização geográfica e ainda assim ter links intermináveis para clicar, peças que podiam ou não ter pertencido ao mesmo quebra-cabeça. Eu as segui noite após noite, virando as peças no brilho fraco do meu computador, até encontrar as que pareciam se encaixar.

Existem doze centros de transplante na Califórnia, mas só um deles tinha feito um transplante cardíaco no dia da morte de Trent. Descobri isso no post de um blog, escrito por uma garota que estava terrivelmente assustada, mas tentava manter-se esperançosa pelo irmão mais novo, na UTI de lá. Ele já havia recebido um coração artificial, que enfraquecia a cada dia enquanto esperava por um novo.

Olhei para a foto no post do blog da irmã dele, de Colton e seu sorriso cansado, mostrando o polegar para a câmera enquanto os pais e a irmã o cercavam naquele dia, com os olhos marejados e sorridentes. A irmã escreveu que nessa foto eles tinham acabado de receber a notícia de que havia um coração compatível com uma combinação perfeita, de acordo com todos os exames. Deve ter sido mais ou menos quando, a quilômetros de distância, o coração de Trent era removido do peito, enquanto nossas famílias se abraçavam na sala de espera, vertendo lágrimas de um tipo totalmente diferente.

No minuto em que o coração é colhido de um doador, o relógio dispara e os médicos entram numa corrida contra o tempo para colocá-lo no receptor. O coração é lacrado em um saco plástico cheio de solução estéril, depois cercado de gelo para o transporte, frequentemente feito por helicóptero. O de Trent foi assim. E enquanto o órgão voava para o centro de transplante, Colton era preparado para a cirurgia. A família dele rezava e pedia aos amigos para fazerem o mesmo, e o que era vida ou morte para eles não passava de um procedimento padrão para os médicos que o atenderam. Poucas horas depois de o coração de Trent ter sido retirado, já estava costurado no peito de Colton. Vasos sanguíneos foram reconectados, e quando o coração foi infundido com o sangue de Colton, recomeçou a bater sozinho. Tudo isso enquanto meu mundo ficava completamente paralisado.

Rolo a tela, passo pelas palavras que já li tantas vezes que poderia recitar de cor, até a próxima foto de Colton, tirada pouco depois de ele ter acordado da cirurgia. Está deitado de costas no leito hospitalar, com as extremidades de um estetoscópio nos ouvidos, a mão de outra pessoa pressionando em seu peito o círculo achatado do aparelho. Ouvindo o novo coração bater.

Para mim, foi difícil ver essa foto pela primeira vez tantos meses depois da morte de Trent, difícil não sentir novamente toda a dor aguda da perda. Mas foi impossível não me comover com o que vi capturado naquela foto e com a emoção pura no rosto de Colton Thomas. Fiquei com vontade de conhecê-lo. E depois de meses sem nenhuma resposta à minha carta, foi por meio das palavras da irmã dele e das fotos que comecei a conhecê-lo.

Li todos os posts de Shelby e, com isso, construí cronologias paralelas. No dia em que enterramos Trent, Colton fez a primeira biópsia do coração novo, que não mostrou sinais de rejeição. Nove dias depois, ele teve forças suficientes para sair do hospital e voltar para casa com a família, enquanto eu estava fraca demais para comparecer ao último dia do terceiro ano sem Trent. Passei o verão e depois meu último ano do colégio suspensa em uma névoa de tristeza. Colton passou esse período se fortalecendo, impressionando os médicos com seu progresso. Curando-se. Eu não sabia disso na época, mas meses depois da morte de Trent, quando escrevi minha carta anônima ao homem anônimo de dezenove anos, da Califórnia, ele fazia tudo que estava ao seu alcance para seguir em frente e continuar. E então ontem decidi que eu precisava vê-lo para fazer o mesmo.

Agora não sei o que vai acontecer.

Volto para o post mais recente do blog de Shelby, escrito semanas atrás, no dia 365. O aniversário da morte de Trent e da segunda chance na vida de Colton. O ponto inicial das nossas cronologias paralelas. Eu as uni ontem, mas isso precisa ser o fim. Não deve haver nenhum "um dia desses". Até que me lembro dele parado ali na varanda, sorrindo para mim, com o sol brilhando em nós como um convite e, apesar do que deveria ser, não parece o fim.

Uma batida na porta interrompe meu raciocínio antes que eu consiga ir mais longe. Reconheço as batidas rápidas em *staccato* e sei que é a vovó. Também sei que ela só vai bater mais uma vez, antes de usar a própria chave para entrar e subir a escada para descobrir por que não atendi. Ela é surpreendentemente rápida para alguém de oitenta anos, então fecho o laptop, passo os dedos no cabelo e me levanto da mesa bem no momento em que ouço a segunda batida. Atravesso rapidamente o quarto, mas paro ao ver a flor de Colton na minha cômoda. Está logo abaixo da foto de Trent comigo e da flor esfarelada que *ele* me deu naquele primeiro dia.

Meus olhos se fixam nele e seu sorriso me deixa paralisada. Fico tensa por reflexo e espero o aperto familiar no peito. Mas isso não acontece. Olho mais uma vez para a flor nova.

– Isso foi você? – sussurro.

Embora eu saiba que não é possível, desta vez quase espero por uma resposta. Porém, como em todas as outras vezes, a única coisa que ouço no silêncio que me cerca é a batida do meu coração. Um lembrete inegável de uma verdade antes obscura: ainda estou aqui, embora ele não esteja.

– Ora essa, olhe só para você – diz vovó, tirando seus óculos escuros Jackie O quando chega ao patamar da escada.
– Olha só para *você* – respondo com um sorriso.
Ela estende os braços e dá uma leve rodada.
– Todo mundo sempre olha, bonequinha.
E por bons motivos, especialmente hoje. Vovó está usando seu "colorido" vermelho e roxo, como ela e suas amigas da Sociedade Red Hat chamam. Seu grupo exuberante de "mulheres de certa idade" usa orgulhosamente combinações contrastantes como um símbolo do fato de terem idade suficiente para não se importarem. Quanto mais glamour, melhor. E vovó já nasceu glamourosa. Hoje ela escolheu legging roxa e uma camiseta floral do mesmo tom, um boá vermelho de penas e seu característico chapéu de abas largas, vermelho e com uma pluma alta de penas roxas, que continuam flutuando e se balançando acima dela mesmo depois de parar de se mexer.

Quando chego ao pé da escada, ela abre os braços e me envolve em um abraço de plumas e seu cheiro familiar de Estée Lauder, creme à base de água da Pond's e balas de hortelã. Sinto esse cheiro e retribuo seu abraço antes de ela se afastar e dar uma boa e longa olhada em mim.

— E como você *está*? — pergunta ela, virando meu queixo de um lado para outro. — Tem algo diferente aqui...

Levo a mão às três suturas no lábio e ela gesticula com desdém.

— Não, isso não. Isso só deixa seu lábio cheio, com beicinho. — Ela vira meu queixo mais uma vez, para um lado, depois para outro, e prendo a respiração. Vovó tem um jeito de olhar que dá a impressão de que ela realmente enxerga *dentro* da gente, e fico nervosa com o que ela possa ver. — Sei lá — diz, por fim, baixando a mão. Solto o ar. — Você parece bem hoje. Bem o bastante para ter ido ao *brunch* comigo e com as meninas.

Isso me faz sorrir. "As meninas" que fazem parte da sua seção na Sociedade Red Hat têm mais de setenta anos, mas realmente não dá para saber. Elas são um bando arruaceiro.

— Desculpe — digo. — Fiquei muito cansada depois de ontem.

Vovó assente depressa.

— Bom. Fico feliz de ver você ativa. Temos trabalho a fazer. Brownies. Vinte e cinco dúzias para nossa barraca na feira.

— Nossa.

— Nossa mesmo. Agora venha me ajudar com os mantimentos.

Descarregamos o carro, vovó coloca seu avental vermelho enquanto eu preaqueço o forno, depois nós duas começamos a preparação. É um dos meus jeitos preferidos de passar o tempo com ela. Ela orienta e eu obedeço, e seguimos um ritmo de quebrar ovos, medir, mexer, às vezes falando o tempo todo, outras vezes em silêncio, perdidas em nossos próprios pensamentos. Hoje ficamos caladas por um tempo, mas sei que isso não vai durar. Ela espera que eu coloque meu quarto lote de massa na assadeira untada para começar as perguntas.

– Então – diz ela, de forma pouco casual –, sua mãe disse que você fez uma farrinha na praia ontem... Que você foi dirigindo para lá sem contar a ninguém.

Eu me ocupo com a espátula, raspando toda a massa da tigela, me sentindo mal por sair e deixar meus pais preocupados, isso sem falar de ter me metido em um acidente.

– Estava caçando? – pergunta ela com um sorriso malicioso.

– O quê? – Eu rio. Sua pergunta me surpreende, embora nada a respeito dela devesse me surpreender. – Caçando?

– Não é assim que vocês, meninas, chamam agora? – pergunta ela, enquanto levanta a tigela com as mãos só um pouco mais trêmulas do que de costume. – Feito uma onça?

Seguro uma assadeira untada embaixo da tigela e ela despeja a massa.

– Não. Isso é... – Eu rio, desejando que Ryan estivesse aqui para ouvir essa. – Isso é uma coisa totalmente diferente, vovó. E eu acho que ninguém fala assim.

– Ora. Chame como quiser. Era por isso que *eu* ia à praia quando tinha a sua idade. Assim que eu colocava aquele maiô, todos os meninos se aproximavam. – Ela abre o forno, coloca duas assadeiras lá dentro e o fecha. – Foi assim que peguei seu avô, sabia? – Sorrio ao imaginar a vovó jovem, caçando meninos na praia. – Foi por isso que ele se casou comigo tão rápido. Ele me viu naquele maiô e ficou louco para me ver sem ele, se entende o que quero dizer, e quando nós...

– QUANTO TEMPO LEVA PARA COZINHAR? – interrompo. Vovó dá uma piscadela para mim.

– Exatamente 43 minutos.

Ela mede o chocolate em pó para outro lote e eu pego a farinha de trigo.

– Eu não estava caçando – digo, evitando os olhos dela.

– Só fui dar uma volta, fazer alguma coisa para variar.

Embora isso seja bem vago, sei que ela vai apoiar meu raciocínio.

– Isso é bom – diz ela. – Às vezes você precisa andar por aí sozinha. Sair. Ter um dia só para você na praia.

Ela fala como se tivesse orgulho de mim, como se aquilo fosse um sinal de que estou mostrando progresso, ou que estou superando, e sinto uma leve pontada de culpa que me obriga a continuar falando:

– Na verdade, eu não fui bem à praia... Bati o carro quando cheguei lá, então não foi...

Minha avó se vira para mim.

– Bom, basta ter ido até lá, Quinn. Já é um começo. – Ela leva nossas duas tigelas para a pia e abre a torneira. – Você devia voltar. Vou lhe dizer uma coisa: se eu fosse como você, com certeza não passaria o verão sentada sozinha em casa. Eu estaria lá fora, caçando. – Ela dá outra piscadela. – Ou pelo menos na praia, de biquíni, embaixo desse sol glorioso.

Ela não fala mais nada, nem eu, e essa é uma das coisas que adoro na vovó. Ela sabe quando já disse o bastante. E hoje foi o bastante para me fazer pensar, e meus pensamentos voltam a Colton e suas palavras: "Você sabe onde me encontrar."

Eu sei, e não consigo parar de pensar nisso.

– Talvez eu vá – digo depois de um tempo. – Talvez eu volte lá um dia desses.

"*Muitas coisas na vida terão apelo aos seus olhos, mas só algumas terão apelo ao seu coração. Vá atrás destas.*"

— Michael Nolan

CAPÍTULO NOVE

OS BROWNIES são minha justificativa para viajar de carro até Shelter Cove na manhã seguinte. Eu bati no furgão dele, depois ele me levou ao hospital e ficou preocupado a ponto de procurar por mim. Foi gentil a ponto de me trazer uma flor. Sensato a ponto de não pressionar demais. O mínimo que posso fazer é levar para ele uma travessa de brownies. Sei, por um post que a irmã dele escreveu, que Colton tem um fraco por doces e que brownies foram a primeira coisa que ele quis quando teve permissão para voltar a comer, e os da vovó são os melhores. Pelo menos ele merece isso. E depois eu vou à praia.

Faço uma pilha alta na travessa, cubro com filme plástico e escrevo um bilhete para os meus pais, que saíram juntos de manhã. Depois pego minha bolsa de praia e passo pela porta, decidida a repetir o percurso de carro de dois dias antes, tão nervosa quanto estava naquele dia, isso se não estivesse mais ainda.

★ ★ ★

Quando entro na rua principal e vejo o furgão de Colton estacionado quase na mesma vaga daquela primeira vez, meu coração acelera e passo direto com o carro, sem parar na vaga ao lado dele. Baixo a música para raciocinar melhor. Neste exato momento, ainda tenho uma alternativa. Se eu continuar dirigindo, não terei feito nada de errado nem com Colton nem com Trent. Por outro lado... se eu fizer isso – continuar dirigindo – talvez não tenha outra chance de saber mais sobre ele. "Um dia desses" vai expirar, Colton vai esquecer que disse isso, e talvez seja tarde demais para voltar.

O sinal seguinte fecha. Isso me dá mais alguns minutos para pensar. Ligo a seta. Desligo. Ligo de novo. Quando o sinal fica verde, hesito por tempo suficiente para ouvir a buzina do carro atrás de mim, depois faço o retorno. Volto para onde Colton Thomas está, após 402 dias. Volto para onde estacionei na primeira vez. Quando paro o carro, vejo que o amassado no para-choque do furgão VW ainda está ali e é maior do que eu lembrava, o que me faz estremecer. Olho para a travessa de brownies no banco do carona e de repente eles me parecem totalmente ridículos.

Não sei o que estou fazendo. E agora que estou aqui, *realmente* não sei onde encontrá-lo. Abro a janela e olho ao redor como se pudesse vê-lo por acaso. O ar da manhã ainda está frio e relaxo um pouquinho quando inspiro fundo. É mais ou menos a mesma hora do dia em que apareci da outra vez e, com base no que Colton disse, ele pretendia estar na loja de caiaques ou na cafeteria. Pensei em ligar para ele antes de sair, mas me pareceu meio exagerado. Além do mais, eu não sabia se realmente ia seguir em frente com isso, só descobri agora que estacionei o carro. Na verdade, ainda não tenho certeza. A loja de caiaques parece fechada e até a cafeteria está escura. Eu ainda poderia...

— O carro está estacionado, não é? Desligado e tudo?

A voz me arranca do meu vaivém de pensamentos e, quando ergo a cabeça, vejo Colton recém-saído da água, o cabelo e o traje de mergulho ainda pingando, a prancha de surfe enfiada debaixo do braço.

— Você voltou.

Ele está feliz, mas não surpreso.

— Eu... É. — Pego a travessa de brownies e a estendo pela janela como se fosse uma explicação. — Trouxe isto para você... como um agradecimento... um pedido de desculpas, eu... — Olho para o amassado em seu para-choque e me sinto boba e sem graça, e isso me faz falar mais acelerado, numa única série de palavras: — Você foi muito gentil em me levar para o hospital depois que bati no seu furgão, e me senti muito mal por você não me deixar pagar por isso, e sei que eu estava estranha ontem... Bom, eu também estava estranha no dia em que você me conheceu e eu... peço desculpas.

Empurro ainda mais a travessa pela janela, como se o movimento pudesse compensar a atrapalhada que sinto que eu sou. Estou enferrujada nisso, em falar com as pessoas de modo geral. Mas pelo jeito como ele fica parado ali com aquele sorriso, ouvindo cada palavra, tudo fica dez vezes mais difícil.

Colton pisca uma, duas vezes, depois abre um largo sorriso e estende a mão para a travessa.

– Não precisa se desculpar. Ainda mais depois de ter trazido isto. Brownie é meu doce preferido.

Tenho que me conter para não falar *Eu sei*.

– Obrigado – diz ele com sinceridade. – Foi você que fez?

Ele encosta a prancha de surfe no carro, tira a travessa das minhas mãos e puxa o filme plástico, pegando um brownie. Dá uma mordida. Mastiga lentamente, como se estivesse testando o sabor ou algo assim, e por meio segundo tenho medo de ter errado na receita enquanto estávamos preparando, porque eu pensava nele, em vez de me concentrar na farinha de trigo e no chocolate em pó.

Por fim, ele engole.

– Nossa – diz, com as sobrancelhas erguidas. – Este... é de longe o melhor brownie que já comi em toda a minha vida. Toda.

Sinto meu rosto ficar vermelho.

– Estou falando sério. – Ele para de sorrir porque quer provar seu argumento. – E olha que já comi muitos.

Seu rosto está tão sério que me faz rir.

— Obrigada. Eu... fico feliz que tenha gostado.

— Eu fico feliz que você tenha voltado. — Ele sorri. — E *gostar* é pouco. — Ele devora a segunda metade do brownie. — Que outros talentos secretos você tem e o que vai fazer hoje, além de entregar o melhor pedido de desculpas e de agradecimento do mundo?

Rio de novo e olho para o meu colo.

— Não sei. Eu estava pensando em dar um pulo na praia, porque não consegui ir naquele dia.

— A praia vai lotar. — Colton olha por cima do ombro para a loja de caiaques às escuras. — Eu poderia mostrar a você uma praiazinha ótima, meio fora de mão. É tipo um lugar dos moradores.

— Hum. — Pigarreio e considero a ideia por um momento.

— Não, está tudo bem. Não quero tomar mais do seu tempo. Sei que você tem que... — Olho para a loja. — Eu só queria agradecer e pedir desculpas de novo pelo seu furgão.

Eu me atrapalho com as chaves e elas caem no espaço entre meu banco e o console central. Claro.

— Não é nada de mais — diz Colton. — Não tenho nenhum compromisso nem nada. Espere só eu trocar de roupa e a gente pode...

— Eu não devia. Tenho hora para voltar para casa e não quero acabar em algum lugar longe, sem meu carro, e ainda fazer você me trazer de volta ou coisa assim.

Ele dá de ombros.

— Você pode me seguir... Mas, sabe como é, não muito perto, por causa dessa tendência sua de pisar no acelerador com muita força. Assim você vai estar com o seu carro e poderá ir embora quando precisar. — Ele fala isso com simplicidade, como se não fosse grande coisa, depois olha para mim, esperando por uma resposta. — É só um dia. E preciso de alguém para dividir estes brownies comigo ou vou comer todos de uma só vez. Então, é sério, você estaria me fazendo um favor.

Ele sorri, o sol ilumina o verde dos seus olhos e é isso que decide por mim.

— Tudo bem. Só um dia.

— Ótimo. — Ele sorri. — Perfeito. — Pega a prancha. — Eu vou... Então, vou me trocar. Já volto. — Ele apoia a mão bronzeada na minha porta, se inclina e me entrega de volta a travessa de brownies. — Toma. Pode guardar isto?

Pego-a das mãos de Colton, ele se vira e atravessa correndo a rua até a loja de caiaques. Antes de desaparecer lá dentro, olha por cima do ombro.

— Não vá embora! — grita ele.

Isso me deixa nervosa e feliz ao mesmo tempo enquanto procuro as chaves que deixei cair.

Eu não poderia ir embora agora, mesmo se quisesse.

Cada batimento cardíaco começa com um único impulso elétrico, ou "faísca". O som nítido que ouvimos por um estetoscópio, ou quando encostamos a cabeça no peito de um ente querido, é das válvulas cardíacas se abrindo e se fechando numa sincronia perfeita. É um ritmo em duas partes: uma dança delicada de sístole e diástole, que impulsiona as partículas eletricamente carregadas do coração pelas câmaras aproximadamente a cada segundo do dia, durante todos os dias da nossa vida.

CAPÍTULO DEZ

PARO PERTO DO MEIO-FIO, atrás de Colton, e, antes de colocar o carro em ponto morto, ele desce do dele e vem na minha direção. Desligo a ignição e saio no ar salgado, onde o barulho baixo da água batendo nas pedras vem de cima do penhasco onde estamos.

– O dia está perfeito – diz Colton, olhando para o mar.

– Quer ver?

– Claro.

Na realidade, não sei o que vamos ver, mas fico feliz em descobrir. Atravessamos uma área gramada onde um velho solitário está sentado em um banco, lendo o jornal, enquanto seu cachorrinho fareja o chão por ali, e quando chegamos à corda grossa na beira do penhasco, tenho uma visão real da água e das pedras logo abaixo.

Ao contrário do outro dia, não tem neblina envolvendo os penhascos, nem uma sugestão de nuvem no céu safira que se estende imenso e amplo. É o tipo de dia que pede para você não desperdiçar. Sinto um nó mínimo no peito ao pensar nisso, porque me faz pensar em Trent. Ele nunca desperdiçava um segundo que fosse. Para ele, o relógio disparava no momento em que seus pés batiam no chão todo dia. Posso me lembrar de estar com ele e desejar que só uma vez ele reduzisse o ritmo. Que ficasse parado. Mas não era da natureza dele ser assim, e também não parecia ser da natureza de Colton.

Seus dedos tamborilam no poste a nossa frente e eu o sinto de pé ao meu lado, sinto a energia tensa que pertence a nós dois. Tento pensar em alguma coisa, qualquer coisa, para preencher o silêncio que só se estende. Em vez disso, olho para a superfície vítrea que surge ao redor das rochas enormes que se elevam da água. Elas se espalham em grupos pouco além da beira, e sempre me pareceram mais mini-ilhas do que rochas. Um grupo de pelicanos, como se protegesse seu território, cobre todo o topo da pedra mais próxima da margem e sempre um deles levanta voo ou pousa a intervalos de poucos segundos. Desvio os olhos da face escarpada da rocha para a água, que foi alisada pelo ataque constante das ondas, e vejo o mar se elevar na direção da pedra, depois recuar.

Colton pigarreia e chuta uma pedrinha no chão.

– E aí... Posso te fazer uma pergunta?

Engulo em seco e pigarreio também.

– Tudo bem – digo lentamente.

Ele toma um gole da garrafa de água que segura na mão e olha ao redor de novo, por tempo suficiente para me deixar nervosa. Penso em centenas de desculpas/motivos/explicações diferentes para o que ele está prestes a me perguntar.

– Você não gosta muito de perguntas, não é? – indaga ele, virando-se para mim com uma expressão que me faz remexer as mãos.

– Não, não tenho problemas com perguntas. Mas que pergunta é essa?

Meu Deus, não consigo disfarçar o nervosismo.

– Deixa pra lá – diz Colton –, não importa. – Ele dá um sorriso rápido. – Não é nada de mais, é só um dia. E se a gente relaxar e curtir? Ter um dia realmente bom?

Tenho o lampejo de um dos posts do blog de Shelby. Ela colocou uma citação de Emerson que a fazia se lembrar de Colton e sua atitude, de como ele encarou a vida depois da cirurgia:

"Grave em teu coração que cada dia é o melhor dia do ano. Nenhum homem aprendeu nada antes de saber que todo dia é o Apocalipse."

Eu me lembro de ler isso e pensar que ele e eu aprendemos essa verdade, que qualquer dia pode ser o fim. Mas escolhemos fazer coisas diferentes com isso. Ele colocou em prática assim que pôde. Voltou ao que amava fazer, à vida que tinha antes. Eu fiz o contrário. Por muito tempo. Mas estar aqui com Colton agora parece uma chance de tentar as coisas do jeito dele.

– Tudo bem – digo, por fim. – Um dia realmente bom.

– Ótimo. Que bom que combinamos isso.

Um sorriso largo e feliz surge em seu rosto, ele se vira abruptamente e volta para o furgão. Observo ele se afastar e noto algo que, de algum modo, eu tinha deixado passar. Um caiaque duplo amarelo-vivo preso no rack do teto.

Um medo vago se materializa em um canto da minha mente enquanto ele estende a mão para a alça dianteira do caiaque. Ele desfaz rapidamente o laço, passa para a parte de trás e coloca o caiaque no asfalto com um *TUM* plástico e pesado. Olho para trás, para as pedras e a água circulando logo abaixo, e de repente não parecem assim tão tranquilas. Quando volto a olhar para Colton, ele está abrindo a porta traseira e retirando dois remos, que coloca com cuidado em cima do caiaque. Fico parada onde estou, em negação de todas as peças que se encaixam à minha frente. *Nós não vamos, ele não está pensando que vamos, eu nunca...*

– Você já andou de caiaque? – pergunta ele.

O homem no banco ergue a cabeça, levemente interessado, depois volta ao jornal quando percebe que a pergunta não era para ele. Atravesso rapidamente a grama, tentando pensar em um jeito de sair dessa. Adoro a praia e admiro as pedras, mas andar de caiaque está a quilômetros de distância da minha zona de conforto. E não parece algo que ele devesse fazer também, depois de tudo... Parece arriscado.

– Já andou? – pergunta ele com um sorriso.

Depois, sem esperar por uma resposta, pega um colete salva-vidas dentro do furgão e entrega a mim.

Balanço a cabeça.

– Não... E eu não vou... Na verdade, nunca andei de caiaque *em lugar nenhum*, então acho que não... Esse não parece um bom lugar para começar. Sabe como é, para uma iniciante. Todas essas pedras...

Agora, em minha mente, todas se tornaram bordas afiadas e ondas que se quebram.

– Na realidade, é um lugar ótimo. Muito protegido. Fazemos muitas excursões aqui. – Ele faz uma pausa e sorri. – Foi aqui que eu aprendi.

– Sério?

Dou a impressão de que talvez eu não acredite nele, mas acredito. E percebo que quero saber mais... sobre ele e quem ele é. Nas palavras dele, não de Shelby. Vejo no seu rosto que isso é uma grande parte de tudo.

– É – responde ele. – Quando eu tinha seis anos, minha mãe finalmente deixou meu pai me trazer aqui.

Oito anos antes de você ficar doente, completei. *Oito anos antes de tudo começar e você ir ao médico porque sua mãe pensou que estivesse gripado.* Eu me sinto culpada por saber de uma parte da sua vida que ele não faz ideia de que conheço, mas não é nisso que ele está pensando. Tento não pensar também. Tento estar aqui, agora, com este Colton, não com aquele, doente, que sinto conhecer tão bem.

Ele balança a cabeça, rindo da lembrança.

– Passei muito tempo implorando para minha mãe deixar, e quando ela disse sim, a gente veio para cá e, quando eu olhei para o penhasco, fiz exatamente a mesma expressão que você fez um segundo atrás. – Ele faz uma pausa. – Tentei todo tipo de desculpa para cair fora, mas meu pai colocou um colete salva-vidas em mim, me deu os remos para carregar e desceu com o caiaque pela escada sem dizer nada. Quando chegamos lá embaixo, ele me colocou sentado, depois se ajoelhou na minha frente e falou: "Você confia no seu velho, não é?" E eu estava tão assustado que só concordei com a cabeça. Depois ele disse: "Que bom. Faça o que eu mandar, quando eu mandar, e o pior que vai acontecer é você se apaixonar."

Rio de nervoso, tento olhar para qualquer lugar, menos para ele, mas não dá certo.

Colton fica em silêncio, sorri para mim com aqueles olhos, depois olha para a água.

— Pelo mar, foi o que ele quis dizer. Peguei a mania dele e quis ficar no mar o tempo todo, de um jeito ou de outro. — Ele volta a olhar para mim. — Ele tinha razão. Depois daquele dia, não consegui ficar longe do mar.

Sei que esta é uma versão da verdade e é a que ele decide contar para mim. Mas também sei sobre os anos em que ele esteve doente, as vezes em que isso o afastou do mar e das várias passagens por consultórios médicos e pelo hospital. Parte de mim quer perguntar sobre isso, mas a outra parte não quer imaginá-lo desse jeito.

— Eu sinceramente não sou nada assim — digo. *Não mais*, completo em minha cabeça. Vejo um lampejo da estrada de terra, dos sapatos de Trent, de nós dois acertando o passo, respiração com respiração, e a culpa se contorce dentro de mim. — Minha irmã e eu costumávamos correr juntas, mas ela foi para a faculdade e eu não faço isso sem ela.

É a versão da verdade que posso contar a ele.

— Que pena — diz Colton. Ele parece estar prestes a fazer uma pergunta, mas pensa melhor. — Faz muito tempo que não venho aqui, mas tem um lugar legal que meu pai me mostrou e eu queria ver de novo. É meio complicado chegar lá, mas vale a pena. Quer tentar?

Por um momento, não respondo nada. Levar um caiaque para o mar me assusta de verdade, mas confio nele com tanta facilidade que chega a ser assustador. Desvio os olhos rapidamente para a beira do penhasco, para a água em redemoinho nas pedras, e é desse jeito que meu estômago parece estar.

— Tudo bem. Vamos tentar.

Não pareço muito convincente.

Colton se esforça para manter uma expressão séria, mas um sorriso repuxa os cantos da sua boca.

— Tem certeza?

Concordo com a cabeça.

— Você parece com medo. Não precisa ter medo. Só faça o que eu mandar, quando eu mandar, e você vai ficar bem.

Ele fica quieto e deixa o sorriso tomar lentamente seu rosto, e embora não diga mais nada, sinto o restante das palavras do pai dele girando com a brisa que nos atinge naquele instante.

Colton retira mais equipamento do furgão, e antes que eu tenha a chance de responder, de mudar de ideia ou de pensar melhor, já estou com o colete salva-vidas por cima do biquíni, Colton está usando uma camisa de lycra com a bermuda e estamos carregando o caiaque pela escada de cimento até a praia pedregosa. Nós dois estamos meio sem fôlego quando ele para na beira da água e gesticula para eu me sentar na frente. Obedeço e ele me entrega um remo.

— Está pronta?

— Já? Não preciso primeiro de uma aula ou coisa assim?

Colton parece estar se divertindo.

— *Essa* é a aula. É mais fácil mostrar a você na água. É moleza, é só entrar e vou remar por nós dois a partir daqui. Depois mostro a você. Pode ser?

Ele sorri para mim e eu invoco toda a confiança que consigo para responder:

— Tá.

Mas meu coração martela de preocupação em meu peito enquanto uma onda se quebra nas pedras à nossa frente, se estendendo para a praia com um silvo baixo. *Isso está mesmo acontecendo.*

— Lá vamos nós! — diz a voz de Colton atrás de mim.

O caiaque avança, depois balança muito quando ele também se senta, me desequilibrando por um momento. Mas no instante seguinte seu peso nos estabiliza e sinto seu remo mergulhar na água de um lado e do outro, nos fazendo avançar. Fico tensa quando uma onda se aproxima de nós, ficando mais alta à medida que chega mais perto, como se fosse se quebrar antes de conseguirmos passar por ela; mas Colton rema com mais força e ultrapassamos tranquilamente, o caiaque subindo à frente da onda e deslizando atrás. Colton rema mais uma vez de cada lado e depois deslizamos com suavidade e firmeza pela água. Finalmente solto a respiração.

— Não foi tão apavorante como pensou, né? — diz ele atrás de mim.

Eu me viro o máximo que posso com o colete salva-vidas apertado, surpresa e orgulhosa ao responder:

— Não foi mesmo.

— Pequenas vitórias — diz ele.

Eu o observo por um tempo, vejo que ele se recosta no assento e respira fundo como absorvesse a manhã, como se fazer isso fosse uma vitória; e suponho que seja. Tenho a impressão de que realmente o conheço. Como se naquelas duas palavras tivesse um lampejo do tipo de pessoa que ele é.

— Adoro isso — digo. — Pequenas vitórias.

— São as únicas que contam. Como estar aqui hoje, agora.

As palavras dele pairam entre nós sob o sol forte, e percebo que ele está sendo sincero. Quando seus olhos percorrem o céu, o mar e as pedras, depois voltam aos meus e se fixam ali, verdes e calmos, sinto vontade de dizer a ele que sei da verdade. Que sei por que ele enxerga as coisas desse jeito. Quero dizer a ele quem eu sou e o que estava fazendo na cafeteria naquele dia. Todas as palavras começam a subir para a superfície, feito bolhas de ar dispersas pela água.

— Estamos à deriva — diz Colton.

A bolha se dissipa e minhas palavras não ditas boiam na correnteza.

Ele sorri e ergue o remo do colo, me trazendo de volta ao presente.

— Hora de aprender. Está pronta?

Concordo com a cabeça, ainda com o corpo virado.

— Muito bem. Você vai segurar o remo aqui e aqui, onde tem esses punhos — disse ele, demonstrando.

– Está bem. – Feliz por ter outra coisa para me concentrar, eu me viro para a frente, seguro o remo que está equilibrado nas minhas pernas, passo as mãos pelos punhos e o estendo bem à frente. – Assim?

Colton ri.

– Perfeito. Agora vire-se para trás por um segundo para eu mostrar como fazer isso.

Obedeço, e ele mergulha o remo de um lado da água com um golpe forte e firme que nos faz deslizar suavemente pela superfície lisa e retinta. Depois ele o retira desse lado e faz o mesmo com a extremidade oposta do remo.

– É como se você traçasse círculos com as mãos, como você faz com os pés quando anda de bicicleta. Tente.

Ele apoia o remo nas pernas, eu assinto e me viro para tentar. O primeiro golpe que dou é raso demais e meu remo apenas raspa a superfície da água. Não nos mexemos. Sinto meu rosto corar.

– Tente outra vez. Mergulhe o remo mais fundo.

Concentro-me em usar os braços para empurrar o remo pela água, como Colton fez, e fico impressionada quando avançamos um pouco.

– Muito bem! – diz Colton.

Estimulada por ele e por estarmos em movimento, levo a primeira extremidade para o fundo, sentindo a resistência da água à pressão do meu remo. Penso nos círculos como se fossem pedais de uma bicicleta, como ele disse, e continuo.

Depois de alguns golpes, estamos cortando a superfície vítrea em um ritmo decente. Rio, feliz e orgulhosa, porque eu é que estou impulsionando esse pequeno barco.

— Você conseguiu! — exclama Colton atrás de mim, e sinto o ímpeto para a frente do seu remo também se mexendo pela água. Olho por cima do ombro. — Reme — diz ele. — Vou sincronizar com você.

Concordo com a cabeça e me viro, ficando de frente para a ampla extensão do mar azul e o céu, e mergulho o remo novamente, até que estabeleço meu próprio ritmo constante. No início, sinto os golpes de Colton se esforçando para acompanhar os meus, mas, depois de mais algumas remadas, entramos em um ritmo sincronizado de dupla que nos leva para longe da praia, passando das ilhas de pedra e entrando ainda mais no mar.

Uma barbatana de golfinho rompe a superfície enquanto remamos, passando por uma mancha de algas marinhas que vagam ao sol. Os únicos sons são do ritmo constante dos nossos remos e da minha respiração, inspirando e expirando, inspirando e expirando a cada remada, e me sinto capaz de fazer isso para sempre, remar até o horizonte e seguir em frente. É bom me perder nos ritmos naturais da respiração e do movimento, sem pensar em mais nada. Como costumava acontecer quando eu corria. Até agora eu não tinha notado que quase esqueci dessa sensação... ou que sentia falta dela.

— Estou impressionado — diz Colton atrás de mim. — Você é mais forte do que parece.

— Muito obrigada — digo por cima do ombro com um sorriso. Mas interpreto como um elogio. Eu me sinto forte agora e fico surpresa que meu corpo lembre como deve ser.

— E aí? Vai nos levar remando até o Havaí ou quer ver a caverna?

Ouço o sorriso na voz dele de novo, depois percebo a ausência de suas remadas. Tiro o remo da água e o apoio nas pernas, sentindo um ardor nos braços e nos ombros.

— Que caverna? — pergunto, me virando.

— A caverna que saímos para ver — responde ele simplesmente.

Olho em volta, cautelosa, sem ver caverna nenhuma em lugar algum.

— Na base daquela pedra pela qual passamos. A grande.

— Ah — digo, olhando em volta. — Não vi quando passamos por lá.

— É porque fica meio escondida.

— Tipo uma caverna ultrassecreta — brinco.

— Mais ou menos — responde Colton com um sorriso. — Não faz parte da excursão padrão. Arriscado demais. Vamos, vou te mostrar. — Ele mergulha o remo bem fundo de um lado e o caiaque começa a se virar. — Você não vem? — pergunta ele. — Não posso levar essa coisa sozinho.

Duvido. Seus ombros são surpreendentemente largos e os braços são fortes, mas eu me viro mesmo assim e mergulho o remo do mesmo lado que ele, e depois de mais algumas remadas estamos de novo de frente para a margem, voltando para as pedras. Nesse momento me dou conta de que nunca avancei tanto no mar, o que é ao mesmo tempo emocionante e assustador.

Quando éramos crianças e vínhamos à praia, Ryan nadava para muito longe, e eu sempre tinha certeza de que os salva-vidas teriam que ir buscá-la, e, mais tarde, Trent também ia, disputando corrida com os amigos, passando das boias de sinalização ou do final do píer. Sem medo. Mas eu nunca passei da arrebentação. Parecia grande demais lá fora, muito fora de controle. Mas hoje é diferente. Aqui fora, eu me sinto bem melhor do que há muito, muito tempo não me sentia e isso me dá vontade de congelar essa sensação.

Aqui, sob o céu incrivelmente azul, acho que entendo o que o pai de Colton quis dizer sobre se apaixonar pelo mar. Talvez só seja necessário um guia de confiança.

– Aquelas pedras todas faziam parte da praia – diz Colton atrás de mim.

Olho para as pedras com mais atenção e, agora que ele disse isso, noto que as camadas de cor combinam com as dos penhascos.

– O que aconteceu?

– Erosão – responde ele. – Eu meio que imagino como uma daquelas sequências em *time-lapse*, as ondas batendo nos penhascos e tempestades caindo neles, a água e o ar encontrando as frestas e as alargando, abrindo túneis e cavernas, até que as partes fracas desmoronam e só restam essas pequenas ilhas de pedra.

Pelo modo como ele fala, imagino com perfeição, como se estivesse acontecendo bem à nossa frente. E na verdade está. Mas é tão lentamente que não dá para ver. E a tristeza pode fazer a mesma coisa com uma pessoa ao longo do tempo: esgotá-la até quase desaparecer.

– Mas, então, a pedra da caverna é aquela ali, bem à nossa frente – diz Colton.

A cerca de trinta metros, a maior pedra do grupo se eleva da água. É quase plana no alto e coberta de flores silvestres amarelas que se balançam suavemente sob o sol e com a brisa do mar ao se estenderem para o céu. Meus olhos acompanham uma fissura que começa estreita no alto, desce para o meio da pedra, onde começa a se alargar no que parece uma abertura na base. A água entra e sai a cada poucos segundos, no ritmo constante das ondas.

– Hoje está bem calmo. Podemos entrar – diz Colton.

Olho de novo para a abertura, que é escura e não parece muito alta, pesando minha coragem.

– Se for como eu lembro, é uma das coisas mais incríveis que já vi. Tem uma câmara principal aberta no alto, então o sol brilha na água. E ainda há outras duas câmaras menores que são interligadas, e as ondas jogam a água para dentro e para fora delas como se fosse um...

— Como se fosse um coração — completo. A resposta sai ao mesmo tempo de lugar nenhum e de toda parte. Eu me viro.

Colton se retrai quase imperceptivelmente, mas eu percebo e sinto vontade de retirar as palavras que acabei de dizer. *Idiota.* Um minuto atrás estávamos aqui, no mar, para passar o dia, e o motivo da nossa ligação ficou para trás na praia. Mas agora esse motivo está presente de novo, me puxando para dentro, assim como a maré.

— É — diz ele simplesmente. — Acho que parece um coração.

Ele dá um sorriso fraco e fica em silêncio por bastante tempo. Tenho medo de que ele diga alguma coisa sobre o próprio coração, sobre o coração de Trent.

— E aí? O que você acha? — pergunta ele, em vez disso. — Quer entrar? É seguro, eu garanto.

Suas sobrancelhas se erguem em um sorriso esperançoso.

Sei que deve ser seguro e confio nele, de verdade. Mas não tem nada de seguro no que estou fazendo aqui com ele, nem no que isso me faz sentir, nem no jeito como ele parece confiar em mim. A culpa pressiona minha consciência, me lembrando de cada pequeno erro que já cometi. Mas então algo maior se arrasta dentro de mim, me puxando para Colton e para o sentimento de agora.

Respiro fundo e solto o ar lentamente, afastando todas as coisas em que não quero pensar. Depois olho para Colton, olho para ele de verdade, de um jeito que ainda não tinha me permitido fazer.

– Sim – digo. – Eu quero.

Por um momento ele não responde, apenas sustenta meu olhar sob o sol forte. Depois, sorri.

– Que bom – diz ele, como se fosse outra de suas pequenas vitórias. – Porque é nessa parte que você vai se apaixonar.

> *"[O coração é] uma ligação com o movimento universal que nos cerca, as marés, as estrelas e os ventos, com seus ritmos desconcertantes e origens invisíveis."*
> — Stephen Amidon e Thomas Amidon,
> The Sublime Engine: A Biography
> of the Human Heart

CAPÍTULO ONZE

FICAMOS PERTO DA CAVERNA, o caiaque se erguendo suavemente a cada onda que passa abaixo de nós, e vemos a água bater na pedra e depois se afunilar pela abertura. Como fiz nas últimas dez ondas, eu me inclino para a frente para ver quanto espaço existe entre a superfície da água e o teto do túnel – não pode ter mais de 30 centímetros, ou o dobro da altura do nosso caiaque.

– Tudo bem com você? – pergunta Colton. Ele usa o remo para nos fazer recuar um pouco. – Não precisamos entrar, se você não quiser.

– Estou bem – minto. Mas as palavras seguintes são verdadeiras: – Eu quero mesmo ir. – Conto as batidas que a água leva para voltar. – Só preciso ver mais uma vez, depois podemos entrar.

— Tá legal — diz Colton, posicionando-se de frente para a entrada.

Alguns segundos depois, sinto outra onda vir por trás e levantar ligeiramente o caiaque. Observo a água se afunilar de novo pela abertura. Veloz.

— Então, lembre-se do que eu disse — avisa ele, nos puxando para trás enquanto nos mantém virados para a abertura.

— Você só precisa remar com força, depois pegar o remo e se jogar para trás quando eu mandar, está bem? Vamos entrar com a próxima onda. E vamos conseguir, eu prometo.

— Entendi — digo, com muito mais confiança do que sinto.

Já fui muito longe e agora só me resta acompanhar o ritmo dele.

— Tá legal, lá vamos nós, é agora — diz ele enquanto a onda seguinte se eleva atrás de nós. — Vire. Reme!

Obedeço e sinto o poder imediato das suas remadas ao se juntarem às minhas. Nosso ímpeto aumenta e depois, de súbito, avançamos enquanto a onda atinge o caiaque. Sou invadida pelo medo quando ela nos levanta e nos faz voar... exatamente para o buraco na pedra.

— Deite-se de costas! — grita Colton.

Obedeço, levando o remo ao peito e gritando ao mesmo tempo. Parece que não vai haver nenhum jeito de conseguirmos passar pela abertura, então fecho bem os olhos e me escoro nas laterais do caiaque. Tudo fica barulhento e abafado de uma vez. O caiaque bate com força nas paredes de pedra do túnel, me sacudindo lá dentro. Seguro o remo como se minha vida dependesse disso.

— Está tudo bem — ouço Colton gritar acima do barulho.

— Fique abaixada!

No momento, a possibilidade de que eu faça qualquer outra coisa é de zero absoluto. Até de olhos fechados sei que está escuro. O ar é pesado por causa da umidade e do sal, e parece denso demais para respirar. Fecho os olhos com ainda mais força, tendo certeza de que vamos morrer porque *não consigo respirar, não consigo respirar, não consigo...*

E então acontece um milagre. O túnel nos cospe como no final de um tobogã e tudo fica quase imóvel. Fico ali deitada por um instante, com medo de abrir os olhos, ouvindo. Escuto minha respiração e a de Colton, a água batendo na pedra e algo mais... *pingando?*

— Rá! Conseguimos. — Colton dá uma gargalhada de êxtase, depois o caiaque se balança e sinto a mão dele em meu ombro. — Ei. Está tudo bem? Você já pode abrir os olhos.

Abro uma fresta de um olho, depois do outro, e a primeira coisa que vejo é seu rosto acima do meu. Colton está me encarando, e é impossível recuperar o fôlego com ele tão perto.

— Nós conseguimos — diz ele. — Olhe para cima!

Arfo. Ao longe, bem acima de mim, vejo o céu através de uma abertura, feito uma claraboia no teto da caverna. É uma janela que o emoldura perfeitamente, colocando o azul em contraste com as paredes escuras de pedra.

– Ai, meu Deus – sussurro. – Isso é... Nem sei como chamar. É mais bonito do que qualquer coisa que eu já tenha visto.

Eu me sento lentamente, como se a abertura pudesse desaparecer se eu me mexesse rápido demais.

Os raios oblíquos do sol atravessam o espaço, incandescendo a névoa que paira no ar, iluminando cada gotícula de água. À nossa volta, a água pega a luz do sol e a joga nas paredes da caverna, ondulando e dançando. Outra onda surge pela abertura de onde viemos, depois se dispersa, reorganizando os pequenos reflexos como o giro de um caleidoscópio.

Sinto os olhos de Colton fixos em mim, me observando analisar. Ele corta o ar com a mão e provoca redemoinhos mínimos na névoa.

– Quando eu era criança, achava que isso tudo eram os íons negativos flutuando aqui.

– O que negativos? – pergunto, vendo-os girar e dançar.

– Íons negativos. – Ele ri. – Desculpe, esqueci que nem todo mundo foi criado com minha família e suas informações aleatórias e estranhas.

Agora quero muito saber.

– O quê? O que eles são?

– São liberados no ar quando as moléculas de água se chocam com algo sólido. – Ele gesticula para a caverna à nossa volta. – Como essas pedras, ou a praia, quando uma onda se quebra. Mas eles não vêm só do mar. Podem vir de toda parte... de uma cachoeira, da chuva... – Ele faz uma pausa e sorri meio constrangido. – Mas então... Faz bem respirá-los. Têm poder de cura, de acordo com meu pai e meu avô, pelo menos.

Ele fica em silêncio e acompanho seus olhos em direção à névoa iluminada pelo sol que flutua acima de nós. Respiramos fundo ao mesmo tempo, e não sei se é a beleza do lugar, as palavras dele ou os íons negativos, mas sinto dentro de mim algo que não sentia há muito tempo. É a atração de outra pessoa, de Colton, como a sutileza de uma maré, mas ali, por baixo de todo o resto.

– Obrigada – digo de repente. – Obrigada por ter me trazido para este lugar.

Um sorriso lento surge em seu rosto e ele dá de ombros.

– Como eu só tinha um dia com você, achei melhor caprichar.

Olho para as minhas mãos no remo em meu colo.

– Você conseguiu. – Olho para Colton. – Para falar a verdade, é o melhor dia que tenho em muito tempo.

Ele assente, seu sorriso imóvel ainda presente.

– Para mim também... Você não faz ideia. Mas não nos subestime, ainda não acabou.

Ficamos sentados ali por não sei quanto tempo, respirando o ar e conversando, observando a luz e a água enquanto a caverna se enche e se esvazia, até que a maré começa a subir e não temos alternativa senão enfrentá-la.

A sensação surreal e eufórica da caverna permanece conosco mesmo depois de a correnteza nos levar de volta para a claridade repentina do dia. Ela permanece no ar salgado à nossa volta ao remarmos até a praia e estendermos as toalhas no chão pedregoso. E se mete no meio de nós quando ele me conta sobre todos os outros lugares que pretende visitar neste verão, lugares para onde não vai há muito tempo; e a sinceridade em sua voz me deixa com vontade de ir com ele. Não pergunto por que faz tanto tempo que ele não vai a esses lugares que parece amar tanto. Já sei a resposta. Em vez disso, me deixo ser levada mentalmente por ele a cada lugar que descreve: uma caverna na beira de um penhasco incrivelmente alto, onde podemos nos sentar, ficar com os pés pendurados na beirada e sentir o trovão das ondas batendo em nosso peito. Uma praia com água tão cristalina que a gente pode remar e ver seis metros abaixo as colônias de bolachas- -do-mar roxas cobrindo o fundo. Sua caverna preferida, onde podemos ver uma cascata sair de um penhasco na areia, a água doce se misturando com o sal das ondas que surgem na margem. Ele usa a palavra *nós* com tanta facilidade que é como se fosse uma certeza a minha participação em seus planos, além de apenas este dia. E uma parte de mim quer acreditar nessa possibilidade.

Deitada ali ao sol, seu calor penetrando na extensão do meu corpo de biquíni, a verdade chega de mansinho, trazendo com ela uma onda de culpa tão forte que fazem arder meus olhos. Eu os abro e olho para Colton deitado de costas, de olhos fechados e o rosto virado para o céu, descrevendo de memória outro lugar mágico, e de repente não me parece mais possível.

Ele ainda está com a camisa de lycra que, em qualquer outra circunstância, poderia não significar nada. Mas sei o que tem por baixo. Sei porque vi em uma foto que Shelby postou dele, sem camisa, depois da cirurgia. Quase não suportei olhar; porém, ao mesmo tempo, era impossível não analisar a cicatriz de um tom vermelho-vivo bem no meio dele. A cicatriz de onde abriram seu peito para retirar o coração doente e colocar um forte para salvar sua vida. A cicatriz que, só neste momento percebo, Trent também devia ter quando o enterraram.

Contenho as lágrimas e a sensação terrível e medonha de que eu o traí de mil formas estando aqui com Colton e por ter me sentido daquele jeito na água: forte, livre e... feliz. Parece errado, por muitos motivos, ter me sentido feliz naqueles momentos. Feliz com outra pessoa, que é muito mais do que apenas outra pessoa.

— E aí? O que você acha? — pergunta Colton e abre os olhos, vira a cabeça e olha diretamente para mim, a preocupação tirando o sorriso do seu rosto. — Hum. Você está bem? – Ele se senta, estende a mão como se fosse apoiá-la no meu ombro, depois a afasta, com a testa franzida de preocupação. – Eu fiz... Qual é o problema?

Eu me sento depressa, enxugando as lágrimas logo abaixo da pálpebra inferior.

– Me desculpe. Eu estou bem. Não sei o que aconteceu, eu só... – Não consigo pensar numa explicação remotamente plausível, então nem tento. – Não é nada.

Colton fica um bom tempo me olhando, seus olhos percorrem meu rosto em busca do que não digo, e tenho certeza de que ele consegue enxergar tudo. Mas depois ele estende a mão para o meu rosto sem dizer nada, e desta vez não se afasta. Com uma carícia suave como uma pena, seca uma lágrima, e a sensação do seu toque me faz desejar que ele não tire a mão dali. Viro o rosto para o mar cintilante, porque não sei o que fazer com o turbilhão louco de emoções que ele acabou de despertar em mim.

– A gente devia nadar – sugere Colton.

Ele segura minha mão, desta vez num ato intencional, e me coloca gentilmente de pé.

– O que...

– Água do mar – diz ele, me levando para a beira. – Cura praticamente tudo.

Eu fungo e enxugo os olhos com a mão livre enquanto meus pés o acompanham.

– O que quer dizer com isso?

Colton se vira e me encara com aqueles olhos dele.

— É um ditado que meu pai costumava dizer para minha irmã e eu... Uma daquelas coisas que a gente cresce ouvindo o tempo todo, então não significa grande coisa. Só mais tarde passa a significar.

— Você acredita nisso? — pergunto, considerando que a água do mar certamente não curou seu coração.

Ele me olha como se eu tivesse feito uma pergunta boba.

— Acredito. Faz bem para a alma.

Uma onda pequena se quebra nos seixos a nossos pés e a água fria provoca um arrepio nas minhas pernas.

— Vamos — diz ele com um sorriso. — É mais fácil se você não pensar. É só mergulhar.

Ele mal termina de falar quando solta minha mão, dá duas grandes passadas e mergulha na onda seguinte. Volta para a superfície com um uivo alto, sorrindo e sacudindo a água do cabelo, e ao vê-lo naquele momento, com o mar, o sol e o céu brilhante em volta, eu sinto de novo. A nítida pressão da possibilidade. E eu acompanho. Mergulho sem pensar em mais nada.

Nadamos por não sei quanto tempo, alternando entre mergulhar nas ondas e tentar alcançá-las. Ficar na água desanuviou minha cabeça, me levou de volta ao momento em que a culpa não pôde me alcançar. Nem mesmo quando uma onda me joga em cima de Colton e *ele* me alcança. Ele me segura com um braço, depois com o outro, antes que um de nós realmente perceba, e depois estamos olhos nos olhos, tão perto que vejo cada gotinha de água em seu rosto. O pensamento que me ocorre bem ali me deixa sem fôlego.

E se tivéssemos mais de um dia?

> "*Cada coração canta uma canção incompleta até que outro responda aos sussurros.*"
>
> — *Platão*

CAPÍTULO DOZE

QUANDO SUBIMOS A ESCADA de volta para os nossos carros estacionados, o sol está baixo, formando uma trilha dourada de areia molhada e lisa até o horizonte. Sinto o sal e a queimadura de sol arderem na minha pele quando me estico para ajudar Colton a colocar o caiaque nos racks no teto do furgão. Ele o prende bem nas alças, guarda os remos na parte de trás e fecha a porta, mas não vai a lugar nenhum depois. Ele se apoia na lateral do carro e eu faço o mesmo. Ficamos ali, assim, olhando o sol batendo na água e deixando que o calor do metal aqueça nossas costas. Será que ele está pensando o mesmo que eu? Apesar do nosso acordo de manter as coisas simples, parece que compartilhamos mais do que apenas um dia.

— Sabe de uma coisa — diz Colton, observando o sol baixar no céu —, tecnicamente o dia ainda não acabou. — Ele se vira para mim, exibindo outra vez a expressão esperançosa. — Está com fome? Conheço um lugar ótimo que serve tacos.

Podemos comer e depois, quem sabe... – Ele para quando balanço a cabeça.

– Não posso. É domingo.

– Você não come tacos no domingo?

A muito custo consigo fazer a mesma cara séria que ele.

– Não. Só às terças-feiras.

Nós dois rimos um pouco, mas o riso some rapidamente porque sabemos o que está por vir.

– Eu queria muito poder ficar – digo a ele em voz baixa. E é verdade. – Mas domingo é dia de jantar com a família, e minha mãe é meio obcecada com minha presença lá.

– Sei como é – diz Colton, falhando em não demonstrar a decepção. – Não dá para faltar a essas coisas. Família é importante.

Quando o encaro, ele abre um sorriso que me faz pensar, pelo mais breve instante, em convidá-lo. Mas depois imagino tudo que viria com isso: apresentá-lo, as perguntas e ele sentado no lugar à mesa que Trent costumava ocupar e...

Preciso ir embora agora.

– Muito obrigada por hoje – digo, tentando soar delicada, mas a frase sai abruptamente. – Foi mesmo lindo. Tudo.

O sorriso de Colton diminui um pouco.

– De nada.

Impulsiono o corpo para longe do furgão e fico ali parada.

– Eu preciso mesmo ir.

— Espere — diz Colton de repente. Como fiz ontem, como se ele não pudesse evitar isso mais do que eu.

Sua expressão está séria.

— Escute — pede ele. — Sei que mais cedo eu disse que era só um dia, mas isso foi... Eu não estava sendo totalmente sincero. E sei que se deixar você entrar no carro e ir embora de novo sem falar a verdade vou me arrepender durante todo o caminho para casa.

Fico petrificada com as palavras *sincero* e *verdade*.

Ele olha para o chão por um momento, depois fixa os olhos de volta nos meus.

— Enfim, prometo que não vou aparecer de surpresa na sua porta de novo, mas se você decidir que quer outro dia... sempre... eu tenho muitos e gostei desse.

— Eu também — respondo, e não digo mais nada, porque as palavras dele e seu jeito de olhar provocam alfinetadas de calor por todo o meu corpo. — Obrigada de novo.

Ele assente, resignado, como se estivesse preparado para essa resposta.

— Então, tudo bem, Quinn Sullivan. Foi um prazer passar o dia com você. — Seu tom de voz sai mais educado.

— O prazer foi meu.

Sorrio e recuo alguns passos até meu carro. Meu coração martela no peito.

— Dirija com segurança — diz Colton.

— Pode deixar. Você também.

— Pode deixar.

Podíamos ficar uma eternidade nisso, encontrando coisinhas insignificantes a dizer para adiar o inevitável, porque não é o que nenhum dos dois quer. Mas estamos diante de nossas portas, segurando a maçaneta, como se a decisão já tivesse sido tomada.

Fico na ponta dos pés para vê-lo por cima do teto do carro, desejando um último momento.

– Boa noite, Colton – digo.

Ele dá um meio sorriso e assente depressa.

– Boa noite.

Depois entra no furgão, fecha a porta e dá a partida.

Também entro no carro, coloco a chave na ignição, mas não giro. Vejo Colton dar uma última olhada pelo retrovisor, depois arrancar do meio-fio e acenar pela janela aberta. Então ele vai embora.

Continuo sentada ali, na tranquilidade do crepúsculo, até não conseguir ver nem ouvir mais seu furgão, depois penso na palavra que repeti mentalmente tantas vezes.

Volte.

Palavra que era um apelo a Trent.

Volte.

Palavra que eu sabia que pedia o impossível.

– Volte.

Esta noite, eu a sussurro para o sol que se põe no mar, para a maré que carrega para o oceano os momentos compartilhados por mim e Colton. Eu a sussurro para Colton Thomas.

"O coração é uma carne dura, não se machuca facilmente. Em dureza, tensão, força geral e resistência a lesões, as fibras do coração ultrapassam bastante todas as outras, pois nenhum instrumento realiza um trabalho árduo e contínuo como o coração... alargando-se quando deseja atrair o que é útil, prendendo o conteúdo quando é hora de desfrutar o que atraiu, e contraindo-se quando deseja expulsar resíduos."

– Galeno, médico do século II, *"Sobre a utilidade das partes do corpo humano"*

CAPÍTULO TREZE

O CARRO DE RYAN na entrada é a primeira coisa que noto quando chego em casa. Por um momento, fico com medo de que algo tenha acontecido de novo com meu pai, mas ele aparece pelo canto da casa com a mangueira. Saio do carro, aliviada, mas confusa.

– Aí está a minha garota – diz ele, enrolando a mangueira enquanto me aproximo da varanda. Ele me olha melhor. – Você está brilhando... ou isso ou ganhou uma bela queimadura de sol.

Olho para os meus braços vermelhos.

– Perdi a noção do tempo. O que...

– Teve um bom dia na praia?

A culpa pela meia verdade em meu bilhete surge em meu peito e tento não piorar ainda mais as coisas.

– Tive! – Minha voz sai mais alta do que eu pretendia, mas meu pai não parece perceber.

– Que ótimo. – Ele sorri e estende o braço para que eu me aproxime. – É bom ver você saindo e se divertindo – acrescenta, me puxando para um abraço. Ele beija o topo da minha cabeça, depois seus olhos se fixam em meu lábio suturado. – Já resolveu tudo com o motorista do outro carro?

Olho para a areia que ainda polvilha o peito dos meus pés.

– Resolvi, sim. Ele foi muito gentil. Disse que o carro dele não sofreu nenhum dano e que não precisamos ligar para a corretora de seguros nem nada, então está tudo bem.

Meu pai me olha com desconfiança.

– Pegou isso por escrito? Porque as pessoas dizem essas coisas, depois mudam de ideia e entram com um processo.

Nego com a cabeça.

– Ele não é assim. É só um garoto da praia, e o furgão dele já estava meio amassado mesmo. Não foi grande coisa, é sério.

Meu pai ergue uma sobrancelha sem se dar ao trabalho de esconder o sorriso.

– Garoto da praia, é? Bonito?

– Não – respondo de imediato. – Não era nada disso.

— Ah. Então ele é de família?

Bato no ombro do meu pai.

— Não, ele não é... Mas então o que Ryan está fazendo em casa? Achei que ela estaria em um avião para a Europa.

— Entendi o que você acabou de fazer. Não precisamos falar sobre o garoto da praia que não é de família. — Ele me dá uma piscadela. — Quanto a sua irmã, não sei o que está havendo com ela. Chegou há pouco tempo. Não disse muita coisa.

— Eles terminaram.

Ele assente.

— Estou achando que sim.

— Este pode ser um longo verão — digo, olhando para a casa.

— É, pode mesmo.

Qualquer um que realmente conheça minha irmã entenderia. Mas a maioria das pessoas não a conhece de verdade — conhece a versão que ela *quer* que conheçam. Ela atrai todos os olhares quando entra na sala, e entra na sala como se todo mundo *devesse* olhar para ela. Em seus bons momentos, é a vida da festa. O tipo de pessoa capaz de conquistar qualquer um com sua inteligência e energia natas. Porém, em seus piores momentos, o que provavelmente será o caso se o término for o motivo do cancelamento da viagem à Europa que vem planejando há dois anos, e economizando para isso, ela tem a capacidade de acabar com a festa. Eu já vi isso acontecer. Muitas vezes.

Respiro fundo e jogo os ombros para trás.

– Obrigada pelo aviso.

Meu pai ri.

– Vá falar com ela... Ela vai ficar feliz de ver você.

Eu me aproximo da porta e ele me lança aquele seu olhar malicioso.

– Só não comente sobre o piercing no nariz... nem sobre o cabelo dela.

– Como é que é?

– Você vai ver.

– Ai, meu Deus, Ryan, seu cabelo...

Minha irmã para de mastigar e ergue a mão que segura a faca.

– Não comece – diz ela.

Fico ali parada de boca aberta diante do cabelo – que ela sempre usou comprido e ondulado, caindo pelas costas –, que de um lado tem um corte torto e assimétrico na altura do queixo e atrás está raspado. Sem dúvida um cabelo de término. Acentuado por um pequeno piercing de diamante na narina direita.

Ela se esforça para ficar séria, mas um sorriso surge em um canto da sua boca, depois ela não consegue mais se conter.

– Estou brincando! – Ela abre um grande sorriso, aquele que consegue convencer que qualquer um faça qualquer coisa por ela, e baixa a faca, passando a mão na nuca e no pescoço como se ainda fosse uma sensação nova. – Gostou?

— *Gostei* — digo, tentando acompanhar seu entusiasmo, o que é impossível. Estou encarando, sei que estou encarando, mas não consigo evitar. — Está tão... diferente — digo —, mas ficou ótimo em você.

Estou sendo sincera — ficou mesmo. O cabelo mostra a curva graciosa do seu pescoço, e o piercing mínimo destaca seu lindo narizinho com a mesma perfeição. Ela está linda e durona ao mesmo tempo, e acho que este é o objetivo.

— Obrigada. — Ela se aproxima e me puxa com os braços magros para um abraço. Está com o cheiro do manjericão fresco que estava cortando e do mesmo óleo corporal da Body Shop que eu roubava dela desde que me entendo por gente, e isso me deixa feliz. Pelo menos o cheiro é o mesmo.

— É uma coisa bem estereotipada de fazer, eu sei, mas *adorei*. Estava na hora de mudar.

— Então você e Ethan... Eu sinto muito...

— Não sinta — diz ela, me soltando do aperto quente do seu abraço. — Eu estava de saco cheio de ser a *manic pixie dream girl* dele e de jeito nenhum ia ficar atrás dele pela Europa para garantir que ficasse satisfeito com a vida.

— Você não ia ser o que dele?

É difícil imaginá-la indo atrás de alguém ou sendo algo além do que ela quiser.

— A *manic pixie dream girl* — repete ela, endireitando os ombros pequenos. — É um tropo feminino totalmente sexista que aprendi na aula de estudos femininos este semestre, e abriu meus olhos para o fato de que fui exatamente isso para Ethan esse tempo todo. Na verdade, talvez eu tenha sido isso para todos os meus namorados.

Ela volta à tábua de corte e recomeça a cortar. Parece vingativa.

— Tenha sido *o quê*?

Não sei direito o que é um tropo, mas ela parece irritada com isso.

Minha irmã suspira, como se eu estivesse testando sua paciência. Ou como se eu tivesse muito a aprender.

— É só a ideia de uma garota... Sabe a garota bonita e excêntrica que cai de paraquedas e mostra ao cara sensível e meio nerd como viver e curtir a vida? Essa garota.

Pelo modo como ela fala, percebo que acha isso ruim, então evito comentar a ironia de que agora, cortando o manjericão feito uma louca, com um novo corte, o piercing no nariz, os coturnos e o cabelo curto, ela parece meio maníaca e duende, ou seja, uma *manic pixie dream girl*.

— Para ele, eu era só essa *ideia* — continua ela, balançando a faca enquanto fala –, e agora não sou mais. — Ela equilibra a tábua de corte na beirada de uma tigela grande e usa a borda da faca para raspar o manjericão pulverizado na salada de tomates. — É melhor assim.

Estendo a mão para a tigela e me arrisco a perder um dedo ao beliscar um tomate-cereja.

– Mas e a sua viagem? Você perdeu todo o dinheiro que ganhou como garçonete?

– Acho que perdi a passagem de avião, o que é uma droga, mas o resto seriam albergues e lugares baratos que encontraríamos ao chegar lá. Sobrou bastante. – Ela faz uma pausa. – Vou encontrar outro lugar para ir sozinha. Talvez Marrocos. Vou nadar na água azul-turquesa e pegar ônibus de uma cidade para outra com os moradores, comprar bijuteria barata nos mercados ao ar livre, tomar um porre com bebidas esquisitas, beijar caras bonitos que falam um inglês horroroso e querem agradar *a mim*. – Ela torce o moedor de pimenta acima da tigela. – Ou isso ou vou me candidatar a um ano de estudos no exterior naquela escola de arte que eu queria fazer na Itália.

– Quanto custa levar uma velha com você? A qualquer um dos dois lugares? – pergunta vovó da porta da cozinha.

Pensando principalmente em Ryan, eu me pergunto há quanto tempo ela estava parada ali.

– Vovóóóóó!!! – grita minha irmã, e corre até ela, apertando-a no mesmo abraço forte que me deu alguns minutos atrás.

Ao ver as duas, entendo o que todo mundo sempre disse. Elas são idênticas, só que separadas por sessenta anos. É um traço de personalidade que não tenho, uma confiança no modo como se comportam com naturalidade. Mas os genes devem ter pulado uma geração na família, porque minha mãe não é assim, nem eu.

Vovó se afasta do abraço e avalia a certa distância a última encarnação de Ryan.

— Pode ser sincera, vó. O que acha? — pergunta Ryan, empinando o peito pequeno, à vontade, e até meio orgulhosa de ser avaliada.

Vovó a olha de cima a baixo mais uma vez.

— Irreverente. Gostei. A não ser por essa coisinha no seu nariz. Você parece precisar de um lenço.

Se qualquer outra pessoa no mundo dissesse isso à minha irmã, teria conhecido sua ira. Mas como é vovó, Ryan dá uma gargalhada que enche a cozinha, e é impossível não me juntar a ela.

Minha avó se vira e contorna a bancada, se aproximando de mim, encostando em meu rosto a mão leve, mas calejada da jardinagem.

— E você, minha querida? Estou vendo que também tem um visual novo.

Olho para o meu vestido de alcinhas e as sandálias e sinto orgulho de contar a ela.

— Fui à praia.

— Caçando? — pergunta ela.

Nego com a cabeça.

— Bom, faz bem a você — diz ela, descrevendo com a mão um círculo na minha frente e descendo até meus pés sujos de areia. — Isso. O sol, a areia, o mar.

— Obrigada — digo, meio nervosa. Ao contrário de Ryan, eu *não fico* à vontade quando sou examinada tão atentamente. Provavelmente porque parece que é o que todo mundo tem feito comigo desde a morte de Trent. E porque neste momento parece que vovó consegue enxergar através da minha queimadura de sol. — Fui andar de caiaque — acrescento. — Tive uma aula.

O que estou dizendo?

— Sério? — Ryan ergue uma sobrancelha enquanto me passa uma espiga de milho.

Começo a descascar o milho, me arrependendo da minha confissão involuntária.

— Isso é *maravilhoso*, querida — diz vovó, usando um tom muito mais delicado comigo do que faz com minha irmã. Como se eu *fosse* mais delicada que minha irmã. Ela acaricia meu rosto. — Se você se divertiu, deve mesmo aproveitar. Entre no mar, viva ao sol, nade na praia e *beba* aquele ar silvestre. É o que eu sempre digo.

— Isso é Emerson, vovó. Estava no cartão de aniversário que eu te mandei no mês passado — diz Ryan, jogando azeite na salada caprese. Só ela consegue se safar repreendendo a minha avó.

— Dois grandes intelectuais, então, Emerson e eu — diz vovó. Ela abre a geladeira e pega uma garrafa de vinho branco, virando-se para mim. — Aliás, bonequinha, estou feliz em ver você fazendo algo assim. Acho que isso pede uma pequena comemoração.

Ela posiciona a garrafa embaixo do abridor e tira a rolha com um estalo baixo, no momento certo. Depois pega uma taça no armário e serve o vinho numa quantidade muito maior do que a maioria das pessoas consideraria aceitável.

Ryan ri.

— O que foi? Não tem sentido encher mais daqui a cinco minutos — justifica vovó com uma piscadela. — Estou velha. Conquistei o direito de me sentar e desfrutar de uma taça de vinho com minhas duas netas lindas.

É o convite de que Ryan precisa. Ela pega outras duas taças e serve uma para si mesma, acabando com a garrafa.

Olho para ela, o que faz minha avó rir.

— O que foi? — pergunta Ryan. — É o que eu estaria fazendo na Europa nesse momento, de qualquer modo.

Vovó ergue a taça e bate na de Ryan. Eu pego uma garrafa de água mineral na geladeira e me sirvo.

— Aos novos começos — diz minha irmã, e ergue a taça para mim, me dando a nítida impressão de que não está falando apenas de si mesma.

— Aos novos começos — repete minha avó.

Sou tomada por uma pequena onda de culpa e não consigo falar, mas consigo erguer minha taça e, entre o suave tinido de cristal que reproduz ao bater e a luz do entardecer inclinada pela janela da cozinha, há algo de reconfortante e esperançoso naquelas palavras. Tomo um pequeno gole e baixo a taça.

Vovó me dá um tapa no bumbum.

— Agora vá tomar um banho para jantar. Não quero ter problemas com a sua mãe. Ela já me culpa pelo que essa daqui se tornou.

Ryan apenas sorri e toma outro gole do vinho, como se fosse algo cotidiano para ela.

— Tudo bem — respondo, tentando parecer exasperada, mas elas me fazem felizes, essas duas juntas. — Aliás, onde está a mamãe?

— Ela me deixou aqui e foi àquele mercado orgânico hipster para pagar o triplo do que pagaria no mercadinho por uma carne orgânica, massageada, abençoada e saudável para alimentar a todos nós.

Ryan e eu nos entreolhamos, porque vovó acabou de dizer "hipster".

— Esses mercados hipster da moda... — diz Ryan com um sorriso irônico enquanto coloca a salada na geladeira.

— Pura besteira — concorda vovó.

Termino de descascar a última espiga de milho, coloco-a em uma bandeja e procuro outra tarefa para o jantar que estenda meu tempo na cozinha com as duas, porque, neste momento, me dou conta de como amo minha avó e de como sentia falta da minha irmã. Ter Ryan de volta é como ter um nível diferente de energia na casa.

— Ande logo. — Vovó me expulsa dali. — Preciso conversar com sua irmã sobre a libertação dela do tropo duende furioso.

Ela me dá outro tapa no bumbum e eu me viro para subir a escada, sabendo que ela quer ter alguns momentos a sós com Ryan.

Apesar de toda a bravata de cada uma delas, sei exatamente como vai acontecer. Vovó vai querer descobrir se Ryan está realmente bem e vai obrigá-la a esclarecer a situação. Ryan vai se permitir ficar aborrecida com a vovó, se for preciso, mas depois elas voltarão a formar a frente unida. Tem sido assim desde que o vovô morreu, quando eu tinha sete anos e Ryan, nove.

Nenhum de nós nunca tinha visto minha avó tão abalada, que dirá imóvel e quieta. Ela era – e ainda é – sempre ativa, sempre ocupada, sempre fazendo *alguma coisa*. Mas quando meu avô morreu, ela simplesmente parou. Na época eu não entendi, mas agora conheço esse sentimento há muito tempo.

Quando isso aconteceu com a vovó, eu me esgueirava em qualquer cômodo em que ela estivesse enquanto mamãe cuidava dos detalhes necessários todo santo dia. Eu não sabia mais o que fazer. Depois de algumas semanas, porém, Ryan andou a passos firmes até vovó, enquanto ela estava sentada na cadeira da qual aparentemente não se mexia desde o serviço fúnebre. Ryan colocou as mãos nos quadris e deu uma ordem a minha avó: "Levante-se."

De algum modo essas palavras arrancaram vovó de sua paralisia induzida pela tristeza, e desde então as duas têm essa compreensão mútua e essa união que eu queria que tentassem comigo também. Em vez disso, quando Trent morreu, todo mundo andava na ponta dos pés, me mimava e agia como se eu fosse feita de vidro. Mas eles não precisavam se preocupar em me quebrar. Eu já estava completamente espatifada no chão, em cacos minúsculos, do tipo que escapa da limpeza e surge do nada, como coisinhas invisíveis que nos surpreendem quando menos se espera.

Subo cautelosamente os primeiros degraus, na esperança de ouvir parte da conversa entre Ryan e minha avó, mas suas vozes estão baixas, então desisto e vou tomar banho. Com a porta fechada e o chuveiro aberto, tiro o vestido e fico de biquíni, e me olho no espelho que já está embaçando nas bordas. Procuro ao que minha avó estava se referindo e acho que quase consigo ver – algo diferente, cortesia do ar fresco, do mar e... e talvez também de Colton Thomas.

Meu cabelo escuro cai em ondas rebeldes nos ombros e no peito, ambos muito vermelhos, mas sei que vão desbotar para um bronzeado amanhã. Eu me inclino mais para perto e vejo, ligeiramente, que há novas sardas minúsculas nas minhas bochechas e no nariz. Sorrio para o meu reflexo antes que ele desapareça atrás do vapor. Eu tive um bom dia. Pela primeira vez em muito tempo, tive um dia realmente bom, por isso não quero que ele seja tragado pela noite. Sinto o sal e a areia na pele como um lembrete de que existe um mundo inteiro vivo que continua lá fora.

E que hoje eu voltei a fazer parte dele.

"A mão não é capaz de executar algo mais elevado do que o coração consegue imaginar."

— *Ralph Waldo Emerson*

CAPÍTULO CATORZE

— E AQUELA AULA de caiaque que você fez hoje? — pergunta Ryan, toda animada, ao me passar uma travessa com uma pilha alta de milho embrulhado em papel-alumínio.

Sinto as orelhas da minha mãe ficarem eriçadas e olho feio para Ryan.

— *O que foi?* — pergunta ela com inocência. Mas um lampejo mínimo por trás de seus olhos me pede para colaborar.

— Acho incrível que você tenha feito isso.

E você não quer falar de Ethan, nem da sua viagem, nem de por que está aqui.

— O que foi isso agora? — pergunta minha mãe como se não tivesse ouvido Ryan direito. — Você fez uma aula de *caiaque* hoje? — Ela me olha, confusa. E com razão. Não é nada típico de mim. — Foi com você? — Ela olha para vovó. — É alguma coisa da Red Hat? — Minha avó nega com a cabeça e mamãe olha novamente para mim, ainda mais confusa. – Com quem você foi?

Passo a travessa de milho para ela e pego com Ryan o prato de carne do mercado hipster, tentando parecer despreocupada.

– Fui sozinha. Vovó e eu conversamos ontem sobre fazer algo assim, então hoje eu simplesmente... simplesmente fiz. Foi por impulso – acrescento, tentando soar como Ryan, com determinação e confiança suficientes para que ninguém questione, sem dar importância ao fato de que andar de caiaque não é algo que já tenha despertado meu interesse. Nunca. Minha mãe costumava prestar atenção em todos esses detalhes, mas tem sido bem menos astuta com esse tipo de coisa desde o susto com o AVC de papai.

Ou isso dá certo ou é uma história que todos eles estão muito curiosos para saber e vão acabar fazendo uma série de perguntas, como se eu tivesse acabado de circunavegar o planeta, em vez de fazer uma aula de caiaque na praia. Todo mundo fala, um atropelando o outro, enquanto passa a comida e a devora em seus pratos. Todos, exceto minha avó, que está sentada com um sorrisinho irônico, observando o interrogatório.

Meu pai: – Você se divertiu?

Mamãe: – Não molhou os pontos no lábio, não é?

Ryan: – Seu instrutor era um homem?

Papai: – Aonde você foi?

Mamãe: – Assim você vai pegar uma infecção.

Ryan: – Ele era bonito? Solteiro?

– Nossa – digo, depois que todos esgotam as perguntas. – Foi só uma aula de caiaque. – Meu tom de voz parece irritado e sei disso porque estou chateada comigo mesma por deixar escapar a verdade e omitir um detalhe extremamente importante da história. Por que eu tinha que dizer *alguma coisa*?

Minha mãe alisa o guardanapo no colo.

– Desculpe, querida. Acho que só estamos felizes por saber que você se divertiu hoje. É empolgante – diz ela, sorrindo e erguendo os ombros de leve.

Sei que ela tem razão, e me sinto mal porque o fato de eu ter me vestido e saído de casa é motivo para comemoração.

– Não é nada de mais – digo, mais para o meu prato do que para ela, como se eu não soubesse que eles me observam todo dia para ver se finalmente vou tocar minha vida.

Minha avó interrompe e se intromete:

– O que sua mãe está tentando dizer, deixando de lado todo o papo-furado, é que estamos felizes por ver que você está começando a...

– Seguir em frente? – completo com suas palavras preferidas.

– Exatamente – concorda ela, baixando o garfo. – A *minha* pergunta para você, Quinn, agora que o show acabou, é: você pretende fazer outra vez? Acho que devia, se sabe o que é bom para você. Tenho idade suficiente para saber. Malhe enquanto o ferro estiver quente.

— Ou o instrutor de caiaque — acrescenta Ryan em voz baixa.

— *Ryan* — censura minha mãe.

— Não sei. — Dou de ombros. — Não tenho nenhum plano definido. — Fico quieta e por um momento me imagino estacionando na frente da loja de Colton, entrando e dizendo a ele que eu gostaria de ter outro dia. Com ele. — Talvez — acrescento e fico nervosa ao dizer isso em voz alta.

— Ah, não me venha com essa besteira de "talvez" — diz vovó. Ela toma um gole delicado da taça de vinho, com o mindinho erguido, e assente enquanto engole. — Vá amanhã, ou nunca mais irá.

Minha mãe lança a papai um olhar que eu sei que significa que ela está chateada com a própria mãe, mas eu gosto. Parece que vovó acha que finalmente posso lidar com o cruel amor de família.

— Ela tem razão — diz Ryan. — Por que você não iria?

Por que você não iria?

Eu me lembro de Colton dizendo as mesmas palavras na cafeteria e penso em muitos motivos para definitivamente *não ir*. Mas é cada vez mais difícil me agarrar a eles, ainda mais com as reações da minha família.

— O que você acha? — pergunta mamãe. — Por que não tenta outra vez? Amanhã todo mundo vai estar ocupado e seria melhor do que ficar sentada na casa vazia, sozinha, passando horas na frente do computador, procurando...

Procurando pelo receptor do coração.

Todo mundo fica em silêncio por um instante e me pergunto qual seria a opinião deles, se soubessem da verdade. Se soubessem o que estão me encorajando a fazer.

— Vai ser um presente para mim — diz meu pai, erguendo a cerveja como se fizéssemos um brinde.

Por um momento, olho para minha família cheia de esperança. Como se esta pudesse ser a coisa que finalmente vai me impulsionar. E não posso negar.

— Tudo bem, tudo bem, vou fazer de novo — digo, parecendo mais segura do que realmente estou.

Não sei se pretendo andar de caiaque de novo, ou ver Colton mais uma vez para fazer isso, mas posso dirigir até Shelter Cove, passar o dia na praia, voltar e deixar que eles pensem que tive outra aula, se isso os deixa felizes.

— Amanhã? — pergunta vovó.

Ela ergue uma sobrancelha para mim, sugerindo a resposta que quer ouvir.

— Amanhã.

— Então, está combinado — diz ela com uma autoridade que ninguém contesta.

E, sem mais nem menos, voltamos ao jantar enquanto a noite escurece à nossa volta no deque. Os grilos cricrilam ao fundo, e todas as velas da minha mãe nos vidros de rosca bruxuleiam e dançam enquanto a conversa se volta para Ryan e seus planos para o verão, agora que ela está em casa.

Eles falam em tentar conseguir reembolso pelas passagens de avião, da possibilidade de ela passar um ano na escola de arte na Itália, o que a deixa animada, da segurança na hora de viajar sozinha ao Marrocos. Dos próximos exames do meu pai. Das informações mais recentes sobre saúde que minha mãe obteve. Da próxima reunião da Sociedade Red Hat da minha avó.

Não falo muito e eles nem parecem perceber, talvez porque eu já esteja calada há muito tempo, desde Trent. Mas esta noite é diferente. Aqui, com minha família e cercada de suas boas intenções, não sinto vontade de voltar no tempo. Não repriso o passado. Esta noite me deixo levar de volta ao mar e a um caiaque, e à possibilidade de outro dia com Colton. Sei que o que estou fazendo é perigoso, mas penso em como foi ficar com ele hoje, e a verdade é que quero sentir isso mais uma vez.

Depois que a louça foi lavada, a comida guardada e minha avó levada para casa, digo a meus pais que estou cansada da minha grande aventura e os deixo sentados no deque dos fundos, perto da piscina, com uma vela brilhando suavemente ao lado das duas taças de vinho na mesa entre eles, a noite caindo suave e azul em volta. Paro logo depois de entrar e observo a silhueta dos dois pela janela. Eles estão assentindo e conversando, e meu pai estende a mão pela mesa para tocar o braço da minha mãe. Ela se inclina na direção dele e ri, e vê-los juntos desse jeito traz um daqueles momentos que me atingem do nada.

Não me lembro da última vez que Trent e eu nos sentamos assim. Não me lembro da última vez em que ele jantou na nossa casa no domingo. Ele vinha quase todo domingo, então deve ter sido menos de uma semana antes de ele morrer. Mas não me lembro. Todas as noites que ele passou à mesa conosco viraram um borrão, com as bordas nebulosas. Eu me lembro da facilidade com que ele conversava com meus pais, elogiando a comida da minha mãe ou oferecendo ajuda ao meu pai com qualquer grande projeto no jardim em que ele estivesse envolvido. Ele sempre brincava com a vovó sobre as mulheres da Red Hat e suas artimanhas e implicava com Ryan como se ela fosse sua irmã. Continuávamos no deque muito tempo depois dos outros. O braço dele apoiado no encosto da minha cadeira, minha cabeça em seu peito, nós dois vendo as estrelas surgirem no céu.

Eu me lembro de todas essas coisas. Mas não me recordo da última vez em que ele esteve na nossa casa para jantar no domingo.

Agora eu daria tudo para voltar, mesmo que só por alguns momentos, para prestar mais atenção. Registrar cada detalhe dele, e de nós dois juntos, em meu coração, onde eu pudesse guardar para sempre. E nem mesmo o tempo seria capaz de apagar.

★ ★ ★

Meu corpo está pesado quando subo a escada até o meu quarto e só quero me jogar na cama e cair num sono em que eu possa sonhar com Trent, mas hesito quando chego ao patamar da escada. Ryan já está em seu quarto e ouço a batida abafada da música escapando junto com a nesga de luz por baixo da porta. De repente meu quarto parece escuro demais em comparação. Silencioso demais. Quero ficar na luz, na energia e na música do quarto da minha irmã, uma variação bem-vinda da quietude do meu quarto nos últimos nove meses, enquanto ela estava na faculdade.

Insegura, bato na porta, porque ela sempre me fez bater antes. Não sei se ainda devo obedecer às mesmas regras. Tanta coisa nela está igual, mas ao mesmo tempo muita coisa está diferente. Ryan está com uma nova aparência, como se estivesse um nível afastada da vida que tinha aqui, o que imagino que seja verdade, depois de ter saído de casa.

– Entre – diz ela de trás da porta.

Abro o suficiente para enfiar a cabeça para dentro.

– Oi – digo, percebendo que não tenho um motivo específico para estar ali.

– Oi – repete ela, me olhando de um jeito estranho. – Pode entrar. O que foi?

Abro mais a porta, mas fico na soleira, ainda meio insegura.

– Não sei, eu só... – Sorrio e tento pensar em algo para dizer. – Estou feliz de ver você em casa.

– Eu também. – Ela baixa o volume da música. Depois me encara atentamente, até que seus olhos se fixam nas suturas em meu lábio. Ela franze a testa. – Como você está? Quer dizer, de verdade. Tipo não a resposta para a mamãe, a real.

Ela dá um tapinha na cama, ao seu lado, e percebo que é exatamente isso que eu esperava quando bati na porta. Entro e fecho a porta até ouvir um estalo mínimo, me enfiando no casulo do quarto da minha irmã.

Quero contar tudo sobre o dia de hoje, sobre Colton e a caverna, a sensação de estar no mar. A sensação de estar com ele. Mas sei que se fizer isso ela vai me encher de perguntas – perguntas demais, e não quero ter que mentir para ela ao responder.

Então não digo nada.

Ela chega para o lado na cama e empurra uma pilha bagunçada de revistas para abrir espaço para mim.

– Senta aqui. Fale.

Obedeço.

– Estou bem – digo, mas não parece convincente nem para mim.

– Sério? – pergunta ela categoricamente. – Ainda tem fotos de você com Trent no seu quarto.

Aí está. A abordagem direta que mais cedo eu quis que ela usasse comigo. Mas agora me arrependo. Eu me levanto para sair.

– O que você estava fazendo no meu quarto?

Fico surpresa ao perceber como de repente isso me deixa pouco à vontade.

– Espere aí – diz ela com a mão firme em meu ombro.

– Não fique brava... Só enfiei a cabeça para dentro assim que cheguei e vi que elas ainda estão lá, só isso.

Eu me sento na beira da cama, de costas para ela. O colchão se mexe com seu peso e seus braços envolvem meus ombros.

– Aquilo é uma pequena cápsula do tempo. Na verdade, uma cápsula triste.

Não respondo.

– Talvez... – continua ela com gentileza – talvez esteja na hora de...

As lágrimas surgem em meus olhos, quentes e furiosas, e me viro para ela.

– Do quê? De tirar todas e agir como se ele nunca tivesse existido?

– Não – responde Ryan, agora mais firme do que gentil. Ela estende o braço para segurar minha mão, mas eu me afasto. – Não foi o que eu quis dizer. – Ela suspira. – É só que... você não fica triste, olhando para elas o tempo todo?

Seco os olhos, com raiva que o choro brote com tanta facilidade mesmo depois de todo esse tempo.

– Não são as fotos que me deixam triste.

É que, sem elas, todos os pequenos detalhes sobre Trent vão começar a desvanecer.

– Sei disso. Você pode não acreditar, Quinn, mas todos nós o amávamos e sentimos falta dele. Sei que é em um nível totalmente diferente do seu, mas acho... – Ela se interrompe e sei que tenta escolher com cuidado as palavras. – Acho que está dificultando as coisas para você mesma. É só isso. Mamãe me falou de todas as cartas e do encontro com os receptores, e que você procurou o cara do coração. Ela tem medo de que você fique presa nisso... em encontrá-lo... e parece... que talvez você precise esquecer isso um pouco.

Mordo com força o interior da minha bochecha e sinto meus ombros enrijecerem.

Ryan fica de frente para mim, então sou obrigada a olhar para ela.

– Encontrar o cara que recebeu o coração de Trent não vai trazê-lo de volta. Nem agir como se você tivesse morrido junto.

A fúria se inflama dentro de mim, quente e mordaz.

– E você acha que eu *não sei* disso?

Ela não responde, só comprime os lábios como se não soubesse o que me dizer. Como se agora eu também estivesse diferente.

– Eu sei disso – digo com mais delicadeza, de repente insegura, porque me lembro de Colton parado na escada da frente com o girassol na mão. Penso que foi fácil e familiar me relacionar com ele e, de súbito, isso me faz questionar meus sentimentos, me faz perguntar por que me sinto tão atraída a ele.

Olho para minhas mãos se retorcendo no colo.

– Não estou tentando trazê-lo de volta. Eu só estava tentando...

Olho para as revistas espalhadas por toda a cama e penso em como vou explicar o que quero dizer, o que eu realmente tentava fazer ao procurar as pessoas que Trent ajudou, mas não tenho certeza se ainda sei. Achei que fosse para ter um desfecho. Mas com Colton é diferente.

Afasto o pensamento e pego a foto de uma praia de areia branca.

– O que é isso tudo?

Gesticulo para a bagunça espalhada em sua cama, para mudar de assunto. Há páginas arrancadas de revistas: fotografias de praias, cidades exóticas, um jardim japonês, um museu de arte, um lago que reflete como um espelho as montanhas e o céu ao redor. Também há palavras recortadas em todos os tamanhos e fontes diferentes: *Crie, Atreva-se, Viva com liberdade...*

– É para um quadro de visualização que estou fazendo – justifica ela, talvez igualmente aliviada com a mudança de assunto.

– O que é um quadro de visualização? – Seco os olhos molhados. – Tem alguma coisa a ver com aquele lance de *manic pixie*?

Ryan ri.

– Na verdade, não. – Ela pensa um pouco. – Bom, mais ou menos. É uma ferramenta de inspiração. Um jeito de visualizar o que você quer, assim fica mais fácil se concentrar.

– Ela revira a pilha que já cortou. – Você escolhe imagens ou palavras das coisas que quer fazer, ser ou ter, ou coisas que inspirem você, e reúne tudo onde possa vê-las todos os dias, para se lembrar de continuar seguindo em direção a elas.

Ryan fica em silêncio por um momento e tenho certeza de que é porque pensa nas fotos de Trent comigo em meu quarto, que vejo todos os dias. Imagens de coisas que não posso mais ter, porque só existem no passado.

– Aprendeu isso na sua matéria de estudos femininos também? – pergunto, sem querer voltar à nossa conversa de antes.

Ela sorri.

– Não. Aprendi com minha colega de quarto New Age. Ela adora essas coisas. Toma – diz Ryan, me entregando uma revista com um sol na capa. – Você devia fazer um. Comece por essa. Viagem é um tema mais fácil. Encontre um lugar bonito aonde queira ir e recorte.

Quando ela diz isso, a primeira coisa em que penso é o interior da caverna em que fui hoje, com o reflexo da água dançando para todo lado. E Colton sentado atrás de mim. Quero voltar lá. Duvido que eu consiga encontrar uma imagem que chegue perto daquela beleza, mas pego a revista mesmo assim, Ryan fica com as dela e nos concentramos na tarefa sem falar nada.

Ela pega um pote de sorvete com cookies na mesa de cabeceira, dá uma colherada e me entrega.

— Coma. Você anda magra demais ultimamente, e essa torta sem glúten e sem açúcar da mamãe não é sobremesa em lugar nenhum.

Eu rio.

— Ai, meu Deus, não faz ideia das coisas que estamos comendo desde que você foi embora — digo, cavando bem no meio, onde está todo o cookie.

— Bom, pode comer. — Ryan sorri e pega outra revista.

— Depois devolva.

Não me lembro da última vez que nós duas ficamos juntas desse jeito, mas parece certo ficar no quarto dela, dividindo uma colher e um pote de sorvete e folheando revistas. Parece normal.

Olho de soslaio para Ryan, que está ocupada recortando fotografias e palavras, confiante, como sempre. Concentrada em ver seu futuro, em vez do passado. Eu queria poder tirar uma foto *dela* agora e usar como inspiração para fazer o mesmo.

Folheio a primeira revista, sem rumo, sem saber por onde começar. Na verdade, não pensei muito no futuro nos últimos 402 dias. E as coisas que eu costumava querer parecem muito banais e distantes. Se eu tivesse me sentado aqui no quarto de Ryan *antes*, provavelmente teria arrancado fotos de como eu queria que fosse meu vestido da festa de formatura, da faculdade a que Trent e eu iríamos juntos, da aliança que eu o imaginaria dando para mim em algum momento pelo caminho, ou da casa que teríamos. Eu teria feito uma colagem da vida que teríamos juntos. É o que você faz quando acha que encontrou seu verdadeiro amor.

Ainda não sei o que fazer depois de perdê-lo. Parei de correr, não fui à festa de formatura. Afastei todos os nossos amigos, até que eles pararam de telefonar. Meus pais me obrigaram a ir à formatura, mas saí quando começaram a passar a apresentação em slides em homenagem a ele. Perdi os prazos para me candidatar às universidades e não me importei. Passei a maior parte dos últimos treze meses sozinha e paralisada, uma viúva de dezoito anos que ainda precisa fazer planos ou olhar para o futuro, por mais que todos tentem me levar logo a isso.

Folheio mais revistas, uma atrás da outra; passo por palavras que não me dizem nada e imagens que não se destacam como algo que eu queira ou considere uma possibilidade. Até que encontro uma que chama minha atenção. Observo a foto, prestando atenção em todos os detalhes: a água transparente e a luz dourada do pôr do sol, a areia aveludada e uma garrafa solitária que o mar jogou na praia. É o conteúdo da garrafa que me atrai. Dentro do vidro transparente há um coração de vidro vermelho-escuro. O sol brilha através dele no ângulo certo, formando uma pequena sombra vermelha na areia à frente. Nunca vi nada parecido. O coração é lindo, frágil e está seguro dentro da garrafa, como os antigos bilhetes que supostamente viajavam pela distância e pelo tempo, atravessando tempestades e bonanças, até finalmente pararem numa praia. E depois serem encontrados.

"*O coração normal bate oitenta vezes por minuto, o que significa que, em um dia qualquer, seu coração vai bater aproximadamente cem mil vezes. Em um ano, terá batido 42 milhões de vezes, e em uma vida inteira baterá quase três bilhões de vezes. Durante todo esse tempo, está pegando o sangue e o expelindo para os pulmões e todo o corpo. (...) Ele não descansa. Não se cansa. É persistente em seu ímpeto e propósito.*"
– Dra. Kathy Magliato, Heart Matters:
A Memoir of a Female Heart Surgeon

CAPÍTULO QUINZE

– **ACORDA.**

Não preciso abrir os olhos para saber que Ryan está parada ao lado da cama. Ela puxa minhas cobertas e eu tento recuperá-las.

– Está maluca? Que horas são?

– Seis horas – responde ela. – Vai fazer calor cedo, então levanta. Nós vamos correr.

Estreito os olhos para ela, já com a roupa de corrida, sob a luz fraca da manhã.

— É sério?

— Sério.

— Não tenho tênis de corrida — digo, procurando as cobertas.

— É mesmo?

Ryan atravessa meu quarto, abre a porta do closet e se enfia no fundo, onde está empilhado cada tênis Saucony que tive na vida. Começam a voar sapatos, um atrás do outro, cada um caindo no carpete com um baque.

— Tenho certeza de que dois destes aqui vão caber nos seus pés — diz ela.

Depois vai até a minha cômoda e pega um short, uma camiseta e um top. Joga tudo na cama. Em seguida, minha irmã anda pelo quarto, abre a cortina e escancara a janela, deixando entrar o ar frio matinal. Para por um momento para respirar e sorri para mim. — Vamos. Levanta daí... Vai ser bom. Papai está esperando.

E então sai do quarto, seu jeito preferido de encerrar uma discussão.

Papai está esperando? Faz muito tempo que ele não corre comigo. Mais de 403 dias. O número me vem automaticamente à cabeça, mas não com o peso de costume. Hoje parece diferente, porque ontem foi diferente.

Espreguiço os braços, estremecendo um pouco com a dor inesperada que sinto nos ombros. Depois tudo me volta à cabeça: remar com Colton, o sol, o mar, a mão dele acenando da janela enquanto ele se afastava. A sensação de vazio que aquela despedida me deixou. E, mais tarde, a conversa no jantar com minha família sobre voltar lá hoje.

Meu telefone toca na mesa de cabeceira e me sobressalto com o barulho. Eu o pego, na esperança de que seja ele, ao mesmo tempo dizendo a mim mesma para não ter esperanças, que estou sendo ridícula. Mas quando olho para a tela é uma mensagem de texto de um número que agora reconheço. Fico petrificada. Olho fixamente, até que o celular toca de novo em minha mão, então desbloqueio a tela.

> Eu estava pensando... Ontem foi um dia muito bom, mas aposto que hoje pode ser ainda melhor. O que você acha?

Sorrio, e meu primeiro pensamento é que o dia já está sendo melhor. Mas aparece outra mensagem de texto:

> Trabalhando na loja de manhã, mas quem sabe a gente pode se ver mais tarde?

Leio as palavras várias vezes, tentando pensar numa resposta.

— Quinn. — Ryan enfia a cabeça dentro do meu quarto e me assusto de novo, sem saber o que fazer com o telefone na mão. — O que está fazendo? Vamos.

Deixo o celular na mesa de cabeceira.

— Nada. Só estava desligando o despertador.

— Bom, anda logo, levanta. Estamos esperando por você.

Sei que ela só vai sair quando eu realmente me levantar da cama, então é o que eu faço. A resposta às mensagens de Colton terá que esperar, porque minha irmã não espera.

Mamãe está na cozinha, vestida para o trabalho, quando desço a escada.

— Bom *dia* — diz ela com ânimo, largando o suco verde e estendendo os braços para mim.

— Dia — respondo.

Eu me arrasto até ela e lhe dou um abraço rápido. Ela me beija o topo da minha cabeça.

— É tão bom ver você acordada. E vestida. Seu pai vai ficar muito feliz. É a primeira vez que ele corre em *anos*.

Percebo como ela se esforça para conter a satisfação que isso lhe dá. Sem nunca ter sido a corredora, mas sempre a líder de torcida, ela está radiante, de volta ao seu antigo papel.

— Eles estão esperando lá fora — diz ela. — Vou para o trabalho cedo e só volto lá pelas cinco horas. Tenha um bom dia e se divirta correndo e andando de caiaque!

Ela me dá outro beijo no topo da cabeça e aperta meu braço, e sinto sua esperança nesse gesto.

— Quinn! — grita Ryan do lado de fora. — Você vem?

Não respondo, só saio na varanda, onde ela e papai estão esperando. Ela apoiou uma perna na grade e está se alongando ali, segurando com facilidade os dedos dos pés.

Meu pai ri quando me vê.

– Ora, ora, bom dia, flor do dia. Parece que os poderes de persuasão de sua irmã funcionaram com você também, né?

Ele puxa meu rabo de cavalo.

– Tipo isso.

Balanço as pernas e me alongo um pouco.

Meu pai olha de mim para Ryan, depois passa um braço em cada uma de nós, nos tirando do alongamento para um abraço, como costumava fazer quando éramos mais novas, e aproxima nossos rostos, quase os esmagando.

– Esse é um presente para o seu velho, sabiam? Como nos velhos tempos. Só que agora vocês duas vão ter que esperar *por mim*. Andei caminhando com a mãe de vocês, mas nem quero pensar em quando foi a última vez que corri.

Sei exatamente quando foi a última vez que corri, mas *eu* não quero pensar nisso. Portanto, volto ainda mais no tempo, antes até de ter conhecido Trent, quando Ryan e eu começamos a correr com nosso pai. Ryan tinha quinze anos, e eu, treze, e as corridas com ele eram especiais. Aconteciam nos dias de verão e nos fins de semana, quando ele ainda tinha tempo. Ele nos tirava da cama e nos botava para fora cedo, sem nunca nos dizer aonde íamos correr e que distância seria, mas sempre garantia que fosse um destino legal.

Algo para nos mostrar, como o alto de uma crista, onde era possível ver até o mar, um túnel feito de carvalhos e musgo pendurado, vinhedos que se estendiam por quilômetros com uvas pequenas e amargas que colhíamos ao passar, uma trilha fora do caminho batido onde víamos cervos, perus silvestres e coelhos. Ryan e eu sempre reclamávamos muito na hora de acordar, mas nós duas adorávamos essas corridas com ele e as coisas que nos mostrava.

– Não sei, Quinn está meio fora de forma. – Ryan me olha com um sorriso desafiador. – Acho que nós dois finalmente vamos dar uma surra nela.

Sinto um antigo fogo começar a arder. Um fogo competitivo. Ryan e eu corremos cross-country e em trilha, mas eu entrei para a equipe da escola quando estava no primeiro ano e sempre fui um pouco mais rápida. Isso a deixava louca, e era uma das coisas que eu mais adorava na corrida. Que fosse minha. Meu lugar para brilhar enquanto ela brilhava em todo o resto.

Meu pai balança a cabeça.

– Não precisamos correr nem nada. Vamos devagar para sentir como vai ser. – Ele encontra meu olhar. – Com algo assim, é melhor voltar pegando leve.

Pelo jeito como ele me olha, sei que não quer dizer apenas fisicamente.

Mais de uma vez depois da morte de Trent, meu pai me perguntou se eu queria correr, embora ele mesmo também não estivesse mais correndo. Sempre foi nosso tempo especial, e acho que ele estava procurando um jeito de encontrar isso de novo – para saber como eu estava, porque nunca conversamos sobre aquela manhã depois do que aconteceu. Foi a ele que os paramédicos me entregaram e foi ele que me levou ao hospital, seguindo a ambulância com suas luzes rodando. Mas, depois daquele dia, fiquei tão perdida que não conseguia conversar com ele nem passar por aquele trecho da rua.

– Tudo bem, vamos pegar leve – diz Ryan –, mas eu escolho o trajeto.

– Fechado – responde papai.

– Ótimo. Tenho uma ideia de um lugar aonde quero ir.

– Ela me olha com um sorriso. – É meio difícil de chegar, mas nada que você não consiga aguentar.

Respiro fundo. Espero que eu esteja à altura do seu desafio.

Ela pula a escada, e papai e eu vamos atrás. Não sei se ela tem razão a respeito de que eu vou conseguir aguentar, mas tenho esperança de que sim. Respiro fundo novamente enquanto meus tênis de corrida pisam na entrada de terra da nossa casa. Ryan logo começa a correr e o meu pai faz o mesmo, portanto não tenho alternativa. Descemos pela nossa entrada em um ritmo lento de aquecimento que parece desajeitado, como se meu corpo não lembrasse mais como se faz isso.

Ryan faz uma pausa, e por um segundo fico petrificada ao pensar em correr por aquele lugar da rua, mas ela sabe muito bem disso e se vira para a direção contrária. Formamos uma fila única no acostamento estreito, com Ryan na frente, meu pai no meio e eu na retaguarda. Eu me concentro em colocar um pé na frente do outro, não só porque preciso fazer isso se quiser acompanhá-los, mas porque Trent é a primeira coisa em que penso assim que saímos. Fui eu que o convenci a correr. Ele era nadador e jogador de polo aquático, definitivamente não um corredor, e no início às vezes ele me acompanhava de bicicleta, me fazendo companhia e incentivando meu ritmo. Foi só no segundo ano que ele começou a correr comigo nos fins de semana, porque o treinador dele disse que precisava do condicionamento físico – e porque era mais um jeito de ficarmos juntos, com nossos horários ocupados. Nós nos encontrávamos de manhã cedo, no meio do caminho entre nossas casas, para correr até a cidade, tomar um bom café da manhã na Lucille's e depois voltar para casa caminhando, conversando e rindo como se tivéssemos todo o tempo do mundo.

 Eu paro, sentindo de repente o peito cheio de dor, sem fôlego.

 – Acho que não consigo...

 Meu pai se vira.

 – Você está bem?

 – Não... Eu... acho que preciso voltar.

 Ryan para e se vira. Seu rosto está vermelho e ela se aproxima de mim, ofegante. Espero que ela me mande continuar correndo, mas seu olhar fica mais suave quando se fixa em mim.

– Você está bem – afirma ela. – É que você acabou de voltar à corrida. Não precisa ir para casa.

Meu pai parece entender também.

– Venha. Vamos fazer isso juntos. Vamos pegar leve.

– Concentre-se na respiração – diz Ryan. – Deixe suas pernas fazerem o resto.

Ela se vira e recomeça, e desta vez meu pai gesticula para que eu vá na frente dele. Dou um passo, depois outro, e mais um, até criar algo semelhante a um ritmo, apesar de parecer pesado e sem prática. Depois de alguns minutos, nos acomodamos em um ritmo lento, mas constante. Ryan me puxa para a frente, e o ritmo de um pé na frente do outro fica um pouco mais fácil. Respiro com dificuldade, inspirando e expirando, inspirando e expirando, inspirando e expirando, e meu coração martela, desacostumado a trabalhar desse jeito. No início, minhas pernas ardem, depois começam a ter comichões conforme o sangue enche e expande os capilares de um jeito que não acontece há muito tempo. Meu corpo começa a lembrar, a voltar. Está acordando de novo, igual a ontem.

Ryan segue por uma trilha de terra, e na mesma hora sei aonde vamos. Olho para o meu pai e seu sorriso me diz que ele também sabe.

– A crista? – grito para Ryan. – Na primeira vez que voltamos a correr?

— É! — grita ela por cima do ombro. — Não tem sentido fazer as coisas pela metade!

— Você está tentando me matar! — grito.

— Estou tentando fazer o contrário — diz ela. — Você entendeu.

Nós três ladeamos os carvalhos ao pé do morro, e na sombra está um pouco mais frio do que é confortável, mas faço o máximo para acompanhar. Apesar do esforço, começo a relaxar um pouco e paro de pensar tanto. O cheiro matinal da vegetação e da terra resfriada à noite se eleva à nossa volta e eu o inspiro.

Depois de mais ou menos um quilômetro e meio de morros ondulantes, a trilha dá uma guinada súbita e assume um aclive íngreme por uma série de zigue-zagues, e a única coisa em minha cabeça é chegar ao topo sem andar, porque, como costumávamos dizer na equipe, não faz sentido andar na corrida. Ryan está a uma volta a minha frente, então só tenho pequenos vislumbres dela subindo o morro. Atrás de mim, a respiração do meu pai fica mais pesada, como a minha, e olho várias vezes por cima do ombro para saber se ele está bem.

— Tudo bem com você? — pergunto, olhando para trás.

— Aguentando aqui — bufa ele. — E você?

— Também.

Não dizemos mais nada enquanto nosso foco está na subida do morro. Justamente no momento em que penso que talvez tenha de infringir a regra principal da corrida, a trilha começa a ficar plana e as árvores se abrem, primeiro para uma vista do céu sem nuvens, depois para o topo dos outros morros e, enfim, o mar.

Ryan já está sentada no rochedo gigantesco que é o nosso destino, corada e triunfante. Ela se levanta quando nos vê, leva as mãos à boca e assovia. Meu pai me alcança e joga os braços para cima como se cruzasse uma linha de chegada. Faço o mesmo, porque de fato parece uma conquista.

– Muito bom – diz Ryan, estendendo a mão para me ajudar a subir na pedra. – Eu sabia que vocês conseguiriam chegar ao topo.

– Eu não sabia – confesso, me impelindo para cima.

Meu pai se agarra à pedra e também toma impulso para cima. Ficamos ali no alto da crista, observando os quilômetros que separam os morros dourados dos tons de azul variados do mar e do céu.

– Olha só isso – diz Ryan enquanto recuperamos o fôlego. – Parece tão longe, mas na verdade é bem ali. – Então ela olha para mim. – Só precisa ver... o que está diante de você. A floresta pelas árvores, ou o mar depois das colinas.

– Diga-nos mais, oh, sábia Ryan – fala meu pai, ainda sem fôlego, mas claramente com ironia. – Quando foi que você ficou tão filosófica?

Ryan revira os olhos e lhe dá uma cotovelada.

– No trimestre passado, em filosofia. – Depois se vira para nós dois. – Ou... – Ela se interrompe e olha para os próprios pés por um momento; em seguida, de volta ao nosso pai. – Ou isso ou desde alguns dias atrás, quando Ethan terminou comigo no aeroporto – diz ela sem rodeios.

– *Como é que é?*

Não consigo conter meu choque.

– Ai – diz papai, estremecendo por ela. – Sinto muito, querida. Essa deve ter doído.

– É, doeu. Mas só por um ou dois dias. – Ela chuta uma pedrinha e nós três a vemos cair da crista. – Já lidei com isso.

– Já? – pergunta papai.

– Estou no processo...

Ainda tento assimilar que alguém tenha terminado com minha irmã. Ninguém nunca terminou com ela.

– É isso aí, garota – diz ele. – É só o que você pode fazer. – Ele passa o braço pelos ombros dela. – Eu nunca gostei daquele garoto mesmo. É meio imbecil.

Isso a faz rir.

Meu pai coloca a mão nas costas de Ryan.

– Quer que eu vá atrás dele? Que enfie uma ou duas estacas nele?

– Não, acho que de certa forma já fiz isso.

Ela abre um sorriso lento.

Meu pai ergue as sobrancelhas.

– Ah, é?

– O que você fez?

Imagino minha irmã furiosa no meio do aeroporto, e as possibilidades são infinitas.

– Os detalhes não importam. Digamos apenas que fui acompanhada para fora da área de embarque por alguns homens gentis com walkie-talkies que ficaram muito preocupados com o paradeiro de um dos meus sapatos, mas não o bastante para me deixar voltar para pegá-lo.

– Você jogou seu *sapato* nele? – pergunto, embora já tenha certeza de que foi isso que ela fez.

– Entre outras coisas... Minha bebida da Starbucks, meu telefone... – Ela dá de ombros e solta o ar. – Ainda bem que não precisei ir à Europa para descobrir o babaca que ele era.

– Muito bem – diz meu pai. – Vivendo e aprendendo.

– Isso mesmo. – Ryan olha para mim, e sei, assim que ela pronuncia as palavras, que não está mais falando de si mesma. – E depois você segue em frente.

> "Grave em teu coração que cada dia é o melhor dia do ano. Nenhum homem aprendeu nada antes de saber que todo dia é o Apocalipse."
>
> — Ralph Waldo Emerson

CAPÍTULO DEZESSEIS

NÃO SEI COMO RESPONDER às mensagens de texto de Colton. Ando pelo meu quarto, com mais energia do que tenho há muito tempo, depois pego o telefone, me sento no chão e releio as mensagens. O que posso dizer? Isso foi um convite para sair? Que horas significa "mais tarde"?

Preciso de ajuda nessa, então me levanto e atravesso o corredor até o quarto de Ryan. Quando enfio a cabeça para dentro, ouço que ela está no banho, e entro na ponta dos pés. Dou uma olhada no que alguns dias atrás ainda era um quarto arrumado. Agora suas malas estão no canto, derramando roupas e maquiagem. Livros e revistas ocupam ambos os lados da cama e ela até retirou suas telas antigas do armário e as encostou na parede, feito uma minigaleria, e sei, assim que as vejo, que ela falou sério sobre montar um portfólio para aquela escola de arte.

Meus olhos se fixam na cômoda, o único lugar arrumado, onde o quadro de visualização completo de Ryan está encostado no espelho, uma colagem artística e colorida dos seus desejos e objetivos. Dos seus planos para seguir em frente. Ela deve ter ficado acordada até de madrugada para terminá--lo. Ou nem foi dormir. Ela tem essa concentração maníaca, como se bastasse continuar em frente para que as coisas que a aborrecem não a alcancem. O contrário de mim. Será que poderia ter sido diferente para mim, se ela não estivesse na faculdade no ano passado? Mais parecido com hoje?

Em uma fonte grande e em negrito, há no quadro de Ryan as palavras *Novos Começos* e, abaixo delas, espalhadas sobre várias fotos de lugares que ela quer visitar, *inclusive a Itália*. Acima de todas as imagens estão palavras que parecem coisas que minha irmã diria: *Fique gloriosamente perdida, encontre a si mesma, confie, ame, prenda a respiração e dê um salto* – todas as coisas que acho que ela faz naturalmente.

Eu me lembro da única foto que eu encontrei, do coração na garrafa. Escondi a revista embaixo da cama, na esperança de ela não achar a imagem e recortar. Quando me agacho e procuro, ainda está ali. No banheiro, o chuveiro é desligado e eu folheio rapidamente a revista. Encontro na página com a orelha a foto do coração na garrafa e saio furtivamente do quarto de Ryan com a revista. Não que ela fosse se importar. O mais provável é que até me faria sair com a pilha de revistas para terminar o meu quadro. Mas algo nesta imagem em particular me faz querer guardá-la só para mim.

Em meu quarto, me sento no quadrado brilhante de luz do sol no carpete. Abro a revista na página e recorto com cuidado a imagem, segurando-a ali por um momento. Não sei direito o que representa para mim – só sei que parece algo de que eu preciso.

Vou ao espelho da cômoda, onde minhas fotos com Trent estão presas pelas bordas e o girassol seco do dia em que nos conhecemos está pendurado no canto superior. Não tiro nenhuma delas, como Ryan quer que eu faça. Não estou preparada, ainda não.

Em vez disso, enfio a foto entre o espelho e a moldura. Na frente e no meio. Depois, fixo os olhos no girassol que Colton me deu dois dias atrás. Está em cima da minha cômoda, as pétalas ainda douradas, mas meio murchas nas bordas por não ter sido colocado na água. Pego a flor e giro o caule entre o polegar e o indicador, rodando-a em um borrão luminoso antes de ir à estante e pegar a tigela de vidro que sobrou dos centros de mesa da festa de formatura de Ryan, com pétalas de flores e velas flutuantes.

Levo a tigela até a pia do banheiro, enxáguo e encho, depois volto à cômoda e à flor. O caule é grosso e demoro algumas tentativas para cortá-lo com a tesoura; porém, corto próximo da base da flor, que, depois de livre, é colocada na pequena tigela de vidro com água. Ela flutua ali, brilhante e viva, valente em seu pequeno mar abaixo da foto. Igual a como me senti no oceano.

Igual a como quero me sentir novamente.

Antes que eu consiga me dissuadir, estou no carro. No banco do carona está minha bolsa, novamente preparada para um dia na praia, e mais uma vez isso não passa de um pretexto. No bolso, tenho o dinheiro que meu pai me deu para o almoço e minha aula de caiaque. Tentei sair sem pegá-lo, porque fazer isso parecia uma mentira, mas ele não me deixaria sair pela porta sem o dinheiro. Ele, como minha mãe e Ryan, parece compartilhar a esperança de que isso seja mágico para mim, e agora sinto uma responsabilidade de pelo menos fingir que é.

Ainda é relativamente cedo quando saio da entrada de carros e sigo pela estrada. Abro as janelas e respiro o ar e o calor já forte que vêm dos morros. Assim que chego à rodovia, o ar passa em disparada, fresco e mais frio, e parece que estou colocando um dedo do pé no fluxo da vida que tem continuado sem mim esse tempo todo. Não tenho planos, nem sei o que vou dizer quando chegar lá, mas faço como Colton me disse ontem e mergulho sem pensar.

O ímpeto é suficiente para me levar pela estrada sinuosa até Shelton Cove, passando pelo penhasco onde Colton e eu estivemos ontem até a pequena rua principal, e meus olhos imediatamente encontram seu furgão turquesa estacionado na frente da loja da família. Desta vez não há uma vaga próxima, nem em nenhum lugar da rua, então vou até o estacionamento na base do píer e paro ali. Só quando desligo o carro e fico sentada em silêncio por um momento é que realmente penso no que estou fazendo aqui.

A onda de energia que senti quando saí de casa esmorece como o final de uma música, e no lugar dela surge uma culpa corrosiva. Sei o que estou fazendo. Estou usando minha meia-verdade sobre a aula de caiaque e as mensagens de texto de Colton como motivos para voltar aqui. Mas são mais do que desculpas para esquecer minhas próprias regras e ignorar a pressão da minha consciência. Para vê-lo de novo. Todas essas coisas que quero são muito mais fortes do que minhas regras e meus motivos. Fortes o bastante para me levarem diretamente à loja dele, onde vejo todos os caiaques enfileirados nas prateleiras e silhuetas se movendo atrás da vitrine.

Meu estômago pulsa e paro a meio passo, quase dando meia-volta, mas vejo um lampejo do seu perfil. Ele está carregando uma pilha de coletes salva-vidas, mas quando seus olhos percorrem a rua pela janela, ele para. Sei que me vê, porque sorri diretamente para mim. E agora é tarde demais para dar meia-volta. Engulo todo o pulsar que contraiu meu estômago e obrigo meus pés a se mexerem.

Ele surge do lado de fora da porta em menos de um segundo, balançando a cabeça como se conseguisse *e* não conseguisse acreditar que estou ali.

— Você está aqui — diz ele, incapaz de conter o sorriso que se espalha por todo seu rosto, até o verde dos olhos. Ele abre bem os braços. — Aqui está, outro dia e... — ele se interrompe — aqui está *você*.

A brisa joga alguns fios de cabelo no meu rosto, provocando calafrios em minha nuca. Colton dá um passo na minha direção e levanta a mão como se fosse afastá-los, mas ele para, bem perto, e passa a mão pelos cachos do próprio cabelo castanho.

— Que surpresa — diz ele.

— Espero que não tenha problema, eu...

Antes que eu possa terminar, uma loura bonita que parece vagamente familiar sai da loja.

— Ei, Colt, você pode pegar o...

Ela para ao me ver, olha de mim para Colton, depois de volta para mim.

— Ah, oi. Desculpe. Não sabia que tinha mais alguém aqui fora. Posso ajudar em alguma coisa? — Seu tom é simpático e prestativo, como se eu fosse uma cliente.

Sinto um frio na barriga e fico ali parada sem dizer nada por um tempo. É Shelby. A Shelby cujas palavras e pensamentos eu li. Cujas alegrias e temores eu vi. Que sinto já conhecer, talvez até melhor do que Colton.

Minha consciência volta em disparada, e o peso de todas as minhas regras e motivos que infringi vem logo atrás.

— Eu já estava de saída — digo rapidamente.

Uma coisa é conhecer Colton, mas esse já é um limite que eu não pretendia ultrapassar.

— Espere... e o caiaque? — pergunta Colton, como se fosse algo que estivéssemos discutindo.

Seus olhos se fixam nos meus pelo mínimo instante e algo cintila neles.

— Eu, hum... mudei de ideia. — Minha boca fica seca e dou um passo para trás. — Quem sabe outro dia? Eu não pretendia incomodar você no trabalho.

— Espere — repete Colton. — Você não... Está tudo bem. Meu horário de trabalho acabou meia hora atrás.

Shelby ri.

— Espere aí... Ficar andando sem rumo mais cedo era trabalho?

Colton olha feio para ela, depois me encara.

— Quinn, essa é minha irmãzinha mais velha, Shelby. Shelby, minha amiga Quinn. Ela teve a primeira experiência com caiaque ontem e agora quer mais. Acho podemos ir às cavernas de novo.

Shelby ergue uma sobrancelha para Colton, depois sorri e estende a mão.

— É sempre um prazer conhecer uma amiga de Colton — diz ela, com um tom de voz sugestivo. O mesmo tom que ouvi das enfermeiras no hospital, e que eu mereço.

Ela dá um breve sorriso para mim, depois se volta para Colton.

– Isso é incrível, mas você já tem compromisso, Colt. Ouço o mesmo tom na voz dela. Não quer que ele vá a lugar nenhum comigo.

– Compromisso? – Colton ri. – Não tenho *compromisso*. Eu nem tenho permissão para...

Shelby lança um olhar severo para ele.

– Exatamente.

– Sem essa – diz ele, aproximando-se dela.

Seus olhos suplicam, e alguma coisa em sua voz indica haver algo mais além de mim.

Ela ergue a mão.

– Não. Mamãe e papai me matariam... Você sabe disso.

Os olhos dela, firmes e sérios, permanecem fixos nos dele.

Colton suspira, exasperado, depois parece se lembrar de mim e sorri, mas desta vez é um sorriso mais rígido, mais para exibição.

– Papai não está aqui, Shel. Além disso, ela não é uma cliente, é uma amiga.

– Colton, eu não posso *porque* eles não estão aqui. E ele me deixou no comando. Se algo acontecesse...

– Não vai acontecer nada. Não vou levar um caiaque da loja. Vou levar o do papai... Está nos fundos.

Shelby suspira fundo e morde o lábio inferior, claramente em um debate íntimo.

– A questão não é essa.

— Então qual é? — pergunta Colton com mais vigor e com a voz que já o ouvi usar. — Vai ficar tudo bem. Eu *estou* bem.

Ele leva a mão ao peito por um momento, uma coisa que talvez outra pessoa não reparasse, mas eu entendo o gesto e ela também.

— Colton... — Sua voz oscila, como se ela estivesse dividida.

— Diga que sim — pede ele, abrindo um sorriso com covinhas. — Por favor. Quinn quer andar de caiaque, ela é iniciante e não seria certo deixá-la ir sozinha. Papai ficaria chateado se deixássemos e se descobrisse sobre *isso*.

Shelby olha para Colton por mais tempo e noto sua relutância se transformar em resignação, e isso me faz pensar no post que ela escreveu sobre a primeira volta de Colton ao mar, do orgulho e da felicidade que ele sentiu ao retornar a algo que amava, embora isso tenha deixado toda a família nervosa.

— Tudo bem — diz ela depois de bastante tempo. — Mas você tem que voltar daqui a algumas horas. Tenho uma excursão com quatro pessoas às três da tarde e você realmente tem compromisso. — Ela o encara nos olhos por um longo período. — Não se esqueça do seu...

— Entendi — interrompe Colton.

— Trate de levar seu celular — acrescenta ela — e se acontecer alguma coisa...

Ele passa o braço pelos ombros dela e aperta.

– Vamos ficar bem, eu prometo. Não é?

Ele me olha e de repente sinto uma grande responsabilidade. É com a irmã dele que estou falando, a que esteve do lado dele, que lhe deu apoio e ajudou a cuidar dele o tempo todo. A que se preocupa com ele mais como uma mãe do que uma irmã.

Olho para Shelby, procurando alguma aprovação, mas o sorriso que ela dá não me garante nada.

– Tudo bem – digo, por fim, e as palavras parecem pesadas em minha língua. De algum modo, carregadas de responsabilidade e do conhecimento do que acabo de mergulhar ainda mais fundo.

Colton bate palmas.

– Ótimo. Vou lá atrás carregar o barco e encontro você na frente em um minuto.

– Tudo bem. – Faço que sim com a cabeça. – Eu só vou... vou pegar minha bolsa.

Eu me volto para o meu carro, sem querer ficar ali sozinha com Shelby, mas ela me impede ao colocar com gentileza a mão em meu braço.

Ela olha para os pontos em meu lábio.

– Você é a garota que Colton levou ao hospital outro dia?

Meu coração martela sob o olhar direto de Shelby.

– Sou.

— Tenha cuidado — diz ela, me encarando nos olhos. — Você não devia molhar isso.

Sei que ela está falando dos pontos, mas não consigo deixar de ouvir o eco do *tenha cuidado* da enfermeira quando ela pronuncia essas palavras. Concordo como faria com minha mãe se me dissesse o mesmo.

— Pode deixar. — Recuo um passo. — Foi um prazer conhecer você.

— O prazer foi meu.

Ela sorri, mas não volta para dentro da loja.

Eu me viro e atravesso a rua, tentando não demonstrar minha pressa, e imagino que ela me observe por todo o caminho. Quando chego ao meu carro, arrisco um rápido olhar de soslaio, e ela acena. Recado recebido. Em alto e bom som. Abro a porta e repasso mentalmente todo o diálogo — a preocupação dela, a insistência dele de que está bem, o que ele não tem permissão de fazer —, e isso me deixa nervosa. Será que ele não está bem? Shelby não posta nada há bastante tempo, então não sei se há alguma preocupação médica...

O que estou fazendo, o que estou fazendo, o que estou...

Ouço um motor em ponto morto atrás de mim e sei que é Colton em seu furgão, com o caiaque carregado no teto, a preocupação da irmã e minha promessa de ter cuidado com ele.

— Essa foi rápida — digo.

– Precisamos sair daqui antes que ela mude de ideia – diz ele, sorrindo pela janela aberta. – Entre.

E, mais uma vez, apesar de todas as vozes em minha cabeça que dizem *não*, que há muita coisa em jogo, que não é justo com Colton e que eu não sei o que estou fazendo, ouço a vozinha suave que vem de algum lugar mais no fundo, que insiste que talvez eu saiba.

> "Ninguém, nem mesmo os poetas, nunca mediu quanto cabe no coração."
>
> – Zelda Fitzgerald

CAPÍTULO DEZESSETE

ESTAMOS NA BEIRA do penhasco, observando as ondas explodirem nas pedras com uma força que sinto no peito.

– Hum. Eu não...

Balanço a cabeça, desta vez escolhendo a voz da lógica e da autopreservação.

– No fim das contas, talvez não seja uma boa ideia andar de caiaque – diz Colton. Vemos outra onda bater e subir espiralada nas pedras que pareciam tão tranquilas ontem, e eu não poderia concordar mais. – Tenho uma ideia melhor – diz ele. – Vamos.

Voltamos para seu furgão e me acomodo no vinil rachado do banco, me acostumando a senti-lo sob as minhas pernas. Colton se contorce para olhar por cima do ombro ao dar a ré e coloca um braço atrás do meu apoio de cabeça, quase roçando os dedos no meu ombro. Isso provoca um leve arrepio em mim, que ele percebe quando nossos olhares se encontram enquanto ele se vira e retira o braço.

Minhas bochechas esquentam e eu rio.

– O que foi? – pergunta Colton.

– Nada.

Balanço a cabeça e olho pelo para-brisa, por cima do painel atrás de nós, onde há uma prancha de surfe, e observo o piso cheio de areia abaixo dos meus pés – qualquer coisa para não olhar diretamente para ele, porque tenho medo do que ele possa ver em meu rosto. Quando baixo os olhos, algo chama minha atenção. É uma caixa transparente de comprimidos parecida com a que minha mãe prepara para o meu pai toda manhã com os remédios e uma série de vitaminas. Esta tem duas fileiras, cada uma tem pelo menos um comprimido e, em vez das letras dos dias da semana, tem horários escritos em caneta Pilot.

A pergunta está na ponta da língua quando Colton percebe para onde estou olhando. Ele estende o braço e pega a caixa, colocando-a no porta-treco em sua porta com um sorriso rígido.

– Vitaminas – diz ele. – Minha irmã adora. Manda que eu leve para todo lugar.

Algo em seu tom, pelo jeito como ele volta a olhar prontamente para a estrada, me alerta para não fazer nenhuma pergunta, mas nem preciso. Sei que não são vitaminas.

Zunimos pela rodovia litorânea com as janelas abertas, de forma que nosso cabelo voa na cara. A música é alta o suficiente para que nenhuma conversa seja necessária, e isso é bom. Deixamos o momento de tensão para trás.

– E aí, aonde estamos indo? – pergunto, mais alto do que a música.

A estrada faz uma curva ampla para o interior e pegamos a saída. Colton diminui um pouco a música.

– Outro lugar favorito meu – responde. – Mas primeiro precisamos de mantimentos.

Paramos no estacionamento de terra do Riley Family Fruit Barn, um lugar a que minha família e eu costumávamos ir todo outono para colher maçãs e tirar fotos com as montanhas de abóboras de cores vivas, dos mais diferentes tons de laranja que se pode imaginar. Nunca estive aqui no verão, mas claramente perdi essa chance. O estacionamento está lotado de famílias – entrando e saindo de carros, abrindo carrinhos de bebê, colocando cestos cheios de frutas no porta-malas. Um trator passa devagar puxando um reboque lotado de crianças e pais, alguns segurando melancias inteiras e outros dando mordidas suculentas em fatias recém-cortadas.

Sigo Colton, que anda entre as pessoas e entra na sombra do galpão. No caminho, ele passa os dedos distraidamente no arco-íris de frutas.

– O melhor lugar do mundo para escolher um piquenique – diz ele por cima do ombro, me jogando um pêssego que por pouco não consigo pegar.

– Do que você gosta? – pergunta Colton, parando na frente de uma bancada com pilhas de várias camadas de frutas perfeitas. Dou uma olhada e localizo um cesto de framboesas tão vermelhas que nem parecem de verdade. Colton as pega.

– O que mais? Sanduíches? Batata frita? Tudo?

– Sim. – Eu rio. – Tudo, por que não?

Ele está tão feliz com tudo isso que é contagiante.

Enchemos um cesto de suprimentos para piquenique – alguns sanduíches, fritas, refrigerantes antiquados em garrafas de vidro, mais frutas –, depois completamos com os saquinhos de mel que ficam nas latas perto da caixa registradora. Dois de cada sabor.

Do lado de fora, três minicabras simpáticas nos seguem com olhares famintos e uns grunhidos bobos enquanto andamos. Estar perto de Colton desse jeito, no sol e no ar do litoral, me faz sentir a leveza do dia. A tranquilidade. Como se deixássemos nossos mundos reais bem longe. Encontramos um banco na sombra e nos sentamos lado a lado, dividindo as framboesas diretamente do cesto e jogando algumas para as cabras que estão na nossa frente, pedindo. Ele me conta a história de que ficou traumatizado com essas mesmas cabras quando era criança, e eu rio e me inclino na direção dele, me esquecendo por um segundo de mim e deixando a mão cair em sua perna como um gesto familiar, o que de fato é. Ele para no meio da frase e olha para baixo justamente quando retiro a mão. Há um longo silêncio. Tento pensar em algo para dizer. Colton olha para o relógio e pigarreia.

– Então, tem um lugar que quero mostrar para você, mas precisamos ir logo, para eu voltar a tempo e minha irmã não surtar. – Ele se levanta. – Talvez você queira aproveitar antes de a gente ir... Não tem nenhum banheiro aonde vamos.

– Tudo bem. – Eu me levanto rapidamente, agradecida por arranjar uma desculpa para ter um momento para me recompor. Ele aponta para uma placa com a silhueta de uma garota rural e sigo naquela direção. – Já volto.

– Eu estarei aqui – diz ele, abrindo uma garrafa de água.

Atravesso o estacionamento até o banheiro e olho para trás, só por um segundo, mas a tempo de vê-lo abrir a porta, pegar a caixa de comprimidos, retirar alguns e tomar com um gole de água.

Sinto por ele neste momento – sinto que ele tenha que tomar o remédio que for, e sinto por ele achar que seja algo que precise esconder –, que tudo em relação a isso ele sinta a necessidade de esconder. Mas também estou escondendo coisas. Então entendo por que é tão fácil ficar perto dele e por que talvez aconteça o mesmo com ele em relação a mim: não precisamos reconhecer essas coisas que queremos esconder. Essas coisas que nos definem para quem nos conhece.

Podemos ser refeitos, sem qualquer perda ou doença. Novos um para o outro e para nós mesmos.

Quando volto do banheiro, Colton acabou de sair do telefone. Ele sorri.

– Pronta?

Assim que digo sim, voltamos ao furgão. Ele se afasta do galpão de frutas e pega a estrada, mas não retornamos para a rodovia. Em vez disso, seguimos a estrada que corre sinuosa entre os carvalhos e olmos que assomam e se curvam até se encontrarem acima de nós, formando um dossel verde. Seguimos de carro pela curva das colinas, e quando sinto o cheiro do mar, fazemos uma curva acentuada para uma estrada sinuosa e íngreme, subindo em um ângulo quase impossível.

– Aonde estamos indo? – pergunto novamente.

– Você vai ver – diz Colton. – Estamos quase chegando.

Quando finalmente chegamos à crista do morro, vejo que estamos bem acima do mar, que nos cerca de três lados, azul-escuro e cintilando como o sol derramado e fragmentado em pedaços minúsculos em sua superfície. Estacionamos em um pequeno trecho de terra ao lado da estrada e Colton olha para os meus chinelos.

– Você consegue subir um pouco com isso? Não é longe.

– Claro.

– Que bom. – Ele sorri. – Porque acho que você vai gostar desse lugar.

Olho à minha volta e de súbito sei onde estamos.

— Essa é a Caverna do Pirata? Aquela praia de nudismo? — Já ouvi falar dela, soube que só tem homens velhos e gordos que às vezes jogam voleibol, mas estão sempre deitados se bronzeando, hum, nus. — Nós... nós não vamos para *lá*, né?

Colton ri tanto que cospe um gole da água que acabou de tomar. Quando enfim consegue se controlar, sorri para mim.

— Não, não vamos fazer piquenique na Caverna do Pirata... A não ser que você realmente queira ir, é claro. Vamos para um lugar com uma vista melhor do que essa. Venha comigo.

Ele pega a bolsa com todo o nosso piquenique e coloca a alça no ombro, depois parte para uma pequena trilha de terra que eu não tinha notado quando estacionamos. Continuo no mesmo lugar quando Colton se vira.

— Você vem?

Eu o sigo pela trilha estreita que se contorce por arbustos tão altos que parece formar um túnel, e a única coisa que consigo enxergar é ele à minha frente. Nós não conversamos e não tenho como deixar de imaginar o que vamos ver, mas não pergunto. Gosto da ideia de não saber e da sensação de que terei outro pequeno vislumbre dele, aonde quer que esteja me levando. Depois de alguns minutos, Colton desacelera e faço o mesmo, até que ele para de vez.

— Então, está preparada?

— Para o quê?

— Para o meu lugar favorito para almoçar.

– Preparada.

Ele dá um passo para o lado, e à nossa frente há uma caverna que se abre para o mar feito uma janela. Através dela, vejo o azul-escuro da água e a amplitude do horizonte, e percebo que é um dos lugares de que ele me falou quando estávamos deitados na praia. Estamos aqui, como ele disse que estaríamos.

– Venha – diz ele, segurando minha mão. – Mas cuidado com o vidro na caverna. As pessoas deixam muita coisa por ali.

É perceptivelmente mais frio quando entramos no arco de pedra, mas o que sinto mais do que qualquer coisa é o calor da mão de Colton na minha ao passarmos pelas sobras de festas secretas e fogueiras escondidas em noites de verão. Quando chegamos ao outro lado, onde o sol e o barulho do mar se derramam, ele solta minha mão.

– O que acha? Não é uma vista ruim, né?

– De jeito nenhum – consigo dizer.

A beira do precipício em que estamos parece a beira do mundo, com uma queda imensa abaixo de nós. Colton se abaixa e se senta, pendurando os pés ali, como se estivesse sentado numa cadeira ou no banco de algum lugar. Eu me aproximo aos poucos do chão e o imito, mas isso faz meu coração disparar. Ele abre um espaço entre nós e pega as coisas do nosso piquenique, e logo estamos encostados na pedra de uma das laterais da caverna, e uma brisa sopra em nós enquanto apreciamos a vista. Colton pega seu sanduíche, mas, em vez de dar uma mordida, observa a água como se pensasse em alguma coisa.

– Sabe o que é muito estranho? – pergunta ele, depois que uma onda se quebra e recua.

– O quê?

– É estranho que eu não saiba nada sobre você, não de verdade. – Ele faz uma pausa. – Mas sei muito *sobre* você.

Fico feliz por ele não estar olhando para mim, porque tenho certeza de que fiquei pálida. Se ao menos ele soubesse como isso é estranho. Quantas coisas eu sei sobre ele sem realmente conhecê-lo também. Quantas fotos vi, quantos momentos de sua vida, grandes, felizes, sofridos e assustadores. Momentos que me levaram às lágrimas, que me fizeram querer conhecê-lo, e justificaram minha procura por ele.

Então penso em como conheço bem o coração que bate em seu peito neste momento. Conhecê-lo faz com que eu sinta que o conheço também em outro nível. E uma parte minúscula de mim se pergunta se é o coração de Trent em seu peito que torna tão fácil estar com Colton. É o que nos dá a sensação de que talvez nossos corações se conheçam, embora nós dois não saibamos muita coisa um do outro.

– Hum. – É tudo o que eu digo... É só o que eu *consigo* dizer.

Dou uma mordida pequena no sanduíche para não ter que acrescentar nada, embora eu esteja sem apetite nenhum.

Algo no tom de voz dele me dá medo de pegar o rumo dessa conversa, mas não posso evitar.

— O que... O que você sabe? — pergunto, apesar do medo que sinto da resposta que ele vai dar.

— Bom, para começar, sei que você não é a melhor motorista do mundo — diz ele com um sorriso.

— Muito engraçado.

— Vejamos — começa ele, pensando. — Sei que você mora no interior com uma família de quem é próxima.

Concordo com a cabeça.

— Que você tem uma covinha quando sorri e que deveria sorrir mais, porque eu gosto dela.

Isso me faz sorrir.

— Viu só? Assim mesmo.

O calor sobe do meu peito para o pescoço.

— Sei que você tem coragem de fazer coisas que a assustam. Como o caiaque ontem, ou ficar aqui, agora. — Ele me encara nos olhos. — Gosto disso também.

Seu olhar percorre meu rosto por um momento que parece longo demais, mas depois volta aos meus olhos e ele fala num tom mais baixo e suave:

— Você confia com facilidade, mas as perguntas parecem te assustar, o que significa... — Ele se interrompe, parecendo pesar cuidadosamente o que vai dizer. — Há coisas de que você não quer falar.

Viro a cara, com medo de que ele descubra mais do que já sabe se eu deixar que veja meu rosto, com medo de que ele veja tudo.

— Está tudo bem — diz ele, interpretando erroneamente minha reação. — Todos nós temos coisas que carregamos e preferimos esquecer. — Ele para e respira fundo, soltando o ar de um jeito que sai como um forte suspiro. — O problema é que na maior parte do tempo você não consegue. Por mais que tente.

Ouço duas coisas em sua voz. Dor e, por baixo disso, culpa. Conheço muito bem esses sentimentos, então não é difícil reconhecê-los, e acho que entendo por que ele nunca respondeu a minha carta. Deve ter sido tudo o que ele não queria: uma ligação com o passado e o reconhecimento da morte de um estranho junto com o sofrimento de quem chorou essa morte. A culpa deve vir com isso.

O que sinto no momento é empatia. Porque as coisas que carregamos, de que não falamos, são as mesmas.

Uma onda explode nas pedras abaixo e a água branca as engole, escondendo-as por um instante por baixo da espuma branca e rodopiante. Olho para Colton e ele leva a mão ao meu rosto, passando o polegar lentamente pela minha bochecha, que percebo estar de novo molhada de lágrimas.

— Desculpe — diz ele. — Pelo que isso faz você passar.

— Não peça desculpas — digo. As palavras saem com mais força e emoção do que eu pretendia. Quero aliviar o peso da culpa dele. – Por favor, nunca se desculpe. – Quero que ele entenda o que realmente pretendo dizer. Então olho para ele e digo algo que a mãe de Trent me disse e eu não acreditei. Nesse momento quero, mais do que tudo, que o próprio Colton acredite. – Não pode se culpar por algo sobre o qual não tinha nenhum controle.

Ele olha para o próprio colo, depois fixa os olhos de volta nos meus, procurando como se soubesse que há algo mais ali, algo entre nós que corre mais fundo do que essa conversa, mas ele não consegue enxergar e eu não mostro a ele. Estamos sentados na beira de um precipício, com uma longa queda sem rede de segurança diante de nós.

– Então não vamos pedir desculpas – diz ele, nos afastando da questão. – Vamos apenas estar aqui, agora.

– Isso é tipo o seu mantra?

– Mais ou menos.

Ele dá de ombros. Está prestes a dizer mais alguma coisa, mas seu telefone toca no bolso. Ele o pega e o silencia.

– Não precisa atender?

– Não, é só minha irmã.

– Talvez você devesse atender. Ela parecia meio preocupada.

– Ela sempre fica assim comigo – diz ele. – É protetora. – Ele gesticula como se não fosse nada de mais, mas seus olhos se fixam na água, evitando os meus. – Eu sei que ela tem boas intenções, mas algumas vezes é exagerada. De vez em quando, acho que ela ainda me considera desamparado. Ficamos em silêncio por um momento e penso na foto dele de quando deu entrada no hospital pela primeira vez: pálido, mas sorridente, flexionando os braços finos, com Shelby de pé ao seu lado fazendo o mesmo. Olho para ele pelo canto dos olhos, e vejo o mesmo cabelo escuro e os olhos verdes contrastando com o forte bronzeado do seu rosto.

– Não é o que eu vejo – digo.
– Não? – pergunta ele com um sorriso.
– Não.
Ele se aproxima de mim.
– Então, o que você vê?
Percebo minha respiração trêmula, e a dele também, enquanto o olho. Todas as imagens em minha mente – as do passado dele e as de Trent – desaparecem e estou aqui e agora com Colton.

– Eu vejo... – Faço uma pausa e recuo um pouco, impondo um espaço maior entre nós. – Vejo alguém forte. Que já sabe muito sobre a vida. Alguém que entende o que significa pegar um dia e torná-lo bom. – Paro, observando a água por um momento, depois me volto para ele. – Alguém que está me ensinando a fazer o mesmo. – Sorrio. – Gosto disso.

Isso o faz sorrir.

– Então talvez a gente possa continuar fazendo – digo, surpreendendo a mim mesma. – Fazer cada dia melhor do que o anterior, e estar aqui, agora, com tudo isso.

– Amanhã?

– Ou depois de amanhã.

– Os dois.

Seu telefone toca de novo.

– Droga – diz ele. – Precisamos ir.

Outra onda se quebra nas pedras logo abaixo, fazendo sua névoa salgada pairar em um turbilhão a nossa volta, toldando nosso passado e as coisas em que não queremos pensar. Ficamos um pouco ali, no presente e nas possibilidades que ele traz por mais alguns minutos, depois pegamos nossas coisas e voltamos aos nossos mundos separados.

> *"Você vai precisar tomar remédios contra a rejeição durante toda a vida do seu transplante [cardíaco]. É fundamental que você nunca pare de tomar os remédios contra a rejeição, nem altere a dose, a não ser que o médico ou enfermeiro responsável pelo seu transplante lhe diga para proceder assim. Interromper sua medicação contra a rejeição acabará permitindo que seu corpo rejeite o órgão."*
>
> – Guia de Cuidados do Paciente do Hospital da Universidade de Chicago, *"A Vida Depois do seu Transplante"*

CAPÍTULO DEZOITO

QUANDO VOLTO, o carro de Ryan é o único na entrada. Quando subo a escada da varanda, eu a vejo deitada em uma das espreguiçadeiras ao lado da piscina, com uma das revistas de culinária da minha mãe aberta em cima do rosto. Vou até lá, sem saber se Ryan está acordada, e ela levanta ligeiramente o canto da revista quando me ouve.

— Oi, como foi a aula de caiaque?

É uma pergunta normal, mas percebo o sorriso em sua voz, como se ela estivesse se divertindo ao perguntar. Como se estivesse me testando.

Eu me sento na espreguiçadeira, ao lado dela.

— As ondas estavam grandes demais para sair de caiaque hoje.

— E você fez o que, então?

— Voltei para cá.

Ela tira a revista do rosto, depois leva a mão às costas e amarra o sutiã do biquíni antes de se sentar.

— Sei, mas você ficou fora o dia todo. O que você fez *antes* de voltar para cá?

— Nós... Eu... — Eu me corrijo tarde demais.

— Ah. Eu sabia. — Ela ergue uma sobrancelha e sorri. — Então, quem é ele?

— E se eu estivesse com uma das minhas amigas?

Ryan baixa os óculos de sol e me encara nos olhos.

— Quando foi a última vez que você saiu com uma das suas amigas?

Dou de ombros. Sinceramente, não consigo lembrar.

— Pois é. Então, quem é o cara?

— Como você sabe que existe um cara?

— Só um palpite — diz ela. — Além disso, eu sei quando você não está me contando alguma coisa. Então, fale logo. Quem é ele?

Não respondo imediatamente. Quero contar a ela sobre Colton e sobre o dia que tive. Quero contar como me senti sentada ao lado dele naquele precipício. Que sinto medo e sou atraída por ele ao mesmo tempo. Quero que ela me aconselhe, como fez na primeira vez em que perguntei sobre beijar Trent, e depois da primeira briga que tivemos, e se eu deveria ser a primeira a dizer "eu te amo", ou se eu estava preparada para dormir com ele. Ryan sempre tem resposta para todas as minhas perguntas.

Quero saber o que ela acharia se soubesse a verdade, mas morro de medo disso também.

— Ele é... — digo, escolhendo cuidadosamente as palavras e os detalhes. — Ele é o instrutor de caiaque que me deu aula no outro dia. Nós só almoçamos hoje... porque não podíamos sair com o caiaque.

Meias-verdades, omissões.

— Eeeeee...

Ela se inclina para mim, esperando.

— E depois eu voltei para casa.

A última edição de *Eating Well* vem voando na minha direção e preciso me esquivar.

— Ah, sem essa. Conte *alguma coisa*.

— Eu contei.

Ela me olha feio.

— O nome dele é Colton.

Ryan gesticula como se dissesse *sem essa*, e sinto uma vontade desesperada de lhe contar mais.

Em vez disso, dou de ombros.

— Eu não sei, ele é... é um amor, e nós só saímos.

— Isso é ótimo — diz ela, estendendo a mão para a minha perna, onde faz um carinho. — É ótimo mesmo. É muito bom avançar.

Avançar parece melhor do que seguir em frente, mas ainda assim sou atingida por uma onda de culpa ao pensar nisso, o que de algum modo deve transparecer em meu rosto, porque Ryan muda de assunto.

— Mas, então, isso é melhor do que posso dizer de mim mesma no momento. — Ela gesticula para as revistas e as embalagens de doces espalhadas ao redor. — Por acaso ele tem um irmão mais velho que seja um amor?

— Só uma irmã — digo antes que consiga me conter. Faço uma pergunta rápida para evitar outra dela: — Está tudo bem com você? Você parece...

Ryan dá de ombros.

— Entediada? Estou. Eu devia estar do outro lado do mundo, mas estou aqui. Em casa. Deitada na beira da piscina, lendo as revistas da mamãe, saindo com a vovó e suas amigas da Red Hat. Eu as adoro e tal, mas a vida delas agora é mais animada do que a minha, o que é simplesmente... triste.

— E aquele seu lance do quadro de visualização? E seu portfólio de arte? E a corrida hoje? Achei que você estivesse toda preparada para novos começos e para conquistar o mundo.

Ryan revira os olhos.

— Eu sei. Isso se chama fingir até conseguir. — Ela contorce os lábios por um segundo. — Claramente eu ainda não consegui.

— Como assim?

— Quer dizer, Ethan me largou no meio do aeroporto e pegou um avião para a Europa sozinho, e eu estou tão... — Ela balança a cabeça, sei que está repassando mentalmente o que aconteceu e tenho certeza de que está prestes a ficar furiosa de novo, mas ela olha para o chão e seus ombros murcham um pouco. — Estou muito triste.

Isso aparece em seu rosto instantaneamente, assim que ela fala, e nem acredito que só percebi neste segundo.

— Eu era muito apaixonada por ele. — Seus olhos se fixam no colo. — Eu *ainda* sou muito apaixonada por ele. — Ela balança a cabeça de novo. — E *odeio* isso, porque ele pegou meu coração e o pisoteou. Eu não devia amá-lo ainda. E agora... parece um sentimento paralisante. Como se meu mundo tivesse se esfarelado bem na minha frente, entende?

Concordo com a cabeça. Eu entendo, mais do que qualquer pessoa.

— Ai, meu Deus, me desculpe. Foi idiotice minha dizer isso.

— Não, não foi — respondo. — Até parece... Até parece que aconteceu há pouco tempo. Não precisa ser tão cautelosa perto de mim. Na verdade, eu até gosto da abordagem "fingir até conseguir". Correr doeu, mas também foi bom voltar a sair.

– É, foi – concorda Ryan, ainda parecendo meio perdida.

– Então, será que a gente pode continuar fingindo juntas por um tempinho? Continuar correndo?

Ryan pensa nisso por um momento e o brilho volta aos seus olhos.

– É, gosto disso. Mas primeiro precisamos sair desta casa. E arranjar mais chocolate. E talvez algumas roupas novas de correr, se vamos fingir direito. Seu short de corrida velho e puído não vai enganar a ninguém.

Jogo a revista nela.

– É meu short preferido. Eu tenho desde sempre.

– É, bom, mas se você quer seguir em frente, está na hora de encontrar um novo short preferido.

Vamos de carro ao centro da cidade, com Ryan ao volante, algo que sempre fica entre a diversão e o terror. Com a música aos berros e minha irmã cantando ao meu lado, sinto como se fosse antigamente. Quase como antigamente, só que melhor, mais íntimo, como se estivéssemos nessa juntas. Chegamos à Target, aquela loja grande no centro, como costumávamos fazer antes de Ryan ir para a faculdade, pegamos um café na Starbucks e atravessamos os corredores refrigerados em busca de coisas de que precisamos e de que não precisamos também. Quando voltamos para casa, tenho todo um guarda-roupa novo para correr, cortesia de Ryan e do dinheiro que sobrou da viagem.

Em meu quarto, tiro tudo das sacolas e estendo na cama, me sentindo motivada com minhas roupas novas, como Ryan disse que eu ficaria. Verifico meu telefone pela décima quinta vez, mas não tem nenhuma mensagem de Colton. Ainda não está na hora do jantar e tenho algum tempo para matar, então atravesso o quarto até minha escrivaninha, abro o laptop e entro no blog de Shelby, na esperança de ter alguma novidade, alguma foto nova dele, ou alguma citação ou história sobre ele, mas aparece o mesmo post que está ali desde o check-up do primeiro ano.

A todos os nossos amigos e familiares, agradecemos muito por todo o apoio. Foi um longo ano, mas os resultados dos exames de Colton foram ótimos e finalmente ele está ajustando toda a medicação. (...)

Eu me lembro da caixa de comprimidos e de Colton tomando o remédio quando achou que eu não estava vendo. Fico sentada ali por um momento, depois digito na caixa de buscas "medicamentos pós-transplante cardíaco".

Milhões de resultados aparecem em segundos, vários de publicações médicas e artigos que acho que não vou entender, porém, mais abaixo na página de resultados, um link de algum fórum de transplantes chama minha atenção:

"Você trocou a morte por uma vida inteira de administração de remédios (...)."

Clico no link da citação, que é de um paciente de transplante cardíaco de 42 anos. Ele continua:

> Não me entendam mal... Eu faria essa troca de novo sem pensar. Na minha idade, é algo com que posso lidar. Existem limitações. Limitações médicas e físicas também. Riscos que você assume quando é jovem e *não* tem problema de saúde. Por mais que queira, não é algo que possa esquecer. Você não pode se dar a esse luxo. Não importa se já está cansado, ou se você não quer tomá-los porque odeia os efeitos que causam. Não importa que existam grandes efeitos colaterais. Agora isso faz parte da sua vida, assim como os exames, biópsias e o monitoramento do seu peso, pressão sanguínea, batimento cardíaco. É uma dádiva, mas uma responsabilidade imensa nos ombros. Se você não encontrar um jeito de encarar isso, está arriscando a si mesmo e seu transplante. Precisa se cuidar e ser honesto com seus limites.

Penso em Colton. Em como ele parece saudável. E forte. Mas talvez existam limitações que eu não consiga ver, ou das quais não saiba. Me dá vontade de ter cuidado com ele – como disse a enfermeira, como disse Shelby sem de fato usar essas palavras. Faz com que eu me sinta responsável por seu coração, de várias maneiras.

> "Os ritmos que importam – os ritmos da vida, os ritmos do espírito – são aqueles que dançam e correm na própria vida. O movimento na gestação, da concepção ao nascimento; a diástole e a sístole do coração; cada respiração sucessiva; o fluxo e refluxo das marés em resposta à pressão da lua e do sol; a roda das estações de um equinócio ou um solstício a outro: é isto, e não os segundos eternamente passando, registrados em relógios, nem os dias, meses e anos impostos pelo calendário, que define o tempo (...). É onde habitamos até os dias do nosso fim."
>
> – Allen Lacy, The Inviting Garden: Gardening for the Senses, Mind, and Spirit

CAPÍTULO DEZENOVE

DEPOIS DAQUELA PRIMEIRA CORRIDA matinal, Ryan e eu nos revezamos na escolha do trajeto. Está movimentado no escritório, mais do que minha mãe consiga cuidar sozinha, por isso papai voltou à sua rotina normal e agora somos apenas nós duas. Corremos pelas estradas ladeadas de fileira após fileira de vinhedos ondulantes, seguimos por trilhas estreitas para dentro de ravinas com riachos escondidos embaixo de samambaias e hera. Às vezes conversamos, mas na maioria das vezes somos só nós duas, a manhã, o ritmo dos nossos pés, a respiração, as batidas do coração e a ardência em meus músculos e nos pulmões que lembram como é estar viva.

Depois da nossa corrida, Ryan vai à casa da vovó pintar e trabalhar em seu portfólio, e eu vou de carro para o litoral. Em algum lugar pela estrada cheia de curvas entre as árvores, eu me torno quem Colton conhece.

Passamos a nos encontrar todos os dias no penhasco onde fomos andar de caiaque naquele primeiro dia, e me pergunto se é para evitar Shelby. Se ele está escondendo um segredo de mim, como eu escondo dele. Tento não pensar nisso, e é fácil quando estamos juntos. Ele me mostra cada lugar a que costumava ir, enseadas escondidas e estradas costeiras, lugares que guardam lembranças de sua infância. E assim começo a conhecê-lo. Não preciso fazer nenhuma pergunta, porque é desse jeito que ele me mostra seu passado — o passado que ele quer que eu conheça, sem nenhum leito hospitalar nem tubos de oxigênio, nem caixas plásticas cheias de comprimidos.

Começo a reconhecer o ritmo dos nossos dias — como parecem ter janelas de tempo em que podemos estar no mar ou debaixo do sol. Tento tomar cuidado, tento perceber qualquer limitação que ele possa ter. Nosso único porém parece ser quando ele precisa tomar os remédios. Procuro prever. Quando sei que está chegando a hora de tomar uma dose, trato de me ocupar com alguma distração que consiga encontrar: flores silvestres crescendo perto de uma trilha, uma fila de pelicanos planando acima da superfície do mar, uma busca por conchas na areia. Tento lhe dar alguns momentos sozinho para que ele possa fazer o que não quer que eu veja. Aprendo com ele tudo que quer que eu veja nos detalhes que aponta e nas coisas que diz. Fico sabendo que ele admira o pai, mas é mais íntimo do avô, que lhe transmitiu o amor pelo mar e pelas suas lendas de velhos marinheiros. Ele conhece quase todas as constelações no céu e as histórias por trás delas. Ele realmente acha que cada dia pode ser melhor do que o anterior.

Tenho a impressão de que ele também aprende comigo. Digo coisas sem que ele tenha de perguntar. Conto a ele sobre correr com Ryan, e sobre vovó e suas amigas da Red Hat. Digo que não sei o que o futuro guarda para mim. Que gosto do que estamos fazendo. E quero continuar com isso.

E tem uma corrente entre nós, formando-se e crescendo em nossos momentos de silêncio e nos sorrisos e nas gargalhadas. Eu a percebo quando nossos olhos se encontram e ele sorri, quando ouço o jeito como ele diz meu nome. Sinto sempre que nossas mãos, ombros ou pernas se roçam. Acho que ele também sente, mas alguma coisa o segura. Não sei se é pelo meu bem ou pelo dele, mas dançamos um em volta do outro, Colton e eu, apesar dos ímãs em nossos centros, a batida cheia de vida que nos atrai mais a cada dia.

Um dia, depois de sairmos de caiaque e de termos almoçado, digo que quero aprender a surfar, e então começamos à tarde, com o básico. Ele me empurra em uma onda atrás da outra, gritando para que eu me levante e torcendo sempre que consigo, até quando caio logo em seguida. Fazemos isso repetidamente, até que aprendo, por fim. Remo para uma onda com a maior força que consigo e sinto um leve empurrão dele, o suficiente para me colocar nela. Desta vez, quando ele grita para eu me levantar, obedeço e encontro meu equilíbrio, e surfamos a onda até o fim. É a sensação mais maravilhosa do mundo e nunca quero parar nem sair da água, então ficamos, já no início da noite, remando e surfando até meus braços tremerem e eu mal conseguir erguê-los.

Mais tarde, ficamos sentados além da arrebentação, nossas pranchas flutuando uma ao lado da outra na superfície vítrea da água. O vento da tarde diminuiu e os frequentadores da praia começaram a ir embora, com exceção daqueles que ficam para o pôr do sol. O sol está baixo e pesado acima da água. Sinto os olhos de Colton fixos em mim enquanto o observo, e me viro para olhar para ele.

– O que foi? – pergunto, meio sem graça.

Colton sorri e gira o pé na água.

– Nada, eu só... – Seu rosto fica mais sério. – Sabe quantos dias passei desejando simplesmente poder fazer isso? É...

Ele diz mais alguma coisa, mas não escuto, porque algumas palavras ficam presas em minha mente. *Quantos dias, quantos dias...*

De repente, me sinto totalmente à deriva. Não sei quantos dias se passaram desde que Trent morreu. Não sei quando parei de contar. Não sei quando larguei o que me prendia a minha tristeza, o que me lembrava a cada dia. Como penitência, por não ter ido com ele naquela manhã, por não ter estado com ele naquela estrada, por não ter sido capaz de salvá-lo, nem de dizer adeus. E agora nem mesmo sei quantos dias se passaram.

Perdi a conta. Falhei com ele de novo.

– Podemos ir? – pergunto de repente. – Por favor?

Meu peito dói. Sinto aquele aperto antigo e familiar e não consigo respirar.

– Não quer esperar para saber se conseguimos ver? – sugere Colton.

– Ver o quê?

Perdi o fio da meada do que ele estava falando. Não consigo puxar ar suficiente para os meus pulmões... Eles esqueceram como se respira.

– O clarão verde – diz Colton, apontando para o sol que está metade dentro da água, afundando rapidamente.

– O quê?

– O clarão verde – repete ele. – Olhe. No último segundo, quando o sol desliza para a água, se estiver tudo certo, você consegue ver. Supostamente. – Ele sorri. – Meu avô costumava nos obrigar a assistir e sempre nos contava uma lenda antiga de que se você vê o clarão verde, pode enxergar dentro do coração das pessoas. – Colton passa um dedo na superfície da água e ri baixinho. – Ele jura que viu e que era assim que sabia o que todo mundo pensava.

Enxergar dentro do coração das pessoas.

Meu coração bate com toda a verdade, as mentiras e as omissões dentro dele. Todas as coisas que não quero que Colton veja. Todas as coisas que andei escondendo de mim mesma. Nem sei mais o que há em meu coração.

– Olhe – insiste Colton, apontando para o horizonte. – Acontece rápido.

Nós dois nos viramos para o sol, uma bola laranja afundando na água, que brilha dourada com sua luz. O sol de fato parece acelerar, desaparecendo mais rápido a cada segundo. Entro em pânico. Quero virar a cara; quero que Colton vire a cara. Sei que é só uma lenda, mas prendo a respiração enquanto o sol desce, e no último segundo olho para Colton. Ele está imóvel, os olhos fixos no horizonte.

E então o sol desaparece.

Ele suspira.

– Nada de clarão verde esta noite.

Encontro seus olhos por um breve momento, depois me volto para o trecho vazio do céu onde o sol quase revelou meus segredos, e a muito custo consigo conter o choro.

No meu quarto, atrás da porta fechada, não consigo mais segurar. Minhas mãos tremem quando pego o calendário na parede e me sento no chão com ele. Como posso ter perdido a conta? Que dia acordei sem pensar no número? Que noite fui para a cama sem que Trent fosse meu último pensamento? Folheio os meses até o dia 365, uma data que eu nunca poderia esquecer. Coloco o dedo no pequeno quadrado que vem em seguida, mas um soluço me sacode e libero as lágrimas que reprimi até chegar em casa. A culpa se acumula em meu estômago.

Como foi que perdi a conta?

Seco as lágrimas e tento me concentrar nas caixas vazias que foram os dias vazios de Trent, dias que acompanhei porque era o único jeito, por mínimo que fosse, de me prender a ele, de sempre saber quanto tempo se passou, e preciso saber de novo...

– O que você está fazendo? – pergunta Ryan. Nem a ouvi entrar, mas no segundo em que ela me vê, se ajoelha a minha frente. – Qual é o problema?

Largo o calendário, coloco a cabeça nas mãos e choro.

– Quinn, ei, o que está acontecendo? – Sua voz é solidária, o que só piora tudo.

Levanto a cabeça e olho para ela.

– Eu não... – Uma nova onda de lágrimas chega com força. – Não sei quantos dias se passaram desde que ele morreu, perdi a conta e agora não consigo lembrar, mas eu preciso...

Inspiro em busca de ar antes que outro soluço me atrapalhe e apoio a cabeça nas mãos de novo.

Os braços de Ryan me envolvem e sinto seu queixo se apoiar no topo da minha cabeça.

— Shhh... Está tudo bem. Está tudo bem — repete ela, e quero acreditar, mas ela não faz ideia de como é. — Você não precisa continuar contando — diz ela baixinho.

Choro no peito da minha irmã, a única resposta que consigo dar.

— Não precisa — insiste ela, se afastando gentilmente para me olhar. — Não torna nada menos importante, nem significa que você sinta menos a falta dele.

Aperto os lábios e balanço a cabeça. Há tantas coisas que ela não sabe...

— Não precisa — repete, agora com mais firmeza. — Vai acontecer, e devia mesmo acontecer assim. Você tem *permissão* para sofrer menos, e você tem *permissão* para se sentir feliz de novo. — Ela faz uma pausa. — Você tem permissão para voltar a viver... Não é uma traição a Trent. Era isso que ele ia desejar a você.

Uma nova onda de choro surge com o nome dele.

— Por que isso? — pergunta ela. — É por ter esquecido o número de dias ou por causa desse Colton? Porque vocês passaram os dias juntos nas últimas duas semanas? Quer saber de uma coisa? Você foi feliz. Não precisa se sentir culpada por isso.

— Mas é...

— É uma coisa *boa* — diz Ryan.

♥ 205

Quero acreditar nela, e parte de mim acredita. Parte de mim sabe que ela tem razão, porque não posso negar de jeito nenhum como é ficar com Colton. Mas também não posso negar a culpa que surge logo abaixo da superfície sempre que estou com ele. Parece uma traição a Trent me sentir assim. E sei que esconder a coisa toda de Colton é uma traição ainda maior. Olho fixamente para o calendário no chão diante de mim, e cada quadrado em branco é um dia que também ficou em branco até eu conhecê-lo.

– Ei – diz Ryan, apertando meu ombro. – Você vai ter dias e momentos assim, quando tudo volta de uma vez, e está tudo bem. Mas você também vai ter dias, muitos, em que vai se sentir bem e isso também não tem problema. – Ela coloca meu cabelo atrás da orelha. – Acredite ou não, algum dia vai se apaixonar de novo. Mas precisa se abrir para isso.

Sei que ela está tentando encontrar meu olhar, mas mantenho os olhos fixos no calendário que tenho no colo.

– Vocês dois se amavam demais, mas você ainda tem uma vida inteira para viver. Precisa saber que Trent ia querer que você voltasse para ela.

Concordo com a cabeça como se minha irmã tivesse razão e enxugo as lágrimas, olho-a bem nos olhos e respondo:

– Eu sei.

Mas não é porque eu acredito nela. É porque preciso ficar sozinha. Porque se Trent pudesse me ver agora, não sei se ia querer que eu estivesse fazendo *isso*.

"*Sua visão só ficará acurada quando você puder olhar dentro do seu próprio coração. (...) Quem olha para dentro, desperta.*"

– Carl Jung

CAPÍTULO VINTE

JÁ ESTOU ACORDADA quando meu telefone toca na mesa de cabeceira. Sei que é Colton ligando para desejar um bom dia e fazer planos, mas hesito em vez de atender. Não me expliquei depois de querer ir embora tão abruptamente ontem e ele não perguntou, mas sei que isso não pode continuar por muito tempo – meus minicolapsos e ele deixando passar. Algum dia ele vai pedir uma explicação e não sei o que vou fazer. O telefone para de tocar e apita um instante depois para anunciar a chegada de uma mensagem de voz.

– Quinn? – Há uma batida na porta. – Está acordada aí? – É a voz do meu pai.

– Estou – digo, alto o bastante para ele me ouvir. – Entre.

Eu me sento e ele abre a porta, mas não entra. Fica parado ali, com a roupa de corrida, o que é uma surpresa. Hoje é dia útil.

– Bom dia, luz do dia. Hora de correr.

— Onde está Ryan? — pergunto.

Depois do episódio da noite passada com meu calendário, estou com um pouco de receio de vê-la.

— Ela foi pintar — diz papai, e sinto uma centelha de alívio. — Só faltam alguns dias até o prazo final para a entrega do portfólio. Parece que ela está levando isso a sério. Pegou todas as coisas e disse que só voltaria à noite. — Ele dá de ombros. — Enfim, ela me deixou com ordens estritas de ocupar a vaga de parceiro de corrida.

— E o trabalho?

— Tirei o dia de folga... Uma das vantagens de ser seu próprio chefe. — Ele bate palmas. — Vamos logo.

Concordo com a cabeça, mas não me mexo. O calendário continua no chão, ao lado da minha cama, e ainda não sei quantos dias se passaram. Depois que Ryan saiu ontem à noite, desabei na cama, incapaz de fazer qualquer coisa, que dirá contar os dias.

— Mas que ânimo — diz ele, parecendo um tanto decepcionado.

Na mesma hora me sinto mal.

— Desculpe, eu só... — Ainda estou esgotada depois de ontem à noite. Pesada e oca ao mesmo tempo. — Na verdade, não estou com vontade de correr hoje.

Então meu pai entra e se senta na beira da cama.

— E uma corrida de *café da manhã*? Agora é nossa chance. Vamos. Você não tem andado muito por aqui ultimamente.

Quero saber das novidades. Comendo bacon. E ovos. E biscoitos e molho.

— Você não pode.

— Molho light. Bacon de peru. — Ele segura meu pé por cima da coberta. — Vamos. Faça a vontade do seu velho com sua companhia.

Eu sorrio e cedo. Estou com um pouco de fome. E isso já faz algum tempo.

Nós nos sentamos à mesa que sempre usávamos quando vínhamos aqui antes. O café da manhã com meu pai na Lucille's era outra daquelas coisas, como correr, que fizeram parte da nossa rotina regular, depois, à medida que os negócios cresciam, virou uma ocasião especial, e por fim simplesmente acabou. Não me lembro da última vez em que estivemos aqui, mas nada mudou neste pequeno restaurante do interior. Meu pai se inclina na direção do café na caneca lascada, fecha os olhos e sente o aroma, como se fosse o melhor cheiro do mundo.

— E então, quais são as suas novidades? — Ele toma um gole. Saboreia. — Ultimamente você tem sido uma rata de praia.

Concordo com a cabeça.

— Tenho me divertido por lá.

— E Ryan contou que você está ficando rápida de novo. Disse que você é um desafio e tanto para ela.

Ele toma outro gole do café.

— Ela disse isso? — Sorrio, porque ela prefere desmaiar de tanto esforço a admitir uma coisa dessas para mim. — Engraçado, porque só o que ela me diz é que posso melhorar.

Meu pai ri.

— Isso me parece certo. Provavelmente você pode. Sua irmã não tem papas na língua. Sempre foi assim.

Ele para de falar e larga o café para pegar o cardápio.

Penso nas coisas que Ryan me disse ontem à noite, sobre não contar os dias nem me sentir mal por passar um tempo com Colton, e quero muito acreditar nela, mas é difícil, sabendo que ela não vê o quadro completo.

Meu pai fecha o cardápio, entrelaça as mãos por cima dele e sei que há algo mais nessa excursão de café da manhã. Fico tensa, esperando para ver o que é e torcendo para que ela não tenha contado a ele sobre Colton, ontem à noite ou qualquer outra coisa.

— Eu estava pensando... — diz ele, tentando parecer despreocupado, mas sem conseguir. — O que acha de se matricular na faculdade municipal? Assim poderia entrar para a equipe de cross-country. O treinador de lá adoraria ter você. Ele disse que seria um prazer aceitar você como reserva.

— *Como é que é?* — A surpresa esconde meu alívio. — Você falou com ele?

— Ryan falou.

– Nossa, por acaso sou o projeto filantrópico dela deste verão?

– Não – responde meu pai –, ela só quer ver você feliz. E voltar a correr parece ser uma das coisas que deixa você feliz. – Ele faz uma pausa. – Sabe como é, junto com a praia e com quem estiver por lá. Quem sabe o garoto da praia que não é de família?

Olho para o cardápio, toda nervosa de novo.

– Ryan também te contou sobre isso?

– Não foi preciso... Sua mãe e eu percebemos. E isso é bom, Quinn, é...

– Ai, meu Deus.

Vejo um perfil conhecido se levantar duas mesas atrás do meu pai.

– Querida, está tudo bem, de verdade...

Balanço a cabeça, gesticulando para trás dele porque não posso dizer nada.

Ele se vira e a vê também, mas não fica petrificado como eu. Em vez disso, deixa o guardanapo na mesa, se levanta e vai cumprimentar a mãe de Trent. Eles se abraçam e não ouço o que dizem, mas vejo que ela gesticula para mim, sentada à mesa, antes de os dois se aproximarem. Fico de pé de súbito, me sentindo culpada porque faz muito tempo que não a visito.

– Quinn, querida – diz ela, abrindo nos braços. – É tão bom ver você!

— Você também — digo e, tirando o choque inicial, é bom mesmo.

Ela me dá um abraço demorado, apertado e meio desconfortável. Por fim, me afasta pelos ombros.

— Olhe só para você! Está maravilhosa!

— Obrigada — digo. — Você também.

E é verdade. As olheiras que pareciam permanentes desapareceram, seu cabelo recuperou a cor e ela até está maquiada. Quase parece a versão dela que costumava implicar conosco quando nos flagrava no meio de um beijo e que se importava com meus tempos de corrida tanto quanto os de Trent. Parece a mesma de antes. Quase.

— Obrigada — diz ela. — Tenho tentado sair mais por esses dias, fazendo trabalho voluntário aqui e ali... me mantendo ocupada. Sabe como é — acrescenta, e há certa tristeza nisso.

Meu pai se esforça para manter a conversa leve.

— Quinn também tem estado ocupada — diz ele. — Ela voltou a correr, está andando de caiaque...

Ele deixa espaço para eu me intrometer. Mas não faço isso. "Manter-se ocupada" parece um código para "seguir em frente", o que parece algo insensível de admitir à mãe de Trent, embora ela tenha sido a primeira a dizer isso.

Ela inclina a cabeça para o lado e coloca a mão em meu rosto.

— É incrível saber disso, querida, de verdade. E os estudos?

Meu pai pigarreia e me surpreendo ao falar, mas não quero que ele tenha que responder de novo por mim.

— Ainda estou pensando no que fazer, mas talvez faça alguns cursos na faculdade municipal durante o outono... Só para poder correr na equipe deles.

Sinto meu pai sorrir ao meu lado.

A mãe de Trent joga os braços ao redor de mim de novo.

— Ah, Quinn, isso é maravilhoso. — Ela me aperta com força e fala mais baixo, perto do meu ouvido: — Trent ficaria muito feliz em saber que você está indo tão bem. Muito feliz.

Penso em como passei os primeiros quatrocentos dias depois que ele morreu — pela primeira vez, realmente tento imaginar o que ele pensaria se pudesse me ver naquela época. Não sei se é a mudança no foco ou a sinceridade na voz da mãe dele, mas acredito nela. Acho que se ele pudesse me ver agora, ia querer que eu "me mantivesse ocupada", fizesse planos e... seguisse em frente.

— Olha — diz ela —, tenho um compromisso, então preciso ir, mas foi ótimo ver vocês dois.

Ela me dá outro abraço, depois também abraça meu pai. Em seguida, antes de se virar para ir embora, ela se despede, mas ouço algo mais nisso. De alguma forma, parece um pouco mais definitivo do que as outras despedidas que tivemos. Parece um abandono. Embora isso me deixe um pouco triste, eu compreendo. Sempre seremos ligadas por

Trent e por nosso passado, mas o tempo tem esticado tanto essa ligação que a enfraqueceu, o que parece inevitável.

Meu pai olha para mim depois que ela sai pela porta.

— Tudo bem com você? Isso foi... inesperado.

— Estou bem — respondo com sinceridade.

— Ótimo. — Ele passa o braço pelos meus ombros. — Vamos terminar nosso café da manhã?

Voltamos a nos sentar à mesa e algo em mim relaxa o bastante para que eu conte a ele um pouco a respeito de Colton: sobre a família dele, que é dona de uma loja para aluguel de caiaques, sobre a caverna e do medo que tive ao remar para dentro dela, e sobre o precipício onde fizemos um piquenique. É bom conversar com alguém sobre ele. É bom não deixá-lo em segredo, tão isolado dessa parte da minha vida. Estou num fluxo de pequenos detalhes sobre todas essas coisas quando percebo que meu pai apenas sorri e escuta.

— O que foi? — pergunto, constrangida de repente.

— Nada — diz ele, balançando a cabeça. — Ele parece alguém bom de ter por perto. Bom para *você* ter por perto.

Sorrio.

— Ele é.

Neste momento sinto falta de Colton e percebo que hoje é o primeiro dia em quem sabe quantos que não o vi. Nem tive a chance de ouvir seu recado.

Quando chego em casa, fecho a porta do meu quarto e aperto o botão da mensagem de voz do celular, esperando ouvir a voz de Colton, com o mesmo tom de sempre, como se ele sorrisse enquanto fala.

"Oi, bom dia. Provavelmente você já acordou e está correndo por todos os morros com sua irmã. Sei que talvez fôssemos passear de carro pelo litoral, mas eu, hum, esqueci que tenho de passar o dia no norte. Um lance da loja, então vamos ter que deixar para outro dia. A boa notícia é que volto amanhã à noite, então você deveria aparecer para os fogos de artifício, se puder... se quiser." Ele faz uma pausa. "Eu quero que você venha." Outra pausa, depois ele ri um pouco. "Enfim, me ligue quando puder e tenha um bom dia, está bem? A gente se vê amanhã à noite. Assim espero."

Toco a mensagem de novo e ouço sua voz pela segunda e pela terceira vez, e quando penso em vê-lo novamente, também espero por isso... Espero que, seja o que for que já temos, que possa ser mais. Porque nós podemos ser mais.

"Não existe instinto como o do coração."

— Lord Byron

CAPÍTULO VINTE E UM

EM TODOS OS DIAS que passamos juntos, ainda não fui à casa de Colton, mas ele me pediu para encontrá-lo lá essa noite. Não preciso olhar o endereço para adivinhar qual é a casa dele, porque vejo seu furgão estacionado na garagem aberta assim que viro a esquina. No trecho da rua ladeada por casas caiadas em estilo moderno, a casa de Colton se destaca, e a primeira coisa que penso é: *Claro, esta é a casa dele.* Fica mais para o fundo do terreno do que as outras, a frente tem telhas que parecem mais aconchegantes e cheias de vida do que as construções que a cercam, com linhas elegantes e exteriores frios. Flores tropicais coloridas margeiam o gramado e há uma fileira de toalhas e trajes de mergulho pendurados na grade do deque do segundo andar.

Reduzo a velocidade e estaciono junto ao meio-fio, do outro lado da rua, e sou tomada por uma pequena onda de nervosismo quando vejo Colton entrar na garagem e jogar algumas toalhas dentro do furgão. Ele está prestes a se virar e voltar para dentro quando me vê e segue em minha direção. Respiro fundo antes de sair do carro, agora mais ansiosa porque já faz um dia desde que nos vimos e nunca estive na casa dele. Ou talvez seja porque Ryan insistiu que eu colocasse um vestido dela. Ou porque normalmente a essa hora estou indo para casa. É uma sensação diferente chegar para passar a noite.

– Puxa vida – diz Colton, me encontrando no meio da rua –, você está... Nossa.

– Obrigada? Eu acho? – digo, agradecendo silenciosamente a Ryan.

– Sim, desculpe. Sem dúvida foi um elogio.

Ele olha para baixo e vejo um lampejo de constrangimento que me faz sorrir.

– Você também está... nossa – digo, gesticulando para seu uniforme já familiar de camiseta de surfe e bermuda.

Ele ri do meu comentário, mas é verdade. Sua camiseta gruda nos ombros apenas o suficiente e o tom verde-escuro dela destaca seu bronzeado e seus olhos.

– Valeu – diz ele. – Eu me esforço.

Ficamos ali parados no meio da rua, sentindo o ar da noite e um ao outro ao crepúsculo, até que um carro vira a esquina, depois reduz, nos arrancando do nosso pequeno momento.

Colton faz um movimento de cabeça para a garagem.

– Só preciso carregar o caiaque, depois podemos ir. – Ele me olha enquanto andamos até a entrada. – Você trouxe traje de banho, não é?

– Trouxe, está no carro. Preciso pegar?

– Precisa. Na verdade, talvez seja melhor se trocar aqui, assim não vai ter que ser no estacionamento.

Embora a essa altura eu tenha muita prática em me trocar embaixo de uma toalha cuidadosamente erguida, é bom não ter que fazer isso, então volto para o meu carro e pego o biquíni. Quando retorno à garagem, Colton está empurrando o caiaque para o teto do furgão.

– Onde eu devo...

– Pode usar meu banheiro – diz ele por cima do ombro enquanto empurra o caiaque para a frente, para o rack acima da sua cabeça. – Fica no final do corredor, última porta à esquerda.

– Tudo bem – digo, distraída, mas não vou a lugar nenhum.

Meus olhos encontraram a faixa estreita de pele exposta entre o cós da bermuda de Colton e sua camiseta, quando ele se estica para cima, a fim de prender o caiaque no rack. A pele é muito mais clara do que seu rosto e seus braços e sei por quê. Ele nunca tira a camiseta. Nunca o vi sem ela, só imaginei as cicatrizes e como estariam, sempre escondidas por baixo de um traje de mergulho, por uma camisa de lycra ou uma camiseta.

Ele me flagra olhando e sorri antes de baixar os braços, escondendo as partes do corpo que não está preparado para que eu veja.

– Precisa que eu mostre a você?

Sim, penso.

– Não – respondo. – Eu mesma encontro.

Passo pela porta, chegando ao corredor. Solto o ar.

Viro à esquerda e sigo pelo corredor, que está quase escuro, a não ser pela luz que vem de uma porta mais adiante, à direita. Estou prestes a passar por ela a caminho da porta do banheiro, mas assim que me aproximo do feixe de luz que vem do quarto, algo em uma prateleira chama minha atenção.

Paro na frente da porta entreaberta, sem querer ser enxerida, e olho por cima do ombro para conferir se Colton não entrou em casa também, o que me faz sentir ainda mais culpada. Mas quando não vejo nada além da porta fechada que dá para a garagem, a curiosidade me vence e abro delicadamente a porta.

Arquejo.

Em cada parede do quarto há prateleiras que guardam garrafas de todos os tamanhos e de todas as formas, e cada uma delas contém um barco flutuando no vidro. A que vi do corredor é a maior, uma nave grande e de lateral transparente, feito uma daquelas embarcações com uma vela atrás da outra, soprada pelo vento invisível. Em outras, estão barcos menores, veleiros e outras embarcações cujos nomes não conheço. Algumas garrafas são redondas e totalmente transparentes; outras são quadradas ou feitas de um vidro grosso, enevoado com bolhas, dando um caráter mais suave, quase onírico, aos barcos.

Não consigo me conter. Entro no quarto e pego uma das garrafas menores. Dentro dela há o que parece um navio pirata, com velas escuras e rasgadas, provavelmente desgastadas pelo vento. Viro a garrafa nas mãos, depois a ergo acima da cabeça, examinando o fundo para ver se consigo entender como colocaram o barco ali dentro.

— Este é o *Essex* — diz Colton atrás de mim.

Sua voz me deixa em choque. Abro a boca para falar alguma coisa, me atrapalho com a garrafa nas mãos e a devolvo rapidamente à prateleira, me sentindo culpada, culpada, culpada. Ele a retira gentilmente da prateleira e a segura entre nós.

— Me desculpe — digo. — Não queria ser enxerida. Eu estava indo ao banheiro, mas vi os barcos pela porta e não consegui... Este é o seu quarto?

Colton ri, depois baixa a garrafa e dá uma olhada na parede, com todos os seus barcos e garrafas.

— É — diz ele.

Olho ao redor também, não só para as paredes cheias de embarcações, mas para a mesa vazia, com exceção de algumas fotos da sua família em porta-retratos e uma daquelas luminárias de braço extensível. Ao lado dela, sua cama está arrumada com perfeição, com um edredom azul e simples. Acima da cabeceira, pintada na parede numa caligrafia de aparência antiga, há uma citação que me parece vagamente familiar: *Um barco no porto está seguro, mas os barcos não foram feitos para isso.*

Meus olhos baixam até a mesa de cabeceira, onde tem uma garrafa de água, uma pilha de livros e duas fileiras de frascos laranja de remédios. Desvio o olhar, sabendo que ele não vai querer que eu veja, e volto às paredes cheias de embarcações.

— Você coleciona?

Colton pigarreia, nervoso ou talvez meio sem graça, não sei definir.

— Mais ou menos. Quer dizer, eu fiz.

— Foi você que *fez*? — Devem ser centenas, em quatro fileiras de prateleiras nas quatro paredes do quarto. — Todos eles? Uau.

— É, eu não costumo contar isso às pessoas. — Ele sorri, mas seus olhos não encontram os meus. Também estão fixos nas garrafas. — É tipo o hobby de um velho.

Não consigo deixar de rir.

— Não é o hobby de um velho — retruco, mas não soa convincente. Provavelmente porque de fato parece o hobby de um velho.

Então Colton se vira para mim.

— Não, é sim. Meu avô me ensinou a fazer alguns anos atrás. — Ele faz uma pausa, dá uma olhada nas paredes com barcos presos no vidro. — Ele chamava de "garrafas da paciência". Os antigos marinheiros costumavam fazer com o que encontrassem no barco quando ficavam presos por meses seguidos no mar. Era um jeito de passar os dias.

Eu o observo olhar para as embarcações, vejo o sorriso surgir de leve em seu rosto e as coisas que ele fala começam a fazer sentido em minha mente — "alguns anos atrás", "garrafas da paciência".

— Antigamente eu tinha muito tempo livre — acrescenta —, e acho que ele pensou que era um bom jeito de passar o tempo. Um dia ele comprou um kit, o colocou na mesa e trabalhamos nele juntos até terminar. — Ele olha para o que tem nas mãos e sorri de novo. — Você pegou o primeiro que fiz.

— Posso? — pergunto, estendendo a mão para a garrafa de novo.

Ele a entrega para mim e observo com mais atenção o barco com suas velas minúsculas.

— Como você enfia aqui dentro?

— Mágica — responde ele.

Esbarro o ombro no dele e o contato provoca uma leve palpitação em mim.

— Não, é sério. — Tento parecer séria. — Como você faz isso?

Colton se vira para mim e gentilmente coloca as mãos sobre as minhas, na garrafa, e assim a seguramos juntos, no pequeno espaço entre nós. Ele olha para mim por cima da curva do vidro, as mãos quentes em cima das minhas.

— Você monta o barco do lado de fora da garrafa, para que ele fique achatado. Depois o enfia dentro e torce para ter feito tudo direito, aí puxa o cordão que levanta o mastro e as velas e, se tiver sorte, a mágica *acontece* e ele fica de pé, ganhando vida.

Colton para de falar e olha para o barco através do vidro grosso, mas não consigo tirar os olhos dele. Eu o imagino sentado aqui, em seu quarto, pálido e magro como aparece nas fotos, acompanhado do avô, pacientemente montando cada embarcação minúscula enquanto esperava pela sua própria mágica. Pelo que permitiria que *ele* se levantasse e ganhasse vida de novo.

— Não é complicado — diz ele depois de um bom tempo.
— Só é frágil.

Frágil.

A palavra chama minha atenção, me leva de volta ao que aquela enfermeira da emergência disse sobre o coração de Colton.

— São lindos — digo. — Você ainda faz?

Seus olhos se desviam por um segundo, depois voltam aos meus e ele sorri.

— Na verdade, não. Isso foi... — Ele para de falar e parece se controlar. — Não tem sentido construir barcos em miniatura que nunca vão ver o mar quando você pode estar lá fora, na coisa real, todo dia.

Ele sorri, uma chave é virada e sinto que encerramos a conversa. Encerramos aqui, em seu quarto.

— E por falar em ficar no mar — continua ele —, precisamos ir ou vamos perder os fogos de artifício.

— Tudo bem — digo, ainda sem me sentir pronta para sair daqui. — Só preciso de um minuto para me trocar.

Mas, em vez de sair, eu paro, estendo a mão para ele, para o seu peito. De leve. Com cuidado.

Frágil, penso.

Mas ele não parece assim sob a minha mão. De forma alguma. Através de todas as camadas entre nós — sua camisa, a cicatriz que ele esconde e a curva sólida do seu peito —, quase sinto a batida firme e inconfundível do seu coração.

Meu próprio coração acelera, e uma atração súbita e gravitacional me puxa para mais perto, para ele. Ficamos ali na porta, desse jeito, por bastante tempo... Tempo, aliás, frágil. Ele olha para minha mão em seu peito, e embora eu queira mantê-la ali, continuar sentindo isso, deixo que ela caia e passo por ele, seguindo para o corredor, abandonando os barcos, nossa proximidade e os ritmos das batidas dos nossos corações girando no ar atrás de mim.

"A luz irrompe onde nenhum sol brilha;
Onde não se agita nenhum mar, as águas do coração
Impelem suas marés."

— Dylan Thomas

CAPÍTULO VINTE E DOIS

NO INÍCIO, penso que a cor avermelhada na água é um truque da luz. Deslizamos o caiaque bem a tempo, enquanto o sol pressiona seu último pedacinho abaixo do horizonte, deixando para trás um céu laranja-escuro que rapidamente desbota para o azul pelas bordas. O ar está parado e quente, e a superfície da água está tão calma que mais parece um lago do que um mar.

— Caramba — sussurro enquanto ajudo Colton a empurrar o caiaque para a água na altura dos joelhos. — Está tão bonito aqui hoje à noite.

Colton não desvia os olhos do horizonte.

— Eu podia olhar para isso todo dia e nunca me cansar.

— Eu também — digo.

Desse jeito, penso. Aqui, cavando a areia com os dedos dos pés, a água fria e suave girando em volta das minhas pernas... *com você.*

— Pronta? — pergunta Colton, firmando o caiaque para eu entrar.

Subo nele, Colton vem atrás de mim um segundo depois e mergulhamos os remos na água escura quando já estamos acomodados. Fazemos isso com facilidade sobre uma onda pequena seguida de outra. Olho para o meu remo que puxo pela superfície, deixando para trás marolas cor de ferrugem.

— Por que a água está desse jeito? — pergunto por cima do ombro.

— É uma maré vermelha — responde Colton.

— Uma *maré vermelha*? — Olho para baixo de novo, sem gostar de como isso soa, ainda mais depois que o deixei me convencer a remar a partir da nossa pequena enseada até o píer no escuro, para ver da água os fogos de artifício. Olho para ele. — Estou com medo de perguntar o que é isso.

— Não precisa ter medo — diz ele. — É por causa de uma espécie de alga que brota de repente, cobrindo toda a costa. É incrível quando isso acontece.

— É mesmo?

Mantenho os olhos fixos na água enquanto deslizamos lentamente por ela. Parece mais suja do que incrível.

— É. É uma coisa que acontece ao acaso... Ninguém consegue prever nem controlar, acho que porque ninguém nem sequer sabe o que provoca, mas à noite...

Ele se interrompe e, quando me viro, seu rosto está todo iluminado de um jeito que já me é familiar. Isso me faz sorrir.

– À noite o quê? – pergunto.

Ele olha para a água como se debatesse se deve ou não me responder, depois me abre um sorriso com covinhas.

– Espere só. Você vai ver.

– Agora estou com medo *de verdade* de perguntar.

Colton ri.

– Não precisa ter medo, juro. – Ele aponta com o remo para a silhueta do píer ao longe. – Vamos. Temos que ser mais rápidos, se quisermos chegar lá a tempo do início dos fogos.

Observo o píer se projetando no mar em contraste com um céu escurecendo rapidamente.

– Parece meio longe... Tem certeza de que vamos conseguir voltar? Não vamos ficar perdidos no mar? Nem ser devorados pela maré vermelha noturna ou algo assim?

– Não posso prometer nada – diz Colton, dando de ombros. – Esses riscos estou disposto a correr hoje à noite.

– Ele sorri, calmo e confiante, completamente à vontade na água e no momento, e sinto aquele zumbido no ar entre nós de novo.

– Riscos que você está disposto a correr, é?

Ele assente devagar e tenta fazer uma expressão séria.

– Por você, é claro.

– Bom, então – digo, incapaz de tirar o sorriso do rosto.

– Nesse caso, acho que também estou disposta.

– Ótimo – diz Colton, e tenho certeza de que dessa vez é a resposta que ele esperava e torcia para ouvir. Ele não desvia os olhos dos meus enquanto o sorriso volta de mansinho ao seu rosto. – Você não vai se arrepender.

O céu assume um tom de índigo e surgem as primeiras estrelas, mínimas e brilhantes acima do oceano, enquanto seguimos suavemente por sua superfície. Minhas remadas são fortes, tão cheias de energia nervosa no começo que tenho certeza de que consigo remar até o horizonte e voltar sem sentir nada. Porém, depois de alguns momentos de silêncio, entramos em nosso ritmo familiar e silencioso, e eu relaxo e encontro o caminho de volta àquele lugar que faz tudo desaparecer, exceto o mar, o céu e nós dois deslizando juntos por esse local invisível onde termina um e começa outro.

Meus olhos se adaptam aos poucos ao escuro, quase no mesmo ritmo em que anoitece à nossa volta. Fecho-os por um momento para absorver o ar, a água e a noite. Tudo parece eletrizado. Vibrante, vivo e carregado de possibilidades. Navegando pela água, no escuro, eu também pareço. É uma sensação que começa no fundo do meu peito e se espalha para fora, ampla e expansiva. É quase exagerada para ser contida. Lembro-me da foto em minha cômoda, o coração de vidro vermelho fechado na segurança de sua garrafa, depois de todos os barcos de Colton nas próprias garrafas, e é quando percebo a verdade nas palavras escritas na parede acima delas: *Um barco no porto está seguro, mas os barcos não foram feitos para isso.*

É o que elas pretendiam dizer, essa sensação bem aqui. E talvez... talvez seja o que meu coração queira dizer também.

Meus olhos ainda estão fechados quando sinto o ritmo de Colton mudar e sei que ele tirou o remo da água.

— Pronto — diz ele atrás de mim, a voz cheia de empolgação. — Quinn... está vendo?

Abro os olhos e ele se inclina para a frente o máximo que consegue, mexendo o remo pela água junto do meu. Por um segundo tenho certeza de que meus olhos estão me enganando. Anoiteceu completamente, as luzes do píer brilham ao longe e as estrelas pontilham o céu acima de nós; mas onde o remo dele corta a superfície da água, surge um brilho azul-claro. Eu pisco e o brilho some.

— Você viu? — pergunta Colton.

Antes que eu consiga responder, ele arrasta o remo pela água novamente. Mais uma vez, um brilho azul-claro aparece e desaparece com a mesma rapidez.

— O que é *isso*?

Olho para a água, esperando que se repita.

— É a água.

Ele ri baixinho ao mergulhar uma ponta do remo, gira com força e acende outro brilho azul, dessa vez mais intenso do que o último.

— Mas...

Não termino a frase. Em vez disso, faço o mesmo com meu remo e fico admirada quando o mesmo brilho aparece ao redor. Dou uma gargalhada. Não há explicação lógica para esse... esse... nem sei como chamar. Sinto Colton olhando para mim.

— Eu estava torcendo para conseguirmos ver — diz ele.

— O que é *isso*?

Continuo girando o remo, sem acreditar.

— Chama-se bioluminescência — responde ele. — São todas essas algas de que eu estava lhe falando.

Ele usa o remo para levantar um pouco de água e deixa que as gotas escorram pela ponta, e quando atingem a superfície, criam uma luz azul mínima, pouco discernível. Não consigo mais ver as feições de Colton porque está muito escuro, mas sei, por sua voz, que ele está sorrindo de orelha a orelha.

— Como é que elas...

Passo o remo na água novamente, ainda tentando entender como uma coisa dessas pode ser real.

— É um mecanismo de defesa delas — explica ele. — Como um reflexo. Quando são tocadas, elas reagem com luz.

Ele descreve um arco amplo com o remo e o brilho azul--claro aparece de novo, de certo modo mais especial, por causa dos motivos para que isso aconteça. Porque quando essas coisinhas mínimas têm medo, elas brilham.

— Isso é... mágico.

Giro o remo delicadamente mais uma vez. Estou inebriada com a noite, a água e o brilho. E com Colton, por me mostrar tudo isso. Por me proporcionar tudo isso, na verdade.

– Como é que você sabe tanto sobre tanta coisa? – pergunto.

Colton ri.

– Essa é uma pergunta capciosa?

– Não, quer dizer...

Mordo o lábio, me arrependendo da pergunta, porque o que quero dizer me assusta. O que *quero dizer* é como ele sabe me mostrar coisas que eu não percebia que precisava ver, ou me levar a lugares que eu não poderia imaginar que precisava conhecer? Quando Trent morreu, foi como se eu tivesse dado um passo para trás na vida, porque vi como ela é frágil. Mas Colton... Ele está me puxando de volta desde que nos conhecemos, me mostrando o lado bonito da mesma verdade.

– Deixa pra lá – digo depois de algum tempo. – Não sei do que eu estava falando.

Uma explosão baixa ecoa a distância, e fico grata por isso desviar a atenção de Colton.

– O primeiro da noite – diz ele, empinando o queixo para o céu. Eu me viro a tempo de ver um rastro branco rasgar o céu, depois explodir em fragmentos cintilantes de luz que descrevem um arco descendente acima da água, feito um lustre gigante. Colton pega o remo no colo. – Vamos.

– Eu nem precisava de fogos de artifício com isso na água – digo, girando meu remo. O efeito que a luz azul-clara causou em mim ainda não passou.

– É Quatro de Julho, todo mundo precisa de fogos de artifício – diz Colton. – Vamos.

Ele mergulha o remo e nos coloca em movimento, e eu me junto a ele, só que agora mantenho os olhos bem abertos, absorvendo o máximo de coisas que posso enquanto seguimos para o píer, cortando um trecho brilhante de um azul suave pela noite e sua escuridão.

Remamos para os estouros graves e as luzes explosivas, e depois de alguns minutos chegamos perto o bastante para que eu sinta o cheiro da fumaça com enxofre, e cada fogo de artifício repercute bem no fundo do meu peito. As pessoas na praia inteira gritam enquanto luzes vermelhas, brancas e azuis se acendem na noite acima delas, e depois estouram ao redor. Remando para ainda mais perto do píer e das explosões de cor e luz no alto, vejo a água avançando delicadamente na direção das estacas cobertas de mexilhões. Colton tira o remo da água e o guarda dentro do caiaque, então faço o mesmo e depois me viro.

– Muito bem – diz ele. – Quer ver do melhor lugar da casa?

– Não é onde estamos bem agora? – pergunto sem tirar os olhos do céu.

– Quase. Espere aí.

Outra explosão ecoa em meu peito e estremeço sob o ar subitamente frio. O caiaque se balança e Colton joga algo, que cai na água com um baque pesado e respingos.

– Âncora – diz ele. – Assim não vamos ficar à deriva.

Concordo com a cabeça enquanto ele se curva para a cavidade do meu lugar e abre o fecho do assento. Não consigo enxergar muita coisa, mas suas mãos conhecem o caminho.

– Coloque isso onde estão seus pés, como uma almofada. Vou nos manter equilibrados.

Eu me levanto o bastante para puxar o assento embaixo de mim e consigo colocá-lo no espaço para os pés, depois Colton me entrega três toalhas dobradas.

– Toma – diz ele. – Use isto para acolchoar. Depois você pode se deitar de costas e colocar as pernas bem no meio, aqui.

Ele dá um tapinha na divisória plana que separa nossos assentos.

– E você?

– Vou fazer o mesmo em um minuto.

– Tudo bem.

Por um momento nos atrapalhamos, cada um de nós se mexendo um pouco para tentar acomodar o outro, sem saber direito onde colocar braços e pernas com tanta proximidade. Deixo as toalhas alisadas em cima do assento da melhor forma que posso e me abaixo com cuidado ali, como ele disse.

Depois que me sento, Colton só precisa de um segundo para fazer a troca com seu assento e se abaixa ali lentamente, esticando as pernas ao meu lado, na parte elevada entre nós dois. O caiaque se balança delicadamente enquanto nos ajeitamos, a extensão das nossas pernas se roçando. Sinto um calor subir pelo meu corpo, apesar do frio do ar noturno.

— *Agora* temos o melhor lugar da casa — diz Colton.

A luz vermelha explode acima de nós, fazendo-o parecer ruborizado, assim como eu me sinto.

Preciso me esforçar para desviar dos olhos dele, mas eu me recosto completamente e olho para cima. Os fogos seguintes disparam bem alto, um risco branco vertical surge no céu e, depois de um intervalo mínimo, quando me pergunto se não vai explodir, a luz azul e brilhante estoura acima de nós, depois cai, de forma suave e lenta, antes de desaparecer no ar à nossa volta.

Ficamos deitados ali, vendo os fogos de artifício explodirem e caírem ao nosso redor. Sinto o estouro no peito, e também o calor das pernas dele emboladas com as minhas, e a cada momento que passa, outra coisa brilha mais forte. Uma coisa que eu não poderia ter previsto e que agora não posso controlar nem explicar. É uma atração que não quero mais reprimir, que não *posso* mais combater.

O barco se balança gentilmente enquanto eu me sento e não fico surpresa quando vejo Colton já sentado. Sei que ele sente o mesmo também. Ficamos sentados, sem dizer nada, frente a frente, no brilho do alto e abaixo de nós. Tanta luz depois de tanta escuridão.

Ele leva a mão ao meu queixo, entrelaça os dedos em meu cabelo e depois passa o polegar, suave como uma pena, pela cicatriz minúscula em meu lábio inferior.

O momento em que o vi pela primeira vez e nossos mundos se chocaram volta precipitadamente à minha cabeça. Provoca arrepios por todo o meu corpo. Eu me aproximo do calor do seu toque, e solto a respiração trêmula enquanto levo a ponta dos dedos ao seu peito.

– Quinn, eu... – sussurra ele, sem terminar a frase, bem perto da minha boca, enquanto o espaço entre nós desaparece e nossos lábios finalmente se tocam.

Mil fogos de artifício explodem dentro de mim e eu os sinto nele também, em sua boca na minha, em suas mãos em meu cabelo, no jeito como nos puxamos um para perto do outro.

Todo o resto some e, nesse momento, quando nos tocamos, nós somos luz.

"Uma das coisas mais difíceis da vida é ter no coração palavras que você não pode pronunciar."

—*James Earl Jones*

CAPÍTULO VINTE E TRÊS

ENQUANTO REMAMOS de volta no escuro, a única coisa que consigo enxergar à frente é o limite que ultrapassei – e é ofuscante. Ainda sinto a boca de Colton na minha e o desejo em seu toque, forte e gentil ao mesmo tempo. E ouço o som do meu nome, sussurrado em seus lábios. Mas o que *vejo* quando fecho os olhos é seu rosto no momento que antecedeu nosso beijo. Sincero. Confiante. Sem ter ideia das verdades omitidas, verdades que agora parecem ter se desenvolvido e se transformado em mentiras, porque eu as escondi durante esse tempo todo.

Remamos em um silêncio que para mim parece mais tenso do que confortável, e me pergunto, enquanto percorremos a água, se Colton também sente isso. Quando chegamos à margem, tenho certeza de que ele deve sentir. Ele não diz nada, mas me dá um sorriso rápido enquanto levantamos juntos o caiaque, pingando e gelado, e o carregamos acima da cabeça até o furgão. Depois que o guardamos, ele pega uma toalha seca na mochila e me entrega.

— Toma — diz Colton. — Eu vou ficar... Vou deixar você se trocar.

— Obrigada — digo, e ele desaparece do lado do motorista para me dar espaço.

De pé ali sozinha, o ar parece mais frio do que na água. Mesmo com uma toalha bem enrolada em volta de mim, estremeço enquanto tiro o biquíni por baixo e me atrapalho com as mãos trêmulas ao procurar meu vestido. Pelas janelas, vejo o contorno de Colton, que está tirando a camisa de lycra pela cabeça e procurando a camiseta no banco. Olho para baixo, tentando me concentrar em fazer com que meus dedos abotoem o vestido de Ryan, mas a porta de Colton se abre e tenho um vislumbre dele sob a luz interna do carro, o cabelo desgrenhado por causa do vento salgado, as bochechas coradas com o frio da noite, seus lábios que tinham o gosto dessas duas coisas quando ele me beijou. Uma sensação leve e palpitante sobe em meu peito e provoca uma onda de calor por todo o meu corpo enquanto a porta dele se fecha e a cabine fica escura de novo. Respiro fundo e solto o ar demoradamente. Não tenho alternativa senão contar a ele, ainda mais considerando como estou me sentindo agora.

Termino de me vestir lenta e deliberadamente. Enrolo e desenrolo meu biquíni molhado na toalha. Respiro fundo de novo, fecho os olhos e repasso aquele beijo mais uma vez, antes de estender a mão para a maçaneta da porta do carona.

Quando a abro, Colton me olha, depois gira a chave e estende a mão para o botão do aquecedor no painel.

– Me desculpe... Eu devia ter deixado o aquecedor ligado. Acho que você está com frio.

Concordo com a cabeça ao entrar, colocando as mãos em concha na boca como se o frio fosse o culpado, e não o que estou prestes a dizer. Depois fecho a porta e engulo em seco. *Fale logo. Conte a ele.*

– Colton, tem uma coisa...
– Você quer invadir um spa?

Falamos ao mesmo tempo, nossas palavras se sobrepõem e nós nos interceptamos.

Ele ri.

– Desculpe. Você primeiro.
– Eu... – Hesito, e a pouca coragem que consegui juntar me escapa quando um sorriso repuxa os cantos da boca de Colton. – Fazer *o quê*?
– Invadir um spa – repete ele, os olhos brilhando sob a luz do painel. – O Sandcastle Inn tem um dos bons no terraço e eu sei a senha. Podemos entrar por um tempinho. Para nos aquecer.

Ele parece tão esperançoso que me permito imaginar, por um segundo, ficar em uma hidro no terraço com ele, o vapor subindo no ar da noite, a água quente girando à nossa volta e...

– Não posso – digo rápido demais. – Eu... preciso ir para casa.

Puxo o cinto de segurança por cima do ombro e o fecho como uma decisão final.

– Não entendo – diz Colton, e o sorriso sumiu de sua voz.

Seus olhos procuram por algum motivo para eu ter ido de tão perto para tão longe, vagando no escuro. Olho para minhas mãos no colo e não digo nada. Não *consigo* dizer nada.

Um alarme toca em seu telefone no painel e ele o alcança e silencia sem nem sequer olhar.

Olho para o telefone. Eu queria que ele não tivesse ignorado, porque sei que é um lembrete do remédio.

Colton pigarreia e se empertiga no banco.

– Lá no mar, aquilo foi...

Meus olhos se voltam para ele, cada parte de mim querendo ouvir o restante da frase. Querendo saber o que ele achou que foi. Mas ele apenas olha para baixo e tamborila os dedos no volante, observando-os por um bom tempo.

– Me desculpe – diz ele. – Achei que você tinha sentido... – Ele balança a cabeça e engrena o furgão. – Deixa pra lá. Vou te levar até o seu carro.

Ele gira o volante e seguimos lentamente para a estrada que leva à sua casa, para o fato de ele não saber da verdade – sobre Trent ou sobre seu coração, ou o que também senti lá no mar.

– Pare – digo em voz baixa. Colton pisa no freio e olha para mim, e noto uma esperança sem qualquer cautela. – Eu gostei – digo. – De me sentir daquele jeito.

O alívio toma seu rosto, e tento ser tão corajosa e franca quanto ele foi um minuto atrás.

– Lá na água foi... – Paro, criando coragem. – Foi a primeira vez que me senti assim em muito tempo. Desde... – Está perto demais, a verdade, vindo de novo à tona. – Desde que perdi alguém que era muito próximo de mim – digo, encontrando minha voz. – Alguém que eu amava. – Há certo alívio nesse pedacinho da verdade, mas dura pouco.

– Eu sei – diz Colton, olhando para o volante.

Tudo em mim – respiração, pulsação, pensamento – para.

– Você *sabe*?

Seus olhos me observam e não vejo nada do que esperava – mágoa, raiva –, nada disso. A única coisa que sinto dele nesse momento é solidariedade.

– Eu pensei – diz ele em voz baixa. – Você se retrai... como as pessoas fazem às vezes por terem perdido alguém. – Ele faz uma pausa. – Ou quando acham que vão perder. Tive uma namorada alguns anos atrás que ficou assim quando as coisas... – Ele pigarreia. – Ela se retraiu comigo desse jeito. Como você faz.

Meu coração entra em ação aos pulos, martelando minhas costelas alternadamente por culpa, preocupação e alívio. Ele não sabe que está falando de Trent, no entanto enxerga mais do que eu percebo.

— Desculpe — digo. — Devia ter te contado antes, mas eu andei...

Me retraindo por mais motivos do que apenas me sentir culpada por Trent. Me retraindo porque tenho medo do que vai acontecer se você descobrir a verdade. Do que vou perder.

Um nó surge no fundo da minha garganta e as lágrimas aparecem, prontas para transbordar com o que sei que preciso dizer em seguida.

— Não tem que se desculpar — diz Colton, se inclinando para mais perto.

Ele aproxima os lábios, com muita suavidade, da minha testa, em um beijo que não pede nada em troca. Fecho os olhos e deixo a sensação penetrar em mim, desejando que seja assim tão simples.

Sua boca passa para a minha têmpora, desce pela minha bochecha e se demora ali, a um hálito de distância do meu.

— Foi você quem disse — sussurra ele — para não se desculpar pelas coisas sobre as quais não tem controle.

Nossos lábios se roçam e sinto que não há nada que eu queira retrair. Quase mergulho em Colton, em outro beijo, mas ele se afasta o suficiente para ficarmos olhos nos olhos no escuro que nos separa.

— Por favor — sussurra ele —, não se desculpe por nada. Especialmente por isso.

> "Nada está menos sob nosso domínio do que o coração e, longe de podermos comandá-lo, somos forçados a obedecer-lhe."
>
> — Jean-Jacques Rousseau

CAPÍTULO VINTE E QUATRO

DIRIJO PARA CASA em silêncio. Um silêncio escuro e pesado, interrompido apenas por algum farol ocasional de passagem. Vejo flashes da noite: o pôr do sol, o brilho da água, os fogos de artifício, aquele beijo. E flashes de outra noite e outro beijo.

Na primeira vez que Trent me beijou, estávamos nadando à noite na minha piscina. Era tarde, todo mundo já estava dormindo. Passei por ele, nadando dentro da água, sentindo meu cabelo ondular atrás de mim sob a luz e torcendo para que minha silhueta parecesse tão bonita quanto eu achava na época. Quando subi, ele estava bem na minha frente. Suas mãos por pouco não roçaram minha cintura e ficamos equilibrados ali naquele momento, imaginando e ao mesmo tempo sabendo o que ia acontecer. Nosso primeiro beijo foi delicado e doce. Uma pergunta em meus lábios. Ele tinha o gosto do chiclete de melancia que estava sempre mascando e da noite roubada de verão. A lembrança gera uma dor mínima em volta do meu coração, um desejo que parece distante e nostálgico.

A sensação dos seus lábios nos meus é apenas um sussurro de uma lembrança. Mas a lembrança da boca de Colton é nítida e vívida. Enquanto o primeiro beijo de Trent foi tímido, retraído, uma pergunta, beijar Colton foi como já saber a resposta. Saber que a resposta para um era o outro. Mas havia muita coisa embolada em nós e à nossa volta. Perda e culpa. Segredos e mentiras. Muitas coisas de que ele não sabe, coisas pelas quais eu *me desculpo* porque *tenho* controle sobre elas. Ou pensei que tivesse, até esta noite. Pensei que tivesse, até reconhecer aquela sensação de queda há muito esquecida que eu não sabia que voltaria a ter. Não sabia se *podia* sentir novamente.

Quando paro o carro na entrada, a casa está às escuras e fico sentada ali por um momento, olhando pela janela o céu tão cheio de estrelas que parece nem existir de verdade. Como se algo tão bonito e tão frágil não pudesse ser verdadeiro. Então a luz do quarto de Ryan se acende, e só o que quero é que ela venha me dizer que pode.

Ela se assusta um pouco quando irrompo pela porta do seu quarto, sem bater.

— Oi, como foi sua... — Seu sorriso some ao me ver. — Qual é o problema?

É o que basta. Dou os poucos passos até a cama onde minha irmã está sentada, antes de me enroscar nela, e tudo que eu estava segurando se solta.

— Ei, ei, ei — diz ela, me abraçando. — O que foi? O que aconteceu?

Fecho os olhos com força e me encolho enquanto meus ombros se sacodem em seus braços.

— Quinn — diz ela, me afastando o suficiente para me olhar. — O que aconteceu?

E eu vejo de novo o nosso beijo.

— Eu... Ele...

Depois ouço as palavras dele: *Por favor, não se desculpe por nada. Especialmente por isso.* Mordo o lábio inferior e passo as mãos no rosto que está quente e molhado das lágrimas.

— Ele *o quê*?

Ela se senta reta, a expressão marcando mais fundo sua preocupação.

Nego com a cabeça.

— A gente se beijou, na água, e foi tão... E eu... — Minha voz fica presa e outro soluço leva meu queixo ao peito.

A voz de Ryan volta a ficar gentil:

— Já conversamos sobre isso, que não tem problema sentir...

— Tem sim — digo, levantando a cabeça para encará-la nos olhos.

— Quinn, *não* tem. Você precisa acreditar. Você e Trent...

— Não é *isso*!

A tensão em minha voz surpreende a nós duas e ela fica quieta ao olhar para mim, notando meus olhos inchados e o queixo trêmulo.

— Então... o que é? — pergunta ela lentamente, como se tivesse medo de saber a resposta.

Engulo o choro com lágrimas grossas e supero meu medo do que ela vai achar.

— Fiz uma coisa horrível — sussurro. Olho para baixo, para longe dos olhos da minha irmã, para minhas mãos se retorcendo no colo. — Algo que nunca devia ter feito e agora...

Minha mão vai à boca para conter o soluço crescente e as palavras que sei que preciso dizer em voz alta.

Sinto os olhos da minha irmã fixos em mim, mas não os encaro.

— O que foi? Pode me contar. Seja o que for.

Hesito por um instante mínimo, mas depois faço o que ela diz.

Conto-lhe tudo, começando com a carta que escrevi. Conto a ela sobre os dias que esperei por uma resposta e as noites que passei procurando por ele. Conto sobre o blog de Shelby e como finalmente o encontrei. Digo que eu nunca pretendia encontrá-lo, mas depois que encontrei, quis conhecê-lo. E que agora que o conheço, a última coisa que quero é magoá-lo. Depois conto sobre nosso beijo esta noite. Como foi e o que ele disse depois, sobre me retrair e me desculpar. Quando, enfim, contei tudo a ela e não restavam mais palavras para o que fiz, olho para minha irmã.

Ela fica em silêncio por bastante tempo depois que termino. Fico sentada em sua cama, cercada de lenços de papel, os olhos inchados, esperando que ela me diga que vai ficar tudo bem, ou que ele vai entender, que não é tão ruim quanto parece, mas ela não faz isso. Respira fundo e olha para mim como se lamentasse o que vai dizer.

– Você precisa contar a ele.

– Eu sei – digo, e o reconhecimento provoca uma nova onda de choro em mim, mas não intimida Ryan.

– Não só porque ele merece saber a verdade – continua ela. – Precisa contar a ele porque essa é a única chance de você conseguir que o que está acontecendo entre vocês dois seja verdadeiro, se é isso que quer. – Ela me olha com uma expressão séria. – Mas primeiro você precisa decidir de verdade o que quer. Acho que está na metade do caminho, mas... – Ela se interrompe e pressiona os lábios, depois diz outra coisa que já sei, está escondido bem no fundo de mim.

– Se você quer se abrir para Colton, precisa primeiro deixar Trent para trás. Deixe que ele seja parte de quem você é... Seu primeiro amor, suas lembranças, seu passado. Mas deixe ele para trás. Você precisa fazer isso – insiste ela suavemente –, assim pode estar aqui e agora.

> *"E você aceitaria as estações do seu coração como sempre aceitou as estações que passam em seus campos.*
> *"E você contemplaria serenamente os invernos da sua aflição."*
>
> — Kahlil Gibran

CAPÍTULO VINTE E CINCO

TERMINO DE AMARRAR os cadarços e me levanto. Olho para o meu reflexo no espelho. Respiro fundo. Depois deixo meus olhos percorrerem as fotos de Trent comigo. Eu as acompanho por toda a borda do espelho, até o girassol que ele me deu, pendurado ali, pálido e seco ao lado delas.

Respiro fundo mais uma vez, depois aninho o girassol nas mãos, com a maior delicadeza.

Olho para a fotografia que recortei da revista de Ryan. O coração, lançado pelo mar numa praia vazia, envidraçado. Ao observá-lo, penso no que Colton disse sobre todos os barcos nas garrafas – que ele não queria mais construí-los se fosse para eles nunca verem o mar – e entendo.

Eu sinto o mesmo.

Saio furtivamente pela porta de casa, me esforçando para não fazer barulho, porque preciso fazer isso sozinha. Minhas pernas me carregam pelos degraus e pela terra, e volto a respirar. Meu coração volta a trabalhar.

Sinto meus pés atingirem o chão, um na frente do outro, até que chego ao final da entrada de carros. Depois paro. Respiro fundo. E recomeço, seguindo pela estrada que andei evitando por tanto tempo. A estrada que foi o começo de nós dois, ao lugar que achei que fosse o meu fim.

Já faz tanto tempo que não ando por aqui que no início me parece desconhecido. As árvores estão mais cheias, as trepadeiras, mais grossas. Mas conheço essa estrada. Conheço suas colinas ondulantes e suas curvas. Conheço o trecho onde os girassóis crescem silvestres no campo e perto da cerca.

Onde ainda fazem isso.

Eles brilham em contraste com o céu de verão, balançando-se suavemente na brisa. Paro, a fim de escutar, e quase ouço a voz dele.

"Ei! Espere!"

Fecho os olhos e o visualizo ali, sorrindo, segurando um girassol. Mas então outra lembrança abre caminho dentro de mim. A cerca lascada, as luzes piscando, pétalas e sangue espalhados pelo chão.

Abro os olhos e estou de volta ao aqui e agora, onde não há nenhuma marca no chão, a cerca foi consertada e os girassóis crescem altos e bonitos ao redor.

Fixo os olhos no campo dourado enquanto ergo no alto a flor seca que seguro na mão. Vejo os caules altos se vergarem e balançarem quando rolo as pétalas que parecem papel entre os dedos e solto cada pedaço mínimo na brisa. Todas as nossas primeiras vezes, e nossas últimas, e tudo entre uma coisa e outra. Elas giram e dançam nas correntes invisíveis e depois, uma por uma, desaparecem no lugar onde sempre estarão presentes.

"O medo pode paralisar as pessoas. Um motivo para os receptores não escreverem é que eles têm medo de magoar ou prejudicar a família de algum modo, 'abordando algo em que eles não querem pensar': a perda do seu ente querido. Claro que o que eles não percebem é que esta é uma perda que a pessoa carrega diariamente (...). Outro entrave para escrever é o tempo que o receptor leva para se curar física e psicologicamente do transplante. Um receptor precisa tomar uma miríade de drogas para evitar qualquer possibilidade de rejeição. Este procedimento de equilíbrio das quantidades necessárias dos remédios pode levar meses ou mais tempo. O trauma para o corpo e o espírito é enorme."

– Karen Hannahs, Intermountain Donor Services: *"Why Don't They Write?"*

CAPÍTULO VINTE E SEIS

O MEDO é um nó duro e pesado em meu estômago quando estaciono diante da loja de caiaques. Preciso me obrigar a sair do carro. A porta da loja está aberta e escorada por um tanque de mergulho, e a placa diz ABERTA, mas, quando enfio a cabeça para dentro, não vejo ninguém atrás do balcão.

Fico por ali, sem entrar nem sair, com as palavras da minha irmã na cabeça.

Você precisa contar a ele. Ele merece saber.

Eu sabia dessas coisas antes de ela me dizer, mas o medo de perdê-lo me manteve calada. Porém, parada aqui agora, percebo que o meu maior medo é magoá-lo. Imagino seu rosto quando eu falar, e minha determinação de contar a ele começa a escapar de mim. Preciso de toda a minha força para mantê-la. Depois de bastante tempo, respiro fundo e atravesso a soleira da loja. As prateleiras de equipamentos estão limpas e brilhantes sob a luz do início da tarde e um ventilador oscila lentamente, soprando o cheiro já familiar de plástico e neoprene. Olho ao redor, de certo modo esperando que Colton venha da sala dos fundos, trazendo um tanque de mergulho cheio ou um jogo de coletes salva-vidas, exibindo um grande sorriso, mas ele não vem. Ninguém aparece.

Dou alguns passos hesitantes até a sala dos fundos e então ouço uma voz, um pouco mais alta do que o zumbido baixo do ventilador.

– Pode *parar*? – Mal reconheço a voz de Colton, pelo modo como corta as palavras. – Foi um erro – diz ele –, e você precisa deixar isso pra lá.

Fico imóvel.

– Por favor, não fique bravo comigo, Colton. – A outra voz é de Shelby, e há tensão nela também. – Só quero ter certeza de que você sabe que não pode *cometer* esse erro. Não faça isso. No segundo em que começar a deixar de tomar os remédios, corre o risco de entrar em rejeição... Não entende isso? Você pode *morrer*.

Não me atrevo a me mexer. Tento nem sequer respirar.

Shelby continua:

— Então nunca cometa esse erro, Colton... Não porque está cansado, ou porque você se sente péssimo com eles, ou porque está... distraído.

Ela suspira.

O nó em minhas entranhas fica mais apertado.

— *Distraído?* — Colton cospe a palavra de volta para ela. — Pelo quê? Por uma garota? Por *viver*? Já faz mais de um ano. Ainda tenho que ficar sentado, tirar meus sinais vitais e vigiar o relógio até a próxima dose, e pensar no fato de que tudo isso é um tempo que peguei emprestado? Devo me concentrar nisso?

A voz de Shelby fica furiosa:

— Não percebe como está sendo egoísta agora? Como está sendo ingrato?

Não, não, não.

Se as palavras dela conseguem arrancar o ar dos meus pulmões, nem imagino o que fizeram com Colton. O silêncio em seguida é torturante de tão longo e exige tudo de mim para não me aproximar ainda mais e me meter entre eles.

— Caramba — diz ele, por fim. Sua voz é monótona. Fria.

— Você sabe tocar na ferida. — Ele pigarreia, depois ri, mas sem alegria. Com raiva. — Para mim, chega.

Ouço passos. O arrastar rápido dos seus chinelos no chão, indo para a porta. Meu medo se transforma no pânico de ser descoberta e olho em volta, procurando onde me esconder – não só de Colton e Shelby, mas de todas as coisas que vim dizer a ele.

– É mesmo? Chega para você? – rebate Shelby, e os passos param. – E aquela carta? Isso também já faz mais de um ano, Colton. – Sua voz fica calma novamente, mas é falsa, do tipo que você assume quando sabe que disparou a flecha que vai ganhar a briga.

Ela não faz ideia da distância alcançada por essa flecha.

O pânico crescente em meu peito se transforma em algo pesado e denso que se espalha de uma só vez, meu coração o bombeia para cada célula minha, assim como faz com o sangue. Fico ali, prendendo meus pés no piso de cimento enquanto o salão começa a girar.

Desabo na parede atrás de mim. *Aquela carta.*

– Desculpe – diz Shelby. Sua voz está mais suave, o arrependimento surge pelas beiradas, mas ela continua: – Nessa eu peguei pesado. E sei que você vai escrever para os pais dele quando estiver pronto para isso. Mas devia pelo menos responder à carta que *você* recebeu. A coitada da garota perdeu o namorado e tentou entrar em contato com você, e você não pode simplesmente deixar uma coisa dessas sem resposta. Sabe como deve ser?

A coitada da garota.

Não tem ar naquele lugar. Pelo menos não onde estou sentada, de olhos fechados, refreando as lágrimas que querem escorrer pelo meu rosto. *A coitada da garota que tentou falar com você. Que encontrou você depois que você não respondeu. Que tem mentido desde o dia em que vocês se conheceram.*

Há um silêncio que parece durar uma eternidade, e a tensão se estica tanto entre as paredes da loja que sei que vai arrebentar a qualquer segundo.

Shelby pressiona, mesmo quando imploro mentalmente que ela pare.

— Talvez você se sinta melhor se responder à carta — diz ela. — Talvez te lembre que isso é uma dádiva, Colton. E não um fardo.

Sinto Colton estourar antes mesmo que ele responda.

— Acha que eu *preciso* de um lembrete? — Sua voz é cheia de bordas afiadas e feridas abertas. — Você acha que os horários dos remédios, a terapia cardiológica e as biópsias não são suficientes? E a cicatriz no meu peito? Você acha que isso não basta?

— Colton, eu...

— Não passa um dia sequer sem que eu não seja lembrado sem parar. Quanta *sorte* eu tenho. Que eu devia ser grato. Que eu devia ficar feliz só por *estar* aqui. — Ele faz uma pausa e pigarreia. — Que o único motivo para eu estar aqui é porque aquele cara... o namorado, filho, irmão, amigo de alguém... morreu.

Suas palavras e o jeito como ele diz "aquele cara", como se Trent fosse um completo estranho, arrancam o ar de mim, mas eu já estou caída, agachada nos calcanhares e encostada na parede. Um lampejo de fúria se acende em algum lugar dentro de mim – por ele, por mim mesma. De todas as regras que quebrei para encontrar Colton, omitir o nome de Trent na carta foi a única que realmente segui. Agora queria não ter feito isso. Eu queria ter escrito o nome dele na carta inteira, cada detalhe de quem Trent era, assim ele saberia quem foi "aquele cara". Talvez então ele respondesse.

Minhas mãos estão tremendo e agora parte de mim quer sair das sombras. Fazer a ele as perguntas para as quais de algum modo esqueci que queria respostas.

O ar está denso com a tensão silenciosa, e então Colton continua:

– Sabe o que é *isso*, Shelby? Como devo responder a uma carta dessas? Dizer a ela que sinto muito pelo namorado? Prometer a ela que vou cuidar do coração dele? Que vou pensar nisso todo dia e nunca vou me esquecer de que estou aqui porque ele não está? – A voz de Colton fica embargada. – Você não entende? É isso que eu quero. Eu quero esquecer tudo isso. Por que é tão terrível querer uma vida normal?

– Colton, não foi isso que eu... – Há um leve farfalhar, como se ela tivesse dado um passo na direção dele.

– Deixe isso pra lá – diz ele. – *Me* deixe em paz. – Ele faz uma pausa e, no silêncio, meu coração explode nos ouvidos.

– Não preciso de mais lembrete nenhum.

Eu me levanto. Concentro-me em colocar um pé na frente do outro, veloz, desesperada, quieta. Preciso sair daqui.

Estou quase na porta quando sinto o peso quente e familiar da mão dele em meu ombro.

— Quinn? — diz Colton. — O que você... — A tensão continua presente em sua voz, embora eu saiba que ele tenta esconder por minha causa.

Mordo a parte interna da bochecha. Sei que devo me virar e encará-lo nos olhos, pelo bem dele. Mas não faço isso. Não consigo.

— Ei — diz gentilmente, me virando e me colocando de frente para ele.

Nós nos encaramos e vejo a tempestade nos olhos dele, seu verde brilhante de sempre toldado pelo vinco na testa. Parece que ele quer fugir tanto quanto eu.

Olho por cima do ombro dele, para a sala dos fundos, desejando que Shelby não saia e me veja aqui.

— Desculpe, eu devia ter ligado primeiro, eu...

Os olhos de Colton se voltam rapidamente na direção da irmã e de tudo que ele não quer ser lembrado, e sinto uma pontada de culpa quando seu olhar se volta para mim sem ter ideia de que está tudo bem aqui. Bem na frente dele.

— Não, fico feliz que você esteja aqui. É só que... — Suas mãos tocam o meu ombro e tento ignorar a agitação complicada que seu toque provoca em mim. Tento não olhar Colton nos olhos. — Espere. Venha comigo.

– Para onde? – pergunto, evitando olhar para ele.
– Qualquer lugar. Não importa. Por favor, só... venha comigo.

A carência em sua voz me toma como uma onda, encontrando caminho pelas menores rachaduras, chegando até os lugares mais profundos e distantes. Dá vontade de passar os braços em volta dele e me faz querer fugir, mas não faço nenhuma das duas coisas.

Eu ainda não tinha visto Colton magoado desse jeito. Perdido. Olho para ele, parado ali na minha frente, e nesse momento percebo o quanto ele precisa de mim.

O quanto eu também preciso dele.

Procuro por algum sinal de que ele saiba a verdade sobre a garota que escreveu aquela carta, mas não há nenhum.

Sem dizer uma palavra, concordo com a cabeça, ele segura minha mão e saímos. Para qualquer lugar, menos aqui.

> "Só podemos dizer que estamos vivos nos momentos em que nosso coração tem consciência dos tesouros que possui."
>
> — Thornton Wilder

CAPÍTULO VINTE E SETE

SEGUIMOS DE CARRO. Janelas abertas, o vento em um redemoinho selvagem à nossa volta preenchendo o espaço do nosso silêncio com o ar salgado e frio. Sinto a tensão emanando de Colton enquanto ele se remexe e faz as curvas. Não sei aonde vamos, mas não importa. Seguimos assim, tentando bloquear o barulho dos nossos pensamentos com o som do vento. Só quando saímos da cidade e estamos na rodovia litorânea e vazia de mão dupla, indo para o norte, para as colinas ondulantes, que os ombros de Colton e sua mão no volante relaxam um pouco.

— Você já esteve no Big Sur? — pergunta ele, a voz mais séria do que o normal.

Está claro nessa pergunta que ele não pretende reconhecer a briga que teve há pouco com Shelby na loja, mas não posso deixar para lá, não mais.

— Colton... — digo, hesitante.

Ele olha para mim pelo canto do olho.

– Existe um lugar lá chamado McWay Falls. Provavelmente é meu lugar favorito, mas faz muito tempo que não vou. Tem a água mais azul e transparente que você já viu. Em alguns dias dá para ver seis metros direto até o fundo. E tem uma cascata que cai do penhasco direto na areia. Eu estava querendo levar você lá – acrescenta ele com um sorriso. Aquele otimismo familiar voltou furtivamente à sua voz e agora ele parece mais o Colton. Ou o Colton que ele me permite conhecer. – Podemos comprar alguma comida no caminho, comer na cachoeira, andar de caiaque, ter um dia perfeito...

– Colton.

Dessa vez minha voz sai mais firme, e torço para que seja o bastante para dizer a ele que não podemos ignorar o que acabou de acontecer. Que por mais que a gente queira, não dá para continuar com tanta coisa não dita entre nós dois.

Ele suspira. Olha pela janela por um breve momento e depois fixa os olhos de volta na estrada.

– Eu só quero dar o fora daqui um pouquinho. – Ele se remexe no banco e tamborila os dedos no volante. – Daquilo lá, com minha irmã...

– Tudo bem – digo rapidamente. Percebo como ele está desconfortável e isso enfraquece minha determinação de falar. – Não precisa explicar. A minha age do mesmo jeito quando fica preocupada, mas isso é entre vocês dois, e...

Estou tagarelando. De novo.

— Então você ouviu tudo — diz Colton.

Olho pela janela, para os morros cobertos com a relva dourada de verão, me afastando das palavras que fico reprisando sem parar. As palavras de Shelby e as dele. Depois digo a verdade.

— Ouvi. Mas isso não é da minha conta, eu...

— Tudo bem — diz Colton. — Eu não estava tentando guardar segredo de você. — Ele me olha de soslaio. — Não de verdade.

A palavra *segredo* gruda em minhas entranhas e não consigo me virar para ele, embora sinta seu olhar se demorar em mim. Abro ainda mais a janela, desejando que o vento sopre e carregue todos os segredos.

— Mas então — diz ele, se mexendo no banco de novo — não há muito que contar. — Ele volta os olhos para a estrada. — Fiquei muito doente alguns anos atrás... Uma infecção por vírus que atingiu meu coração e acabou tanto com ele que precisei de um novo. Entrei para a lista de transplantes, passei muito tempo esperando, entrando e saindo do hospital, até que no ano passado finalmente consegui um coração novo.

Inspiro incisivamente. Já sei disso tudo, mas ouvi-lo contar me atinge de um jeito totalmente diferente.

Colton se interrompe, e na beira dessa pausa ouço todas as coisas que ele não me diz. As coisas que ele disse para Shelby sobre Trent e a carta. As coisas sobre como sua vida era durante aquele tempo e como é agora. Espero, em silêncio.

Eu me preparo para que Colton as diga a mim, mas ele não faz isso. Apenas fica de olho na curva acentuada da estrada e assente de leve, como se dissesse: é isso, acabou.

    Respondo afirmativa e lentamente com a cabeça, como se estivesse ouvindo tudo isso pela primeira vez, como se fosse assim tão simples, mas preciso de tudo que tenho para manter a respiração regular e a expressão neutra. Pelo modo como ele coloca, como se fosse a história toda, parece uma porta fechada que tem o intuito de me manter de fora. Talvez seja para me manter segura de tudo isso, mas é tarde demais. Eu já sei muito a essa altura.

    Sei que por trás de todas as fotos de Colton sorridente nessa época e por baixo da superfície dos posts de Shelby sobre como o irmão enfrentava tudo aquilo com otimismo, sei que existiu dor, sofrimento e culpa. Houve doença, fraqueza e hospitalização. Perda de peso, inchaço e um procedimento atrás do outro. Aparelhos, tubos e remédios intermináveis. Esperanças elevadas e decepções esmagadoras. Arrecadação de dinheiro e vigílias da família. Cicatrizes grandes e vitórias pequenas.

    Houve a vida vivida de trás do vidro do hospital e dos limites da sua casa enquanto os amigos e familiares sentiam o ar marítimo nos pulmões, a luz do sol e a água na pele. Houve um quarto cheio de barcos que nunca deixariam seus portos de vidro transparente. Mas ele sempre sorria para a câmera.

    E negociou com a morte por mais do que apenas uma vida de assistência médica. Ele a trocou por uma âncora de culpa.

Não consigo lidar com a ideia de piorar isso ainda mais. Não agora. Não quando sei como tudo isso ainda o magoa. Viro o rosto para a janela, de modo que o ar que passa depressa seja uma boa desculpa para as lágrimas que fazem meus olhos arderem.

— Está tudo bem — diz Colton. — Agora eu estou bem. — Ele sorri, tentando imprimir um tom leve na voz, depois leva o punho ao peito. — Forte. E isso ia vir à tona, mais cedo ou mais tarde. — Ele dá de ombros. — Acho que eu gostei de você me conhecer sem tudo isso.

— Por quê? — pergunto, minha voz mal passa de um sussurro.

Ele inclina a cabeça para o lado, refletindo, depois abre a boca para dizer alguma coisa, mas se contém. Olho para a frente, tentando dar espaço a ele para encontrar uma resposta enquanto fazemos outra curva fechada. A estrada abraça a montanha bem acima do mar, mas, do banco do carona, não consigo ver a altura e fico grata por isso.

O que consigo ver é o céu e o mar se espalhando a partir dos penhascos, amplo e cintilante sob o sol da tarde. Eu queria que estivéssemos lá fora no caiaque, flutuando em uma água azul cristalina e banhada pelo sol, naquele lugar seguro entre o mar e o céu, onde nada mais importa, só o momento.

Colton dá de ombros.

— Porque não penso nessas coisas quando estou com você, e isso... — Ele se interrompe. Sorri, mas não é o sorriso que conheço. Neste há uma vulnerabilidade, assim como em seus olhos. – Foi uma época muito sombria da minha vida, e você... – Ele me olha de soslaio de novo, com uma expressão séria. – Você é como a luz depois de tudo isso.

Nesse exato instante, fico abalada. As lágrimas aumentam e seguro a mão dele, tentando contê-las, enquanto relembro tudo.

Eu, notando a presença dele pela primeira vez na cafeteria, ele parado na minha porta com um girassol na mão, nós dois dentro da rocha oca com o sol jorrando para dentro, depois remando na superfície da água, nossa silhueta contrastando com o mar reluzente e um céu explodindo com fogos de artifício.

Não posso me arriscar a perder tudo isso. Toda essa luz.

Ele está me olhando, esperando que eu diga alguma coisa, que diga que sinto o mesmo. A estrada à nossa frente forma uma curva tão fechada que obriga os olhos de Colton a se voltarem para ela, obriga-o a reduzir a velocidade e, como em tantos outros momentos, me força a ir na direção dele, e dessa vez não reprimo.

Encostada nele, tenho um vislumbre da beira do precipício, do mar e das rochas atingidas pelas ondas ao longe, bem ao longe, e por um breve momento parece que os dedos dos meus pés estão pendurados na beirada e estou decidindo se pulo ou não. Mas então percebo que já pulei. Já caí tanto, tão rápido que não vi acontecer, e agora não tem mais volta, não tem nada a que me agarrar além dele.

> "Na vida, de vez em quando existem momentos de satisfação indizível que não podem ser totalmente explicados por esses símbolos chamados palavras. O significado deles só pode ser articulado pela linguagem inaudível do coração."
>
> — *Martin Luther King Jr.*

CAPÍTULO VINTE E OITO

DEPOIS DE QUILÔMETROS de curvas, de um penhasco íngreme de um lado e da vegetação exuberante da encosta da colina com ravinas e cascatas mínimas do outro, a estrada finalmente segue um pouco para o interior e passamos por uma placa pequena que diz CAMPING ESTADUAL. Colton não entra no camping, mas vira à esquerda para o estacionamento que fica no acostamento da estrada do lado do mar. Não tem ninguém no quiosque de cobrança e como o estacionamento está deserto, podemos escolher a vaga. Colton para o furgão perto da cerca, embaixo de um cipreste que abre amplamente seus galhos verdes e suntuosos, como se fosse um enorme bonsai.

Faz silêncio enquanto ele examina ao redor.

— Nem acredito que você está aqui comigo. — Ele se curva no banco, me dá um beijo e sinto um sorriso surgir em seus lábios. — Este é meu lugar favorito. De todos. Vamos.

Nós dois saímos e paramos perto da porta aberta, nos espreguiçando sob o sol da tarde. O ar é diferente aqui: mais frio e estratificado. O cheiro da água do mar se mistura com os aromas das árvores e flores que crescem selvagemente e tombam da colina. Daqui, não conseguimos ver nem ouvir o mar, mas posso senti-lo, assim como posso sentir o último fragmento de tensão escapar de Colton enquanto ele também respira fundo.

— Vamos ver a água.

Antes que eu possa responder, ele segura minha mão e me leva para subir uma curta escada de madeira além da cerca, do outro lado, onde uma trilha passa pela relva verde e alta, depois desaparece na beira do precipício. Subimos, depois caminhamos de mãos dadas pela trilha. Não dizemos nada, mas não é preciso. A doçura do ar e a sensação da mão de um na do outro, o som distante do mar: tudo isso é perfeito. Tudo isso parece o que precisamos e onde devemos estar.

Quando chegamos aonde a trilha leva, há uma escada íngreme, e a vista do mar surge à nossa frente. Diante disso, paro de imediato.

— Nossa — sussurro. — É lindo.

— Eu sabia que você ia amar — diz Colton com um sorriso enquanto dá uma olhada na enseada ampla de água safira abaixo de nós.

Na extremidade sul, um arco branco e gracioso de água cai de um precipício, derrama-se na areia e se encontra com o mar. Colton respira fundo e lentamente, como se absorvesse tudo isso, comparando cada pequeno detalhe com a imagem de sua lembrança.

— Há quanto tempo você não vem aqui? — pergunto.

Ele não desvia os olhos da água.

— Há muito tempo. Vim com meu pai, talvez uns dez anos atrás. Viemos acampar, só nós dois, perto da praia. — Ele sorri. — Trouxemos o caiaque e nossas pranchas de surfe e ficamos na água o dia inteiro, depois voltamos e preparamos cachorros-quentes na fogueira, e vimos estrelas cadentes sobre o mar à noite.

— Parece perfeito.

— E foi. Um dia perfeito. Eu me lembro dele assim. Mas isso foi muito antes de ficar doente. — Ele olha para mim. — Acho que talvez tenha sido o melhor dia da minha vida.

Nós dois observamos uma onda, muito maior do que já vi em Shelter Cove, se elevar, ganhar velocidade e altura, e depois se quebrar em uma linha veloz com um estrondo que escuto mesmo dessa distância.

Colton assovia baixinho.

— Está se sentindo corajosa?

— Nem tanto — digo quando a onda seguinte reprisa o movimento, lançando a água branca para o alto ao se quebrar. — O mar é mais forte aqui.

Ele concorda com a cabeça.

– É, por aqui não é muito bom para andar de caiaque.

– Ficamos olhando outra onda atravessar a enseada em uma linha vazia e perfeita. – Mas é bom para surfar.

Eu observo, achando graça porque, sempre que o ouço dizer isso, minha opinião é de que parece completamente assustador. Ainda prefiro ficar na água branca perto do píer.

– Você pode surfar se quiser, não me importo. Vou ficar olhando.

A plataforma onde estamos tem um banco e é panorâmica, e sei que faria bem a ele entrar na água.

– Sério? Você não se importaria?

– Não, pode ir. Ainda não estou pronta para essas ondas, mas vi o que você pode fazer.

Ele se vira para mim e sorri, depois me puxa para um beijo rápido e doce que surpreende a nós dois.

– Obrigado. Não vou demorar muito.

– Leve o tempo que quiser.

– Tudo bem. Vou me trocar e pegar a prancha.

Ele sobe pela trilha, depois para e volta para mais um beijo. Esse é mais intenso e provoca pequenas ondas de calor em todo o meu corpo.

Ele se afasta um pouco, encosta a testa na minha e ficamos assim, olhos nos olhos. Sorrimos.

– Tá legal. Eu vou mesmo me trocar.

– Tá legal – repito. – Vou ficar aqui.

Ele se afasta alguns passos e só tira os olhos de mim quando se vira. Eu o observo correr pela trilha até o furgão, querendo que ele volte e me beije de novo, sabendo que se ele fizer isso não vou mais conseguir me conter.

Quando ele volta com a prancha, já encontrei um lugar para descer até uma plataforma de madeira menor, a meio caminho dos lances de escada, que tem banco, grade e uma vista perfeita da cascata na enseada abaixo.

— Trouxe um moletom para você — diz Colton, estendendo-o para mim. — Só por precaução.

Ele se curva para mais um beijo rápido, depois desce pela escada de camisa de lycra e bermuda, a prancha debaixo do braço, e fico intimamente feliz ao vê-lo desse jeito. A leveza está de volta aos seus passos.

Fico perto da grade por um momento e o observo jogar a prancha no azul-escuro da água, pular nela e começar a remar com a elegância e a facilidade de alguém que nunca passou nem um dia sequer longe dela. Não dá para saber que existiu outra vida para ele. De fora, não dá para saber nada disso.

Uma onda alta se ergue diante dele e fico nervosa, como se eu é que estivesse lá, mas Colton enfia os braços na água e rema com mais força, depois encosta o nariz da prancha no momento em que a onda arremete e começa a se quebrar. Pelo mais breve instante, vejo sua silhueta diante da onda, a luz brilhando através da água, e é tão bonito que me dá vontade de chorar com a impossibilidade da situação que criei. Uma brisa fria sobe da água, trazendo um arrepio e uma discreta sugestão de chuva. Sentindo em minha pele exposta, coloco o moletom ao redor do corpo enquanto ele sai da onda e se vira, remando para outra. Há um clarão no horizonte, então me pergunto se realmente vi aquilo, mas alguns momentos depois ouço o estrondo baixo e revelador de um trovão. As nuvens já se aproximaram, traçando riscos leves e cinzentos na direção da água, começando a cobrir o sol que minutos antes era tão forte.

Colton pega a onda seguinte justamente no momento em que outro relâmpago risca o céu em zigue-zague. Dessa vez só se passam alguns segundos e o ronco do trovão reaparece. Vejo marolas brancas se formarem na água com o vento mais forte. Espero que Colton reme para a praia, mas ele vira a prancha e volta para a onda se formando. Uma gota grossa de chuva cai em meu rosto e eu a enxugo. Olho para a água, para Colton remando em sua prancha em contraste com o fundo do céu tempestuoso, e torço para que ele volte. Raios lampejam novamente e ele se senta e se vira para a praia. Ele acena da água, indica com a cabeça que está bem, depois levanta apenas um dedo como se dissesse "só mais uma".

Aceno também e começa a chover, uma gota atrás da outra, pontilhando a escada à minha volta e acrescentando mais uma camada ao ar. Outro raio corta o céu, depois vem o estrondo de um trovão. Cubro a cabeça com o capuz e estreito os olhos para o aguaceiro enquanto Colton segue para a onda e a alcança. Assim que termina de surfar, ele rema pelo restante do caminho até a praia e, ao chegar ali, levanta-se e acena de novo, depois enfia a prancha embaixo do braço.

Colton chega à areia correndo enquanto o trovão explode acima de nós. Ele grita algo para mim, mas suas palavras se perdem no vento. A chuva cai formando um manto firme, dando pequenas alfinetadas geladas em meu rosto e nas pernas nuas, ensopando rapidamente o moletom.

Quando me alcança, Colton grita alguma coisa, e não posso deixar de rir ao imaginar minha aparência parada ali, com a chuva colando meu cabelo no rosto.

– Venha! – grita ele, mais alto que a tempestade e as ondas.

Ele segura minha mão e me puxa para a escada, gesticulando para eu ir na frente. Subo a escada de dois em dois degraus, impelida pela chuva e pelo frio, e pelo fato de que ele está logo atrás de mim. Outro relâmpago me faz gritar e sinto o trovão reverberar em meu peito. Colton dá uma gargalhada atrás de mim.

– Anda, anda, anda!

Quando chegamos ao alto da escada, a trilha de terra se transformou em uma pequena corredeira e meus chinelos escorregam a cada passo. O furgão de Colton está do outro lado da cerca, um respingo de turquesa no borrão cinza da chuva. Subo a escada pequena com Colton logo atrás de mim. A chuva martela alto o teto do furgão e quase traga o barulho da porta quando a deslizo para abri-la. Entramos atrapalhados, Colton ainda atrás de mim, e ele bate a porta ao entrar, tudo em um só movimento.

Por um segundo, parece que o volume baixou, mas então o céu solta outra torrente, esta ainda mais barulhenta do que a anterior. Eu me recosto no banco para recuperar o fôlego e Colton se aproxima de mim, recuperando o dele. Ficamos em silêncio por um momento antes de nós dois cairmos na gargalhada. Colton sacode a água do cabelo e eu torço o meu e puxo o moletom ensopado para desgrudá-lo do meu peito.

– Que loucura – diz ele, ainda sem fôlego. – Veio do nada.

– Não, não veio. Eu vi que estava chegando, de longe. Nunca vi nada assim. Achei que você seria atingido por um raio no mar.

– Também achei isso – admite ele. – Nada como um breve encontro com a morte para lembrar que você está vivo.

Ele sorri, depois se estica para trás e pega duas toalhas. Entrega uma para mim.

Usa a dele primeiro no cabelo, e faço o mesmo antes de tirar o moletom molhado e pendurá-lo no encosto do banco do motorista. Outro clarão explode do lado de fora, e a chuva, em resposta, cai com mais força. Enrolo a toalha nos ombros e a aperto em volta do corpo. Ficamos ali sentados no fundo, de costas para a parede, recuperando o fôlego e observando a chuva escorrer pelas janelas.

— Parece que talvez a gente tenha que acampar aqui, pelo jeito como está aí fora — diz Colton, olhando para mim com um sorriso. — Nem mesmo fomos à cachoeira.

— Também não vai ter estrela cadente nem marshmallows.

— Eu sei. — Colton balança a cabeça. — Só tenho isto: — ele se curva para mim e procura no console central — meia garrafa de água, quatro chicletes e dois bombons. Não sei como vamos sobreviver.

Ele se esforça para manter a expressão séria, mas o canto da sua boca se curva para cima. Ele estremece.

— Você devia tirar essa roupa molhada — digo, consciente do frio.

Um sorriso surge no rosto de Colton. Ele ergue uma sobrancelha.

— É?

Eu rio.

— Isso saiu estranho. Mais ou menos. Eu quis dizer...

Colton continua sorrindo enquanto o calor toma meu rosto e eu tento de novo:

— Quis dizer por causa do frio, porque estamos molhados e você pode pegar...

Ele ri baixinho, estende o braço e coloca uma mecha molhada de cabelo atrás da minha orelha. Nesse momento mínimo, enquanto seus dedos roçam minha pele, há uma alteração inconfundível no clima entre nós. A chuva cai sem parar, uma cortina cinza-clara toldando tudo além do espaço onde estamos, e me inclino na direção dele.

Os braços de Colton me envolvem e me colocam em seu colo, de forma que ficamos um de frente para o outro. A toalha escorrega dos meus ombros e um tremor percorre meu corpo, mas não sinto frio. Sinto apenas o calor de suas mãos passando por minhas costas, entrando por meu cabelo molhado e embaraçado e descendo por meu pescoço e por meus ombros, deixando um rastro de faíscas mínimas em todo lugar que tocam. Eu o beijo e ele tem o gosto do mar, da chuva e de tudo que quero nesse momento.

O trovão explode baixinho e distante, e sinto uma onda de carência subir por nós dois enquanto nossos lábios se tocam com mais urgência. Os corpos acompanham, pressionando-se um no outro, querendo e precisando ficar mais perto. Colton se livra da toalha e minha boca vai para o seu pescoço, enquanto passo as mãos por seu peito até a barriga, onde elas acompanham a beirada de sua bermuda.

Ele me puxa para si como num reflexo e encontra minha boca de novo, e eu acho a bainha da minha camiseta. Tiro o tecido molhado da minha pele, puxando-o pela cabeça, e o frio do ar provoca outro arrepio em mim. Estendo a mão para trás e encontro o gancho do meu sutiã.

Quando deixo que ele deslize por meus braços e caia no chão, sinto a inspiração súbita que isso provoca em Colton.

Suas mãos tocam meu rosto e ele encosta a testa na minha, respirando com dificuldade. Sem foco. Olho no olho.

Ouço a chuva bater no teto de novo. Sinto meu coração martelando no peito, e a respiração trêmula e irregular de nós dois.

Colton se afasta um pouco e passa de leve o polegar pela minha cicatriz mínima, do dia em que nos conhecemos. Fecha os olhos enquanto a beija. Ele respira fundo, depois se curva para trás e, quando abro os olhos, ele está com a mão na sua camisa de lycra. Ele para, só um pouco, depois a tira pela cabeça e ficamos sentados um de frente para o outro.

Nus, sob a luz fraca.

Prendo a respiração enquanto meus olhos se desviam dos deles, descendo para o seu peito, a parte que ele escondeu por tanto tempo.

A cicatriz começa logo acima da fenda onde suas clavículas se encontram e forma uma linha clara e fina pelo meio do peito. Sinto que ele me observa olhar aquilo, sinto que ele espera para ver o que vou fazer, e nesse momento a necessidade de estender a mão, de tocá-lo, é muito forte. Ergo a mão, mas hesito no espaço entre nós, com dúvida se tem problema.

Sem dizer nada, ele pega minha mão e a leva para o meio do seu peito. Pressiona em sua pele para que eu sinta a batida ali, que ecoa em meu próprio coração.

– Quinn...

Meu nome é um sussurro que me puxa para ele, para um lugar onde estamos só nós dois, onde só existe o agora. Deixo que ele me deite no fundo, e o puxo por cima de mim até sentir todo o peso do seu corpo pressionar o meu. Sua boca desce até meu pescoço, roça suavemente minha clavícula, depois volta para a minha boca, e afugentamos nosso passado com um beijo. Com o beijo, afastamos tudo que não significa nós, aqui, agora. Nossas cicatrizes, nossas dores, nossos segredos e nossa culpa. Damos tudo ao outro e tiramos tudo do outro até desaparecer no ritmo da chuva. E da respiração.
E da batida dos corações.

> "Há momentos na vida em que o coração se enche
> tanto de emoção
> Que se por acaso for abalado, ou se nas profundezas,
> como uma pedra
> Cair alguma palavra despreocupada, ele transborda, e
> seu segredo
> Se derrama no chão como água, não podendo ser pego
> nunca mais."
>
> – Henry Wadsworth Longfellow, "The
> Courtship of Miles Standish"

CAPÍTULO VINTE E NOVE

ACORDO LENTAMENTE, portanto a única coisa de que tenho consciência no início é de um som lento e constante e do aumento e queda ritmados do lugar onde minha cabeça está deitada. Estou embrulhada em calor, mas pouco além de suas margens há uma corrente de ar encharcada de chuva que me faz querer chegar mais perto de Colton, do calor de sua pele e da batida do seu coração.

Por um breve momento, o pensamento me surpreende. Por muito tempo pensei nele com o coração de Trent. Não sei dizer quando isso aconteceu, ou quando mudou em minha cabeça, mas agora esse pensamento parece distante. Até mesmo irreal. O som que ouço e sinto é o coração de Colton.

Abro os olhos, e quando vejo a curva do seu queixo, o bronzeado do seu braço me envolvendo, tudo volta em um jorro quente, a lembrança de sua boca macia na minha enquanto a chuva caía insistentemente. Isso foi o coração dele e o meu juntos. Aqueles momentos foram só nossos.

Uma luz clara se infiltra pelas janelas embaçadas e continuo ouvindo o ruído baixo da garoa do lado de fora, pontuada pelo som de gotas maiores do cipreste debaixo do qual estacionamos caindo no teto de metal do furgão.

Levo a mão ao centro do peito dele, traço com um dedo delicado seu pescoço, e Colton se mexe com meu toque. Ele respira fundo e cobre minha mão com a dele, como fez antes, em seguida a puxa para o seu peito e sorri sem abrir os olhos.

– Oi – digo, de repente meio tímida, com nossos corpos ainda entrelaçados embaixo do cobertor.

Colton abre um olho, depois o outro, e baixa o queixo para olhar para mim.

– Então eu não sonhei. – Ele abre um sorriso. – Bom. Pelo menos não dessa vez.

Rio e dou um empurrão nele de brincadeira, mas os flashes de nós dois, com a chuva ao redor, e imaginá-lo pensando em mim desse jeito provoca uma nova onda de calor. Eu me ergo até alcançar seus lábios e seus braços me envolvem. Justamente quando tudo está prestes a desaparecer de novo, ouço meu celular tocar.

Quero procurar o aparelho, ver quem é, mas Colton me puxa de volta para os seus braços e murmura em meus lábios enquanto me beija:

— Não se preocupe com isso agora.

Eu correspondo ao seu beijo enquanto o telefone continua tocando até ficar em silêncio. Depois há o breve toque de uma mensagem de voz. Uma preocupação mínima pressiona o canto da minha mente. Eu disse a Ryan que ia encontrar Colton. Talvez seja ela querendo notícias.

Normalmente, eu não daria muita atenção a isso, mas a tempestade — e o fato de que não estou onde disse que estaria e está ficando tarde — me deixa ansiosa o bastante para me afastar de Colton, tirar o cobertor do meu peito e pegar o telefone.

Quando vejo a tela, sinto um frio na barriga.

Doze chamadas perdidas.

Minha mãe. Ryan. Vovó.

Sem parar.

— Ai, meu Deus.

Colton se senta, alerta de repente.

— O que foi? — pergunta ele. — Qual é o problema?

Eu me atrapalho com o celular, tentando ver a primeira mensagem.

— Eu... não sei, acho que talvez, talvez seja...

A voz de Ryan, urgente em meu ouvido, me interrompe:

— Quinn, é o papai. Você precisa ir para o hospital agora.

★ ★ ★

As portas do pronto-socorro se abrem com um barulho. Junto com o cheiro pungente de antisséptico, um flash da última vez em que estive aqui, *neste* hospital – mais de um ano atrás –, me atinge com uma força para a qual não estou preparada. Eu estava um trapo com as roupas de corrida, ainda segurando os sapatos de Trent, meu pai na mesa das enfermeiras fazendo perguntas, a expressão dos pais de Trent quando me viram. Ele já havia sido transferido do pronto--socorro. Decisões haviam sido tomadas. Papéis assinados. O capelão foi procurado. Despedidas foram feitas sem mim.

Paro, tentando respirar, mas o chão parece instável.

– Opa – diz Colton, segurando meu cotovelo. – Você está bem?

Abro a boca para responder, mas paro assim que vejo minha família. Eles estão sentados nas mesmas cadeiras bege em que me sentei com meu pai enquanto esperava para ver Trent. Esperava para me despedir.

Agora lá estão minha avó, minha mãe e Ryan sentadas tensas, sem falar. Mamãe está com o olhar fixo à meia distância, com uma expressão atormentada, como se tivesse fracassado, como se estivesse repassando mentalmente todas as coisas que podia ter feito diferente. Ryan, com suas roupas de pintura, dá a impressão de estar prestes a chorar, concentrada em um ponto invisível no chão, como se, com foco suficiente, não fosse deixar nenhuma lágrima cair. E minha avó. Ela está sentada muito reta, imóvel, com a bolsa no colo e as mãos cruzadas por cima, calma em uma tempestade silenciosa.

A mão de Colton se aproxima delicadamente das minhas costas.

— Aquela é sua família?

Assinto, me preparando para a palavra *AVC*. Então percorro o pronto-socorro até a série de cadeiras. Quando chego lá, Ryan é a primeira a erguer a cabeça, e seus olhos se arregalam quando ela nos vê. Só nesse momento me dou conta de como deve estar minha aparência: cabelo embaraçado e ondulado caindo na cara, maquiagem borrada, o moletom ainda molhado de Colton em volta de mim.

— O que houve?... Papai está bem? — Sinto as lágrimas se preparando para qualquer que seja a resposta a essas perguntas. — Ele teve um AVC?

Minha mãe se levanta e me puxa para um abraço tão apertado que eu me pergunto se a situação é pior do que imaginei. Depois de um bom tempo, ela afrouxa um pouco, mas não me solta.

— Ainda não temos certeza. Ele está em avaliação e logo mais vamos saber.

— O que aconteceu? Como foi que isso... Eu achei que ele estivesse...

Não termino a frase, porque percebo que não pensei em nada disso nas últimas semanas: os remédios dele, seus exames. Sintomas. Apenas supus que estivesse bem. A salvo.

Eu me dei ao luxo de esquecer que isso existia.

— Ele estava me ajudando com uma das minhas telas — diz Ryan de sua cadeira, sem tirar os olhos do chão. — E ele simplesmente... de repente ficou todo estranho e achei que estivesse brincando, então eu ri. — Ela olha para mim, com lágrimas nos olhos. — Eu ri, depois os olhos dele se reviraram para trás e ele simplesmente caiu no chão. Ele caiu e...

Ela retorce as mãos no colo.

Vovó coloca a mão em cima das de Ryan com firmeza suficiente para fazê-las parar.

— E então você agiu, chamou a emergência, e era tudo o que podia ter feito.

Ryan se empertiga.

— Não, eu devia ter entendido na mesma hora, devia ter ligado antes...

Minha mãe agora se intromete, sem deixar que Ryan se culpe:

— Você fez o que qualquer uma de nós podia ter feito, meu amor. O resto estava além do que qualquer uma de nós podia controlar.

Acho que minha mãe não acredita nas próprias palavras. Vejo de novo que ela está repassando todas as medidas preventivas que devia ter forçado meu pai a tomar, e isso me dá vontade de dizer que ela não teria conseguido, que às vezes, por mais que a gente se arrependa ou deseje que as coisas sejam diferentes, não há nada que possamos fazer para que seja assim.

Colton pigarreia e se remexe ao meu lado. Minha avó é a única além de mim que percebe.

— Quinn, você ainda não nos apresentou seu amigo.

Ela assente na minha direção, e a preocupação se espalha por todo meu corpo.

Colton dá um passo à frente, com a mão estendida para minha avó.

— Meu nome é Colton.

Vovó aperta sua mão.

— É um grande prazer conhecer você, Colton. Você deve ser o motivo para Quinn ter ficado tão encantada com o mar. Agora entendo o porquê — diz ela com uma piscadela. — Esta é minha filha, Susan, e a irmã de Quinn, Ryan.

— É um prazer conhecê-las — diz Colton.

Minha mãe balança a cabeça e sorri educadamente. Ryan se levanta e aperta a mão dele, depois olha dele para mim e de volta para ele.

— Ouvi falar muito de você — diz ela.

Olho para minha irmã, mas ela não percebe, porque parece estar examinando Colton.

Até que ela me olha e, em silêncio, peço que não diga mais nada.

— Só coisas boas — acrescenta ela, entendendo. — Obrigada por ter vindo com ela.

— Imagina — responde Colton.

Ficamos parados ali por um momento, em silêncio, até que um médico cansado e de jaleco se aproxima, com a prancheta na mão.

— Sra. Sullivan?

— Sim? — diz mamãe, se levantando.

Prendemos a respiração coletivamente enquanto o médico olha para o grupo ali parado.

— Posso falar abertamente? Sobre o seu marido?

Mamãe assente.

— Muito bem — continua ele. — A boa notícia é que seu marido está estável, não sofreu um AVC e não há danos permanentes.

Todos nós assentimos como se entendêssemos, depois esperamos pela má notícia.

— A má notícia é que este é o segundo AIT dele, e os exames mostram um pequeno coágulo se formando na artéria carótida, que leva ao cérebro. Se não tratarmos isso, provavelmente ele *vai sofrer* um AVC... ou coisa pior... num futuro próximo. Temos algumas opções, mas o tempo é fundamental e eu gostaria de operá-lo o quanto antes.

Minha mãe concorda com a cabeça, absorvendo tudo, como todos nós.

— Posso vê-lo?

– Claro – responde o médico. – Venha comigo.

Ela olha muito rapidamente para todos nós e minha avó gesticula para ela, incentivando-a:

– Pode ir. Vamos ficar aqui.

Minha avó nem terminou de dizer e mamãe já se virou para seguir pelo corredor com o médico. Vejo que seu foco se desviou completamente de nós e não a culpo por isso. Nós desaparecemos, e agora seu mundo é meu pai. Penso nos dois, em toda a história que têm juntos – 36 anos – e como me senti ao perder Trent depois de apenas uma fração desse tempo. Como seria perder Colton agora. Sei que é diferente para ela, por causa de todo esse tempo, mas é apavorante perceber o quanto do seu mundo consiste em amar outra pessoa.

Ryan se joga de volta na cadeira, aliviada, mas não totalmente.

– Não acredito que ri dele. Eu... Aconteceu muito rápido, eu não percebi.

Vovó se vira para ela, com uma voz suave.

– Pare com isso, já passou e você precisa deixar pra lá. – Ela segura a mão de Ryan. – Vamos dar uma volta, você e eu.

O braço de Ryan se pendura frouxamente na mão da minha avó e ela balança a cabeça e respira, trêmula, outra vez.

– Levante-se – diz vovó, dessa vez com firmeza.

Isso chama a atenção da minha irmã, e um breve momento de compreensão se passa entre as duas, as palavras que Ryan disse a vovó tanto tempo atrás ecoando de volta até ela, que engole em seco, assente e depois obedece. Minha avó volta a olhar para mim e Colton.

— Vocês dois vão ficar bem aqui?

— Vamos — respondo, embora não saiba se é verdade.

— Muito bem. Não vamos demorar.

Ela passa um braço pelos ombros de Ryan e a conduz pelo corredor até a porta, saindo no crepúsculo nublado.

Finalmente solto o ar.

Colton se senta ao meu lado.

— Isso foi assustador, né? — Ele coloca a mão em meu joelho. — Mas parece que seu pai vai ficar bem.

— Eu queria que houvesse uma garantia — digo, olhando para ele.

Ele comprime os lábios.

— Nunca há. Para qualquer um de nós. Mas a vida é assim.

Ficamos em silêncio por um momento.

— Está com fome? — pergunta Colton. — Sede? Quer um café, um chocolate quente, alguma coisa? Sei andar em um hospital.

Colton sorri, e nem acredito na facilidade com que ele faz essas pequenas referências a estar doente, agora que eu sei. Quase como se ele estivesse aliviado por ter revelado seu segredo.

— Quem sabe só uma garrafa de água? — digo, com a voz fraca.

— Pode deixar.

Colton se levanta rapidamente, feliz por ser útil, mas depois se abaixa na minha frente e ergue meu queixo, me fazendo olhar diretamente para ele, que retribui meu olhar e parece prestes a dizer alguma coisa, mas apenas me beija delicadamente na testa.

– Quinn, eu... volto logo.

Ele se vira, segue por outro corredor, e me recosto na cadeira, coloco as mãos nos bolsos do moletom e fecho os olhos para parar um minuto e respirar. Tento entender o que aconteceu com meu pai, o que o médico disse e a probabilidade de que vai ficar tudo bem. Mas só o que vejo é Colton, lá na luz fraca da tempestade, minha mão em seu peito nu, sua boca na minha, a chuva à nossa volta como um sonho.

Abro os olhos, e o brilho florescente do hospital afugenta tudo isso.

Alguns minutos se passam e mexo em algo no fundo do bolso de Colton por alguns segundos antes de imaginar o que seria e retirar dali. É uma folha de papel dobrada em um quadrado bem pequeno.

Começo a abrir sem nem ao menos pensar, mas paro de repente, quando reconheço o papel de carta bege e puído. Fico desnorteada. Toda a minha culpa e meus segredos voltam precipitadamente com o objeto que tenho em mãos. Como um castigo pelo que fiz. Não preciso abrir a carta para saber o que diz. Eu escrevi um rascunho atrás do outro, noite após noite, até sentir que conseguia me expressar com exatidão.

Até ter dito exatamente o que eu queria à pessoa que estava com o coração de Trent.

A náusea toma meu estômago enquanto eu desdobro a carta lentamente, tomando o cuidado de não rasgar o papel antes grosso, que ficou desgastado por mais do que apenas a tempestade. Dou uma olhada nas palavras, na minha letra, nos vincos que não são meus, vincos causados pelo fato de o papel ter sido dobrado e aberto várias vezes. As dobras que Colton deve ter feito para que coubesse em seu bolso. Para levá-la com ele.

Olho para as palavras, minhas palavras, tão cheias de tristeza e aflição. A pessoa que escreveu essa carta parece uma estranha. Era alguém que procurava um jeito de se agarrar a Trent. Alguém que achava que não podia amar mais ninguém. Que não sabia que a pessoa a quem escrevia seria quem comprovaria seu erro.

— O que você está fazendo com isso?

A voz de Colton faz minha cabeça se erguer de súbito, e o choque em seu rosto deve espelhar o meu.

Seus olhos estão fixos na carta em minhas mãos.

— Eu... — Atrapalho-me ao dobrá-la de novo, mas ele coloca os dois copos de café fumegante no chão e tira a carta de mim antes que eu consiga. Sua intensidade repentina me assusta. — Desculpe — digo. — Eu não pretendia... Estava no seu bolso e achei que talvez fosse...

— Você não tem o direito de ler o que não é seu — diz Colton, e não sei o que é pior: seu tom ou a tremenda ironia de suas palavras.

Olho para ele ali de pé, tentando dobrar a carta novamente no pequeno retângulo do jeito que estava no bolso por sabe-se lá quanto tempo, e não consigo mais aguentar isso. Não suporto mais esconder esse segredo por tanto tempo. Finalmente, encontro as palavras. Digo-as com cautela, para que não sejam mal compreendidas.

— Ela *é* minha.

Suas mãos ficam paralisadas no ar. Ele me olha, confuso.

— O *quê*?

O tremor em sua voz me faz desejar não dizer o que vem em seguida, mas eu preciso.

— É a minha carta. — Engulo em seco, a boca de repente seca. — Eu escrevi.

— Você *o quê*?

Tento manter a voz equilibrada. Eu queria que tivesse mais ar nessa sala.

— Eu escrevi essa carta — digo. — Para você. Meses atrás, depois que... — Minha voz falha. — Depois que meu namorado morreu em um acidente.

Essas palavras, e toda a verdade que elas contêm, são feitas de ar, mal podem ser ouvidas, mas Colton ouve, e cada músculo do seu corpo fica tenso. Ele balança a cabeça.

— Antes de ter conhecido você — acrescento, com a esperança irracional de que isso vá fazer alguma diferença. Mas sei, assim que olho para Colton, que não faz.

Ele fica ali parado, em silêncio, feito uma estátua, exceto pelo movimento mínimo do seu maxilar enrijecendo. Eu me levanto e dou um passo na direção dele.

— Colton, *por favor*...

Ele se afasta.

— Você sabia? — pergunta ele com frieza. — Quando nos conhecemos. Você sabia quem eu era?

A pergunta provoca uma inundação quente de lágrimas em mim.

— Sabia — sussurro.

Colton se vira para ir embora.

— Espere — peço. — *Por favor*. Me deixe explicar...

Ele para. Vira-se rapidamente para mim.

— Explicar *o quê*? Que você foi atrás da pessoa que recebeu o coração do seu namorado? Que você me encontrou depois de eu ter assinado um documento que dizia que não queria ser encontrado? — A raiva lampeja em seu rosto feito o relâmpago no mar. — Ou que você estava sentada comigo lá, algumas *horas* atrás, enquanto eu te contava tudo e você não disse nada? — Ele faz uma pausa e algo mais surge em seu rosto. Talvez a lembrança do que aconteceu depois disso. Mas some com igual rapidez e sua voz fica vazia. — Que parte você quer explicar?

Abro a boca para responder, mas a verdade do que fiz me deixa sem palavras por um momento. Depois dou a única explicação em que consigo pensar:

— Você nunca respondeu.

Digo isso para o chão. Não é uma acusação, mas a explicação para tudo, em sua forma mais simples e sincera.

Colton dá um passo na minha direção.

— E por que você acha que não respondi? Eu nunca quis isso. Nunca quis nada disso. — Ele olha bem nos meus olhos, e juro que não o reconheço nem de longe. — Me faça um favor — diz ele. — Esqueça que me conheceu. Porque eu *nunca* devia ter conhecido você.

E então ele vai embora. Passa pelas portas automáticas e sai para a noite.

Síndrome do Coração Partido

"A síndrome do coração partido é um problema clínico em que o estresse extremo leva a uma falha muscular do coração. A falha é grave, mas em geral de curto prazo. (...) A causa da síndrome do coração partido não é totalmente conhecida. Na maioria dos casos, os sintomas são provocados por estresse emocional ou físico extremo, como tristeza, raiva ou surpresa intensa. Os pesquisadores acreditam que os hormônios relacionados com o estresse 'atordoam' o coração e afetam sua capacidade de bombear sangue para o corpo."
– The National Heart, Lung, and Blood Institute

CAPÍTULO TRINTA

ESTOU SENTADA na cadeira da sala de espera, atordoada. Não consigo me mexer. Meu peito está afundando. Pessoas desconhecidas passam pela cadeira onde estou sentada. Vozes embaralhadas falam no sistema de comunicação interna. Vovó está do meu lado, batendo a mão no braço da cadeira e apoiando a outra em meu joelho. Ryan está do meu outro lado. Não me olha, não diz nada, e não sei se é porque está preocupada com papai ou porque está tão apavorada por mim quanto eu mesma estou.

Sou uma pessoa horrível, egoísta e mentirosa.

Esperamos juntas naquelas cadeiras, mas em nossos próprios mundos separados. Um médico aparece para nos atualizar. Meu pai acaba de ser levado para a cirurgia. Está sendo preparado. Será daqui a algumas horas. Minha mãe volta a se juntar a nós em silêncio, com os lábios comprimidos para manter o controle. Parece pequena de pé ali, na nossa frente. E muito assustada. Parte meu coração e é apavorante ao mesmo tempo.

Minha avó se levanta e passa os braços por mamãe.

– Vai ficar tudo bem.

Ela não tem como ter certeza. Nenhuma de nós tem, mas todas nos agarramos na segurança da voz de minha avó.

Mamãe assente na direção do seu ombro e seu lábio treme. Seus olhos se enchem de água, mas quando ela vê Ryan e eu, algo se altera nela. Olha nos olhos da minha avó, que a liberta do abraço. Mamãe enxuga os próprios olhos, se empertiga e abre os braços para nos aproximarmos dela. Torna-se a mais forte e segura que pode por nós, enquanto repete as palavras de vovó:

– Vai ficar tudo bem.

Todas nos sentamos em fila: vovó, Ryan, mamãe e eu. Ficamos em silêncio enquanto esperamos, sentindo o peso da preocupação, mais próximas pela força que extraímos uma da outra. Até que finalmente o cansaço as domina. Minha avó dorme com a bochecha apoiada no punho. Ryan vai para uma fileira vazia de cadeiras e se estica ali, dormindo no segundo em que fecha os olhos. O queixo da minha mãe tomba no peito.

Então, estou sozinha de novo.

Meus olhos ardem e meu corpo está louco para dormir, mas a cabeça não deixa. A cena com Colton se repete em minha mente enquanto o relógio marca as horas no ritmo da batida do coração. A mágoa e a fúria dele, minha culpa e minha vergonha. Segredos. Mentiras. Feridas que não podem ser evitadas nem curadas. Danos irreversíveis.

Não sei quanto tempo se passou quando o médico aparece diante de nós. Coloco a mão no ombro da minha mãe e ela se senta reta imediatamente, piscando sob a luz fluorescente. As olheiras em volta dos seus olhos são fundas, mas assim que ela vê o médico, fica de pé, alerta.

Ele sorri.

– A notícia é boa. – Ryan e vovó também ficam de pé e se juntam a nós em volta do médico. – A cirurgia correu tranquilamente e conseguimos remover o coágulo e colocar o stent. Agora ele está se recuperando.

Minha mãe abraça o médico.

– Obrigada, muito obrigada.

Ele abre um sorriso sincero, mas cansado, enquanto dá um tapinha nas costas dela.

– Ele ainda não acordou, mas posso pedir à enfermeira para acompanhá-la, assim a senhora estará presente quando passar o efeito da anestesia.

★ ★ ★

Quando o médico nos deixa, uma enfermeira aparece para levar minha mãe até papai, e vovó decide que vai ficar ali esperando, mas que Ryan e eu devíamos ir para casa. Não discutimos com ela e não dizemos nada enquanto andamos pelo corredor, mas nós duas parecemos suspirar de alívio. Porém, para mim, só dura um segundo. Passamos pelas mesmas portas por onde Colton saiu, e agora há ainda mais espaço dentro de mim para sentir todo o peso que ele sentia ao passar por elas. A culpa é absorvida como o ar na minha próxima inspiração, e meu coração e meus pulmões a carregam para cada parte de mim.

Onde será que ele está? *Volte*, penso. *Fique aqui*. Mas sei que ele não vai fazer isso.

O gemido distante de uma sirene fica mais alto e mais próximo enquanto atravessamos o estacionamento até chegar ao carro de Ryan. Ela abre a porta usando o controle remoto da chave. Observo a ambulância parar embaixo da placa "Emergência". A sirene para, mas as luzes continuam girando, azul e vermelha, azul e vermelha enquanto as portas laterais se abrem e os socorristas saem de ambos os lados.

Luzes azuis e vermelhas girando de forma espalhafatosa em contraste com o céu claro do nascer do sol. As vozes entrecortadas dos socorristas, mais alto que a miscelânea alta de rádios ao fundo.

De repente, não consigo respirar.

– Quinn – diz Ryan, mas sua voz parece distante. Estou em nossa rua, de joelhos, perdendo tudo mais uma vez.

As portas de trás da ambulância se abrem abruptamente e outro socorrista sai, depois estende a mão para dentro e puxa a ponta de uma maca. Chama os outros: "Levem-no para dentro! Anda, anda!"

– Quinn, *vamos*.

A voz de Ryan me traz de volta ao estacionamento, ao presente, mas nem por isso dói menos.

Aqui, eu perdi ainda mais.

"Ide examinar sua consciência, e perguntai a vosso coração se és sincera."

— William Shakespeare, *Medida por Medida*

CAPÍTULO TRINTA E UM

ESTOU SENTADA na cama, olhando fixamente para o celular na minha mão. Olho para o número de Colton, pronto para ser discado se eu apertar o botão de chamar. Mas não faço isso. Sei que ele não vai atender. Já liguei várias vezes, e agora cai direto na caixa postal, como se ele tivesse desligado o telefone ou jogado fora. Pensei em ir até ele, tentei imaginar o que poderia dizer para que ele entendesse, mas não encontrei nada. Tento pensar se podíamos voltar no tempo. Tento visualizar nós dois na água juntos, ou naquela enseada da cachoeira, ou vendo o pôr do sol da praia. Mas também não consigo fazer nada disso. Só vejo seu rosto furioso, e ouço as palavras que ele me disse numa voz que parecia a de um estranho.

Esqueça que me conheceu.

Não foi raiva que ouvi nessas palavras. Foi mágoa. Causada por mim. Ninguém pode me dizer que foi um acidente, que estava além do meu controle, ou que eu não podia ter feito nada diferente.

Eu procurei por ele. Eu o encontrei. Deixei me apaixonar por ele.

Não tinha o direito de fazer nada disso. Essas foram decisões que eu tomei, mas, ao fazer isso, eu as tirei dele e, como Ryan disse, desperdicei qualquer oportunidade de alguma coisa verdadeira. Apaguei todos os nossos momentos, dias e experiências antes mesmo que existissem. E agora estou no passado que ele quer esquecer. Não tenho alternativa senão deixá-lo livre.

Retiro-me no isolamento do meu próprio passado, onde mereço estar. Onde estou sozinha com todas as coisas que queria poder mudar. Não durmo. Não como. Conto a Ryan o que aconteceu quando fui à loja para dizer a verdade a ele, depois sobre a tempestade e o hospital. Depois disso, mal consigo falar. Ela me dá espaço. Sai para correr sozinha. Não faz perguntas nem dá conselhos. Não sei se é porque não peço nenhum ou se ela não sabe o que dizer.

Alguns dias depois, quando meu pai deixa o hospital e vem para casa, me obrigo a sair do quarto para que ele saiba o alívio que sinto por ele estar bem. Para que saiba como o amo. Tento ajudar a cuidar dele, mas só metade de mim está presente. Ryan, ainda abalada por ter testemunhado a crise que ele sofreu, paira em volta dele, dando-lhe abraços e chorando do nada. Minha mãe cuida da recuperação dele: ordens médicas, receitas, cobertura para ele no escritório. Eu murcho no fundo, afundando cada vez mais.

Perdendo-me de novo.

Estou sentada diante do meu computador com o mesmo pijama que usei nos últimos dois dias, rolando para cima e para baixo o blog de Shelby, quando Ryan entra sem bater. Ela vê a foto de Colton na tela antes que eu consiga fechar a janela do navegador.

— Nada ainda?

Nego com a cabeça.

— Por que não liga para ele?

— Já liguei. Várias vezes. Ele não atende.

Ela comprime os lábios e assente.

— Acho que se eu fosse ele, também não atenderia. Não depois de descobrir desse jeito.

Não tenho vontade de falar sobre isso, então não digo nada. Ryan respira fundo e se apoia na mesa à minha frente.

— Entrei — diz ela.

— O quê?

— Para aquela escola de arte na Itália. Eles adoraram meu portfólio. Pelo visto, um coração partido faz uma arte atraente.

— Mas isso é ótimo! — digo. Só que não parece convincente. A ideia de não ter Ryan aqui me sufoca. — Quando você vai?

— Em duas semanas. — Ficamos em silêncio por um momento, e embora eu saiba que é o que Ryan quer, ela também parece meio triste. — Vou sentir saudade — diz ela. — E estou preocupada com você.

– No momento, não estou me suportando.
– Lembra quando eu disse que ele merecia a verdade?
Olho para ela.
– Bom, ele merece, Quinn. Ele merece saber tudo... Não só o que ele acha que sabe.
– Do que você está falando?
– Estou falando do resto da verdade. Que quando isso começou era sobre Trent, mas em algum momento no meio do caminho mudou. Você se apaixonou por *ele*. Ficou assustada. Você não queria magoá-lo nem perdê-lo. Essas coisas são verdade também, não são?

Meus olhos se enchem de água e me volto para minha irmã.

– Ele me disse para esquecer que *o conhecia*. – Engulo o nó na garganta e minha voz sai densa de lágrimas. – Ele não quer ouvir nada do que tenho a dizer.

– Está brincando? Essas são as coisas que ele *precisa* ouvir de você. Acha que *ele* não está sofrendo agora, andando por aí, sabendo só parte da verdade?

As lágrimas, uma atrás da outra, rolam em silêncio por meu rosto ao pensar nisso.

– Pense em todas as coisas que você se arrependeu de não fazer ou dizer. Todas as coisas que você queria poder mudar. – Ela balança a cabeça. – Você, mais do que qualquer um, sabe como essas coisas podem atormentar. Sabe quanto tempo podem ficar com você e transformá-la. – Ela faz uma pausa e olha demoradamente para a foto de Colton em meu computador. Quando volta a olhar para mim, exibe uma expressão séria. – Então não deixe assim. Faça alguma coisa. Vá procurá-lo e diga a ele.

"Dê tudo ao amor;
Obedeça a teu coração."
— Ralph Waldo Emerson

CAPÍTULO TRINTA E DOIS

PARO NO MESMO MIRANTE onde passei na primeira vez que fiz essa viagem para ver Colton. O sol e o ar salgado entram quando abro a janela e tento respirar, como fiz naquele dia. Minhas mãos tremem do mesmo jeito ao pensar em vê-lo. Mas muita coisa mudou.

Na época, dirigi prometendo a mim mesma que não falaria com ele, que ficaria invisível. Que eu não ia interferir na vida dele. Agora preciso que ele me escute. Quero que ele me *veja*. Apesar do que me levou a Colton, não quero imaginá-lo fora da minha vida.

Preciso lhe contar a verdade que ficou embolada no meio das mentiras. Fui procurar o coração de Trent para ter uma ligação com o passado. Um jeito de aguentar firme. Mas o que descobri quando o encontrei foi um motivo para deixá-lo. Preciso dizer a ele que eu não mudaria isso, mesmo se pudesse.

★ ★ ★

Quando entro na rua principal, estou me sentindo um trapo. Ainda mais agora do que naquele primeiro dia. Estaciono no mesmo lugar daquele dia, na frente da cafeteria, e espio pela vitrine para ver se há a possibilidade de vê-lo ali de novo, mas o lugar está vazio. Respiro fundo e atravesso a rua até a Good Clean Fun, olhando para baixo, tentando criar coragem enquanto ando. Quando subo no meio-fio e finalmente ergo a cabeça, o chão desaparece sob os meus pés.

A loja está às escuras. As prateleiras que normalmente ficam cheias de caiaques estão vazias, e na frente da porta fechada tem um monte de flores e cartazes.

Cartazes com o nome de Colton.

Meus olhos ficam embaçados e todo o ar do mundo desaparece. Dou um passo até a porta, mas nem sequer consigo enxergá-la. Só o que vejo é o hospital, o rosto de Colton e o jeito como ele ficou quando lhe contei a verdade. O estado dele ao ir embora. O fato de não ter olhado para trás.

Desmorono bem onde estou, como se eu não tivesse pernas.

Isso não pode estar acontecendo.

Não quando eu nem sequer... Quando não tive a chance de dizer a ele, nem de consertar as coisas, ou simplesmente... simplesmente *vê-lo*.

Apoio a cabeça nos joelhos e choro. Choro por mim, por Colton e por Trent também. Isso é demais. A vida, o amor, como tudo é frágil. As coisas se repetem sem parar em minha cabeça, feito um refrão triste e desesperado.

Isso não pode estar acontecendo, isso não pode estar acontecendo, isso não pode...

– Quinn? É você?

Levo um segundo para registrar a voz, mas quando acontece, ergo a cabeça devagar, com medo do que vou encontrar quando olhar para Shelby. Ela está parada acima de mim e preciso estreitar os olhos sob a luz do sol e através das lágrimas para enxergá-la. Ela me encara, depois olha para as flores e para os cartazes na frente da porta, e seus olhos se arregalam.

– Ai, meu Deus. – Ela se senta diante de mim e segura minhas mãos. – Ele não... Isso é... Ele vai ficar bem.

– O quê? – digo com dificuldade.

– Colton. Ele vai ficar bem. As pessoas continuam trazendo coisas para cá porque ele ainda não pode receber visita, e eu tive que deixar a loja fechada até meus pais voltarem.

O alívio surge em meu peito e finalmente consigo olhar direito para Shelby. Ela tem os mesmos olhos verdes dele: gentis, comoventes, mas também bastante cansados.

Enxugo os olhos.

– O que houve?

– Ele entrou em rejeição aguda quatro dias atrás.

– Ai, meu Deus.

Meu coração praticamente para, e a culpa me aperta. Quatro dias atrás. Quatro dias atrás, quando saímos de carro da loja depois da briga que ele teve com Shelby por deixar de tomar os remédios, quando passamos a tarde juntos, e quando não o vi tomar um comprimido nenhuma vez.

Quatro dias atrás, quando ele descobriu a verdade.

– Foi um susto enorme – diz ela. – Eu sabia que havia algo errado quando ele chegou em casa. Ele foi para o quarto e ouvi vidro se quebrando. Quando entrei correndo, eu o encontrei quebrando todas aquelas garrafas. – Ela faz uma pausa como se repassasse a cena. – Entrei depressa e tentei fazê-lo parar, mas ele só parou quando terminou de quebrar tudo. E ele não falava comigo, não me dizia qual era o problema. Disse que só queria ficar sozinho. Algumas horas depois, ele teve dificuldade para respirar e estava com uma aparência péssima. Estava quase em colapso total quando a ambulância chegou lá em casa na manhã seguinte.

– Ai, meu Deus – sussurro.

Meus olhos lacrimejam e eu encaro minhas mãos, que se retorcem no colo. *A culpa é minha, a culpa é minha, a culpa é minha.*

– Agora ele está estável, mas não fora de perigo. Tiveram que ministrar doses pesadas de remédios contra a rejeição, e ele vai ter que ser monitorado no hospital até que o resultado da biópsia dê negativo. – Shelby respira fundo e se encosta na parede. – Mas ele não está respondendo tão bem quanto gostariam, e eu acho... acho que tem mais coisa nessa história além de ele ter deixado de tomar algumas doses dos remédios. – Então ela olha para mim. – Ele me contou o que aconteceu... com a carta.

Todos os meus músculos ficam tensos, preparando-se para o que ela pensa de mim.

– Foi por isso que não liguei quando tudo isso aconteceu. Odiei o que você fez. Quando ele me contou, eu queria odiar *você* por ter tirado dele a própria decisão nisso.

Eu me retraio e ela para de falar. Depois suaviza um pouco o tom.

– Mas então percebi que eu estava fazendo a mesma coisa, só que de um jeito diferente. Coloquei tudo aquilo lá para todo mundo ver porque de algum modo me senti melhor com isso. Mas Colton não queria nada disso.

Não sei o que dizer.

Shelby me olha nos olhos.

– Eu errei em ter feito isso – diz ela. – E você errou em ter feito o que fez. – Ela respira fundo de novo, e eu me atrapalho com as palavras certas para usar ao pedir desculpas. – Mas, sinceramente? – diz ela. – Ele ficou melhor do que nunca depois que conheceu você. Nunca escrevi sobre isso, mas ele realmente teve dificuldades depois do transplante... com muitas coisas em que não sabíamos como ajudá-lo. Eu não sabia nem se teria o velho Colton de volta. – Ela sorri. – Até que ele te conheceu e foi como se tivesse ressuscitado. Não sei se já vi meu irmão tão feliz quanto ele ficou quando estava com você. Então, se tenho que culpar você por alguma coisa, é por isso.

Lágrimas quentes escorrem pelo meu rosto — de felicidade, tristeza e gratidão ao mesmo tempo.

Shelby sorri.

— Você foi a primeira pessoa por quem ele perguntou quando acordou, e eu não quis... Achei que não seria uma boa ideia ver você. — Ela segura minha mão e a aperta. — Mas ele está passando por um período difícil e acho que *precisa* ver você, então que bom que está aqui. Posso te levar lá.

Concordo com a cabeça, ainda incapaz de falar por causa das lágrimas. Eu sentia que conhecia Shelby por ter acompanhado suas atualizações no blog sobre Colton, depois pensei que a conhecia melhor por causa das poucas vezes em que a encontrei, mas nesse momento vejo quem ela verdadeiramente é: uma pessoa carinhosa, muito protetora e gentil, e que faria qualquer coisa pelo irmão, inclusive me perdoar.

— Obrigada — consigo dizer, por fim.

Ela aperta minha mão de novo.

— Eu é que agradeço a *você*, por ter encontrado meu irmão.

"*Traga seus segredos, traga suas cicatrizes...*
Abra seu coração"
— Phillip Phillips, "Unpack Your Heart"

CAPÍTULO TRINTA E TRÊS

— **PODE IR** — diz Shelby na frente da porta do quarto de hospital de Colton. — Ele vai ficar feliz em ver você quando acordar. — Ela me entrega uma sacola, os ramalhetes de flores e os cartazes que estavam diante da loja. — Toma. Pode levar isso para ele.

Pego tudo nos braços. Eu queria ter trazido alguma coisa para dar a ele.

— Vou ficar na recepção se precisar de mim, está bem?

Concordo com a cabeça, com o coração na garganta.

— Obrigada.

Eu a observo andar pelo corredor e virar na esquina, me deixando sozinha diante da porta dele. Olho para a prancheta no suporte com o adesivo amarelo-néon que diz *Thomas, Colton*, e os gráficos e anotações que não entendo. Ver o nome dele assim torna tudo real, mas nada se compara com o segundo em que passo pela porta e o vejo no leito hospitalar, conectado a tantos tubos e monitores. É uma imagem que já vi, mas agora que o conheço, é muito diferente. É muito mais nítida.

Eu me aproximo. Seu peito sobe e desce em um ritmo estável e lento, e os sinais sonoros dos monitores são tranquilizadores. Eu me aproximo do que parece uma TV, onde uma linha constante percorre a tela, saltando a cada batida, uma prova visual de que seu coração ainda funciona. Fecho os olhos e agradeço em silêncio a Trent e, embora as circunstâncias sejam estranhas e incompreensíveis, isso parece certo.

Sei que Colton não gostaria que eu o visse desse jeito e não quero incomodá-lo, então a princípio fico ali parada, sem saber o que fazer. Penso em tudo que quero dizer a ele, todas as verdades que espero que ouça e todas as coisas que torço para que ele também sinta.

Deixo a sacola no chão ao lado da cadeira e coloco o vaso de flores na mesa lateral com a maior delicadeza possível. Observo o monitor. Observo sua respiração. Sua mão pende um pouco pela lateral da cama e quero segurá-la, encostá-la em meu coração para que ele saiba o que realmente há ali.

Fico mais um tempo ao lado do leito, depois me sento na cadeira para esperar. Colton se mexe com o barulho. Seus olhos se abrem um pouco, depois completamente quando ele me vê.

— Você está aqui — diz ele.

Sua voz é rouca, fraca, e preciso reprimir o impulso de abraçá-lo e beijá-lo mil vezes num pedido de desculpas.

— Oi — sussurro, com medo de fazer mais alguma coisa.

Estou me sentindo mais despida agora do que na chuva, com ele, naquela tarde.

Ele pigarreia e ergue um pouco o corpo. Estremece, depois estende a mão, e eu me aproximo em um segundo, segurando-a. Então todas as palavras que eu estava esperando para falar saem de uma só vez, uma atropelando a outra.

— Desculpe por isso aqui, por tudo. Eu só queria ver quem você era. Eu nem ia falar com você. Mas então você entrou, e tudo mudou. E quando você apareceu na minha porta com aquela flor, e me levou para o mar, para a caverna e... todos os dias você me mostrou tanta coisa, foi ficando cada vez mais difícil e eu simplesmente não podia... — Eu me interrompo, inspiro, apesar da respiração trêmula, mas não me dou ao trabalho de enxugar as lágrimas que escorrem pelo meu rosto. — Eu não podia contar para você porque nunca imaginei que fosse me apaixonar, mas aconteceu. Por você. Eu me apaixonei, estou apaixonada e sei que foi errado como tudo aconteceu e que talvez você nunca me perdoe, mas eu...

— Quinn, pare — diz ele com a voz rouca.

Minhas mãos caem ao lado do corpo e dou um passo para trás, com medo de que nada do que acabei de dizer importe. Ele não olha para mim. Fixa os olhos no espaço entre nós.

Por um bom tempo ficamos em silêncio, que só aumenta com o bipe dos monitores e o pavor que cresce em meu peito. Até que finalmente ele olha para mim, mas é difícil interpretar sua expressão.

— Eu não... — Ele para. Respira fundo. — Nada disso importa para mim. — Ele vira a cara e fico desapontada. — Não como você pensa. No início, quando você me contou, eu me importei. Eu não sabia como lidar com isso, então me afastei. Só reagi porque odiei saber que foi você quem escreveu aquela carta.

Ele olha para mim, os olhos cheios de remorso, e não sei se vou aguentar o que está por vir.

— Mas estou deitado aqui nesta cama nos últimos três dias e só consigo pensar em como odeio muito mais que eu tenha sido a pessoa que não respondeu.

— O quê? — Dou um passo na direção dele. — Isso não importa mais para mim, isso foi...

— Importa — diz Colton —, porque eu escrevi para você.

— Não estou entendendo.

— Eu escrevi para você — diz ele em voz baixa. — Muitas vezes.

— O que você...?

Ele ergue o corpo e se senta. Seus olhos encontram a sacola que Shelby me pediu para trazer.

— Pode me entregar isso?

Obedeço, e com esforço ele tira de dentro um maço de cartas presas por um elástico e as estende para mim.

— Estas são suas.

Olho para a pilha de cartas em sua mão, dezenas delas, lacradas, jamais enviadas, e não consigo falar uma só palavra que seja.

— Nunca consegui explicar direito — diz ele —, não como eu queria ou como você merecia. Nada do que dizia combinava com o que eu sentia, e eu me sentia de um jeito que não merecia. Como se fosse errado que outra pessoa tivesse que morrer para eu viver. — Ele dá de ombros. — Eu não sabia como agradecer por dar a vida a alguém que perdeu uma pessoa que amava. Eu não podia, então não fiz isso. Assim como você. — Ele me estende de novo a pilha de cartas. — Estas cartas são as suas, assim como aquela outra.

Olho para as cartas e noto o peso da sua culpa e do seu coração pesado de culpa. Quando estendo a mão, sei que nunca vou abrir nenhuma delas, mas também sei que ele precisa que eu as aceite. Então é o que eu faço.

Ficamos ali sentados em silêncio sob a luz fraca do seu quarto, rodeados por nossos segredos e nossas cicatrizes. Por um momento, desejo voltar àquele lugar mágico onde estávamos juntos, livres do nosso passado. Mas sei que não podemos. Na verdade, nunca estivemos livres do passado. Por mais que nós dois tenhamos tentado, e por mais que nós dois tenhamos desejado que tivesse sido de outra forma, somos feitos do nosso passado, das nossas dores, alegrias e perdas. Tudo isso está nas fibras do nosso ser. Escrito em nossos corações.

A única coisa que podemos fazer agora é ouvir o que há neles.

Coloco as cartas na mesa e me aproximo de Colton. Eu me acomodo em sua cama e me deito ao seu lado. Ele me envolve com o braço e eu apoio a cabeça em seu peito. Ouço o ritmo firme que quero continuar ouvindo.

– E agora? – pergunto.

– Agora? – Ele dá uma risadinha. – Essa é uma ótima pergunta. – Ele faz uma pausa e, quando olho, descubro que está sorrindo. – Acho que teremos que responder durante o caminho. Mas nesse momento... – Ele me puxa para perto e me dá um beijo na testa. – Isso basta. Isso é tudo.

"Assim, dizemos que 'aprendemos de cor', o que significa que memorizamos ou entendemos completamente. E observe, além disso, que se acredita que o coração torna possível uma forma mais elevada de cognição, um nível de compreensão superior ao adquirido pelo cérebro."
— F. González Crussi, Carrying the Heart: Exploring the Worlds within Us

CAPÍTULO TRINTA E QUATRO

NÓS NOS SENTAMOS longe do mar, a ponto de vermos toda a enseada sob a luz dourada do entardecer. Em uma extremidade, a cachoeira cai do penhasco em câmera lenta, a correnteza rolando e chegando até a areia, onde se encontram e se misturam com as ondas que seguem para a praia. Do outro lado, fica a escada de onde fiquei observando Colton na água, sem saber como nós dois juntos era algo que podia fazer sentido, mas sabendo que fazia. Que fazemos.

— Quero viver esse dia de novo e de novo — diz Colton atrás de mim.

Viro-me para olhar para ele.

— Eu também.

Ele sorri e balança a cabeça.

— Não acredito que você fez isso.
— Tive ajuda da sua irmã. Muita ajuda, na verdade. Quando liguei para Shelby e disse o que queria fazer, ela arrumou tudo para a gente: caiaque, barraca, fogueira, marshmallows, tudo.
— Está perfeito — diz Colton.
— Receber alta merece um dia perfeito.

Ele sorri.
— E ser a mais rápida nova corredora da equipe também. Isso me faz rir, mas eu me sinto bem com isso de verdade — muito feliz por ter um plano, mesmo que seja só correr, cursar algumas matérias e ver onde vai dar.
— Não sei se isso *equivale* ao que aconteceu com você — digo —, mas vou aceitar, assim como vou aceitar que você me acompanhe.
— E deve mesmo — diz Colton com um sorriso.

Ele mergulha o remo na água e seguimos para a praia enquanto a luz do sol esmorece às nossas costas. Depois de nadarmos na cachoeira, Colton acende a fogueira e eu observo a fumaça se enroscar pela noite, até chegar às estrelas.

Assamos marshmallows e falamos sobre quantos outros dias perfeitos podemos passar juntos, sobre todos os lugares que vamos ver e as coisas que vamos fazer. Todas as possibilidades para o futuro.

Mais tarde, quando começa a esfriar, tiramos nossos sacos de dormir da barraca e juntamos um no outro. Nós os esticamos na areia e nos deitamos lado a lado, observando os satélites e as estrelas cadentes cruzarem o céu. Sinto o melhor tipo de cansaço, o causado pelo sol e pelo mar, mas não quero fechar os olhos. Quero que esse dia nunca termine, e sei que Colton também não quer isso considerando o jeito como ele continua falando. Continua me contando histórias das estrelas e do mar.

Ele para apenas para rolar de lado e me puxar para um beijo. E nesse beijo está presente um dos momentos que vivemos no hospital naquele dia. Um momento que é tudo. Um momento em que sinto a profundidade da ligação entre nós dois, entre todas as coisas. Sinto os ritmos intermináveis da luz e da escuridão, das marés e dos ventos. Vida e morte, culpa e perdão.

E amor. Sempre amor.

Ficamos deitados juntos, em silêncio, sob um céu infinito, ao lado de um mar sem fundo, e não falamos que foram todas essas coisas que nos uniram. Não falamos que não mudaríamos nenhuma delas.

Não precisamos, porque nos deixamos levar pelo que sabe o coração.

AGRADECIMENTOS

PRIMEIRAMENTE E SEMPRE, agradeço a meu marido, Schuyler, que ganhou meu coração no dia em que nos conhecemos e que, antes de mais nada, é quem me permite escrever uma história de amor.

Em seguida, minha mais profunda gratidão a Alexandra Cooper, que ouviu essa ideia e a encorajou assim que eu a apresentei e que esteve presente em cada passo do caminho depois disso com seu estímulo gentil, *insights* perspicazes e os lendários (do melhor jeito possível!) comentários de edição.

Não tenho como agradecer o suficiente à indomável Leigh Feldman, que me viu através deste livro do início ao fim como sempre faz: com elegância, humor e um coração valente.

Muita gratidão a minha nova família na HarperCollins, que me fez sentir acolhida e cuidada desde o início. Rosemary Brosnan, Alyssa Miele, Renée Cafiero, Raymond Colón, Jenna Lisanti e Olivia Russo – estou profundamente impressionada com esta equipe dínamo! E por falar em ficar impressionada, quando olho para a capa, ainda fico admirada com o brilhantismo de Erin Fitzsimmons e seu projeto perfeito para esta história.

E há também meus queridos amigos que se tornaram minha família na escrita. Sarah Ockler, minha irmã gêmea literária, que tenho a sorte de conhecer e mais sorte ainda por chamar de amiga. Desejo muitos outros anos de amizade, escrita, vinho, tarô, chocolate e uma vida incrível!

Morgan Matson, do alojamento aos nossos dias escrevendo na biblioteca com Albino Bunny, você esteve lá para mim como amiga e parceira de escrita durante todo o caminho, e isto significa mais para mim do que você imagina. Estou ansiosa para ter vários outros anos de escrita com você, com seu sorriso e suas bebidas múltiplas!

Carrie Harris, Elana Johnson, Stasia Kehoe e Gretchen McNeil: vocês, meninas, e sua amizade, seu apoio, os conselhos, os e-mails hilários e a genialidade geral significaram muito para mim e não me imagino fazendo isso sem vocês.

E, por fim, um amigo que foi um estranho até que me deparei com sua história enquanto fazia pesquisas para este livro: Zeke Kendall, que pacientemente respondeu a cada uma das minhas perguntas para que eu soubesse todos os pequenos detalhes e que tem uma história (e um coração) mais incrível do que qualquer coisa que eu possa escrever um dia. (Esta sou eu apelando a você, Zeke: hora de escrever!)

Impressão e Acabamento:
LIS GRÁFICA E EDITORA LTDA.